KB191147

구토 나는 세상, 혐오의 시대

사르트르를 만나다

À la rencontre de ✳ Sartre

일러두기

1. 본문에 등장하는 단행본 저작은 『 』로, 보고서나 논문, 잡지, 기타 저작, 음악, 영화는 「 」로 표기했습니다.

2. 본문에 등장하는 외래어는 국립국어원 외래어표기법을 따랐으며, 필요에 따라 한자, 영문 및 외국어를 병기했습니다. 표기법에는 어긋나지만, 이미 대중에게 익숙할 정도로 굳어진 이름은 그대로 썼습니다. 외국 인명은 원칙적으로 영문명을 병기했으나, 잘 알려진 인물일 경우, 본문의 가독성을 위해 생략했습니다.

3. 인용 출처를 따로 밝히지 않았습니다. 본문의 일관성을 위해 필요하다면 인용문이라도 맞춤법과 띄어쓰기, 고유명사 등을 고쳤습니다. 부연 설명이 필요하다는 판단이 들 때는 하단에 각주를 달았습니다.

4. 본문 속에 등장하는 사진은 위키피디아, 구글, 핀터레스트 및 저작권이 해결된 소스에서 가져왔습니다.

구토 나는 세상, 혐오의 시대

사르트르를 만나다
À la rencontre de ✳ Sartre

백승기 지음

한스미디어

사르트르 살롱 카드가
배달되었습니다.
받아보시겠어요?

'데칸쇼'라는 말을 들어본 적 있으신가요? 데카르트와 칸트, 쇼펜하우어를 지칭하는 줄임말이죠. 제가 어렸을 때만 해도 통기타를 친다고 말하면 주변에서 기다렸다는 듯이 "너 로망스 칠 줄 알아?"라는 질문을 받곤 했습니다. 그와 비슷한 맥락일까요? 평소 철학 책 좀 읽었다고 하면 대번 "너 데칸쇼는 읽어봤어?"라는 질문이 날아왔습니다. 최소한 우리나라에서 '철학' 하면 데카르트와 칸트, 쇼펜하우어는 기본으로 깔고 간다는 의식이 작동한 셈이죠. 그만큼 세 철학자는 한국인에게 서양 철학의 전형이자 대표 격으로 알려졌습니다.

　그래서일까요? 언제부턴가 쇼펜하우어 열풍이 우리나라 서점가를 휩쓸고 있습니다. 아마 2년은 족히 된 것 같습니다. 모 예능 프로에서 한 방송인이 지나가는 말로 쇼펜하우어를 언급하자, 독일 프랑크푸르트 공동묘지에 묻힌 지 164년이나 지난 지금 지구 반대편 대한민국이라는 낯선 나라에 뜬금없이 소환된 겁니다. 매대마다 쇼펜하우어라는 이름을 달고 수십 종의 책들이 진열된 것도 모자라 때아닌 니체 철학까지 견인하는 진풍경을 목격하고 있습니다. 이름마저 낯선 쇼펜하우어가 21세기 대한민국에 소환되고 있는 이유는 뭘까요?

그것은 어쩌면 쇼펜하우어의 독설들이 무한경쟁의 틈바구니에서 하루하루를 버티며 근근이 살아가는 한국인들의 마음을 강렬하게 터치했던 게 아닐까 싶습니다. 마라탕을 먹다 보면 어느새 혀가 마비되어 더 이상 매운맛을 느끼지 못하는 것처럼, 우리는 이미 웬만큼 맵고 짠 독설에는 꿈쩍도 하지 않는 불감증을 갖게 되었는지도 모르겠습니다. 어떤 일이 있어도 남들에게 자신을 다 보여주지 마라, 인생에 쓸데없는 친구는 먼저 손절해라 등등 우리에게 쇼펜하우어는 더 이기적으로, 그것도 더 냉소적으로 살라고 조언하는 것 같습니다.

제가 쇼펜하우어를 잘못 이해하고 있는지도 모르겠습니다. "인간에게 허락된 최고의 삶이란 기껏해야 목표를 향해 평생 노력하고, 성취를 했더라도 만족감이 덧없이 사라지고 마는 삶이다." 이제 막 세상에 첫발을 내딛는 사회 초년생이 쇼펜하우어의 이 말을 듣고 위로받을 수 있을까요? "인생이 고통이다." "친구를 적게 사귀고 되도록 먼저 손절하라." 사랑에 속고 사람에 속아 고통 가운데 아파하는 이들이 쇼펜하우어의 이런 인생 조언에서 과연 힘을 얻을 수 있을까요? 안타깝지만 현실은 그렇게 녹록지 않은 것 같습니다. 우리가 쇼펜하우어의 책을 읽다가 도리어 더 외로워지는 건 세상이 꼭 그의 조언처럼 흘러가지는 않기 때문입니다.

저는 장-폴 사르트르Jean-Paul Sartre를 소개하려고 합니다. '인생은 무의미한가?' '존재 이유는 무엇인가?' 이러한 근원적인 질문에 대한 답을 찾지 못해 허무주의에 빠진 현대인에게 사르트르의 실존주의 철학은 새로운 빛을 던지니까요. 오늘날 우리 사회는 유례를 찾을 수 없을 만큼 깊은 반목의 시대를 지나고 있습니다. 계층과 이념, 지역과 성별로 갈린 양 진영은 상대를 죽일 듯 혐오의 발언을 쏟아내고, 사회적 대의와 공동체의 가치가 실종된 개인의 욕망과 자기 합리화로 모두가 예외 없이 집단이기주의라는 패각 속에 숨어드는 시대를 관통하고 있습니다. 남의 이야기를 들으려는 시늉도 하지 않는 자기 독백의 군상만이 모든 미디어와 매체에 넘쳐나는 것 같습니다.

이러한 혐오의 시대, 사르트르는 인간 존재의 근본 조건으로서 '자유'와 '책임'을 강조합니다. 사르트르는 우리가 세상에 아무런 예고 없이 '내던져진 존재'라고 고발합니다. 이 세상에 태어날 때 사전 허락을 받았다거나 동의를 구하는 말을 들은 사람이 없다는 거죠. 그렇다고 우리가 아무런 이유나 의미 없이 내동댕이쳐진 추악한 잉여물이라거나 외피가 벗겨지고 각화된 텅 빈 존재라는 말은 아닙니다. 나에게 주어진 삶을 살아낼 때, 그 삶의 편린을 '자유'라는 씨실과 '선택'이라는 날실로 엮어낼 때, 비로소 나라는 존재로 다시 태어날 수 있습니다. 사르트르는 공허한 인생의 의미는 스스로 만들어 채워나가는 거라고 우리에게 조언합니다.

지금 우리에게, 왜 사르트르인가?

사르트르 하면 뭐가 먼저 떠오르시나요? 대번 소설 『구토La Nausée』가 떠오를 겁니다. 저 역시 사르트르를 『구토』로 처음 만났거든요. 중학생 때, 한 권에 이삼천 원 하던 삼중당 문고로 읽었던 게 지금도 새록새록 기억납니다. 모든 소설이 그렇겠지만, 작품에 등장하는 주인공 로캉탱은 어쩌면 작가 사르트르의 분신일지 모릅니다. 또 우리가 『구토』를 읽는 순간, 로캉탱은 독자 한 사람 한 사람일지 모릅니다. 나아가 로캉탱은 지금 이 땅에 발을 디디고 살아가는 우리 모두일지 모릅니다. 그래서 나를 떠받치는 이유와 명분이 없다는 사실을 깨닫고는 갑자기 로캉탱처럼 원인 모를 구토를 하고 싶은지도 모릅니다.

사르트르는 우리가 부조리한 현실을 보고 구토를 느끼는 사람이어야 한다고 말합니다. 세상이 이렇게 엉망인데 속이 뒤집히고 쓴 물이 올라오지 않는 사람은 불쌍한 사람이라는 겁니다. '어떻게 하면 나에게 더 충실할 수 있을까?' '무엇이 시간의 폭력과 무의미의 쓰나미에서 나를 건져낼까?' 이 질문 앞에서 사르트르는 삶에 용기 있게 참여하라고 말합니다. '앙가주망engagement'이라고 하죠. 사르트르의 철학은 무의미에 쌓여 스스로 자기 살해의 천형을 짊어진 오이디푸스가 되지 말고, 숨 가쁘게 삶의 여백을 채워가며 운명을 거스르는 프로메테우스가 되라고 말합니다. 그의 반전운동과 휴머니즘을 내세운 사회참여가 21세기 우리에게 새로운 의미를 던져주는 건 바로 그가 말한 앙가주망의 위대함에 있습니다.

사르트르는 한 편의 영화 같은 삶을 살다 갔습니다. 어린 시절에 사시가 되는 바람에 평생 상대방과 눈을 마주치지 못하는 대인기피증을 안고 살았죠. 당시 사회 기층에 공고히 자리하고 있던 가부장제와 남녀의 성역할, 일부일처제에 대한 도전으로 여자(사람)친구 시몬 드 보부아르와 '계약결혼'이라는 파격적인 행보를 이어가기도 했습니다. 부자연스러운 명예나 외부의 평가, 지식인 사회가 부여한 일방적인 기준에 얽매이는 것에 대한 혐오로 노벨문학상을 거절한 일도 있습니다. 탐욕스러운 제국주의의 마수가 제3세계를 할퀴는 과정에서 인권이 무참히 짓밟히고 있는 북아프리카 알제리 국민을 위해 조국 프랑스를 등지고 반전운동의 선봉에도 섰습니다.

그래서 저는 쇼펜하우어 대신에 사르트르를 소개하려 합니다. 쇼펜하우어가 하라는 대로 따라 했더니 편안하시던가요? 독설은 이미 충분합니다. 지금은 부조리한 세상에 내던져진 인간에게 자유와 선택을 가르쳐준 사르트르의 실존주의 철학이 필요한 때입니다. 이 사람 쳐내고 저 사람 손절하면서 주변을 정리하라는 게 쇼펜하우어의 솔루션이라면, 사르트르의 철학은 '휴머니즘'입니다. 인간 실존을 있는 그대로 보는, 풋풋한 사람 냄새 나는 철학인 셈이죠. 요즘은 정치와 뉴스뿐만 아니라 TV 예능에서 드라마에 이르기까지 배신과 복수, 갈등과 혐오가 만연한 시대이기에 사르트르가 진단하는 인간 실존의 의미가 그만큼 더 중요해졌기 때문입니다.

기존의 철학 책은 복잡한 용어와 논리를 설명하는 데 치중하고 있어 철학에 조예가 깊지 않거나 기초 지식이 부족한 독자의 외면을 받기 일쑤였습니다. 용기를 내어 책을 집어 든 독자라도 따분하고 난해한 설명에 막혀 독서의 길을 잃다가 결국 완독하지 못하고 책을 덮는 일이 다반사였죠. 하지만 이 책은 누구나 일상에서 의문을 품었을 법한 열일곱 개의 질문으로 꼭지를 나누어 사르트르의 철학을 차근차근 설명하고 있습니다. 그의 명언과 어록을 중심으로 가볍게 풀어냈기에 철학적 사유에 익숙지 않은 독자, 특히 사르트르에 대한 이해가 전혀 없는 이들도 쉽게 읽고 이해할 수 있을 겁니다.

이 책은 사르트르의 실존주의 철학을 소개하려는 의도를 띠고 있지만, 이 자리를 빌려 사르트르의 '모든' 사상을 다 설명하진 않는다고 미리 말해두어야 하겠습니다. 저는 꽤 오랫동안 사르트르의 글을 읽어왔고 한때는 사르트르의 철학을 가지고 논문을 준비한 적도 있었지요. 그래서 이 얄팍한 책 한 권으로 방대한 사르트르의 철학과 문학을 모두 담을 수 없다는 사실쯤은 잘 알고 있습니다. 괜한 겸손이 아닙니다. 저 역시 그런 전문적인 책을 쓸 만한 역량을 갖추지 못했다는 것도 잘 알고 있고요. 그럼에도 사르트르의 실존주의 철학에 담긴 고갱이는 충실하게 담으려고 노력했습니다.

본문에 등장하는 주인공 '청년 P'는 특정한 독자를 염두에 두고 창작한 인물이 아닙니다. 물론 이야기 전개를 위해 어쩔 수 없이 연령대와 성별, 성격을 고정할 수밖에 없었지만, 그렇다고 등장인물을 어느 한 부분에 고착해 읽으실 필요는 없습니다. 도리어 P는 누구든 될 수 있고 누구든 아닐 수 있는 불특정한 인물입니다. 청년일 수도, 장년일 수도, 남자일 수도, 여자일 수도 있죠. P의 모습 속에는 분명 저의 모습도 들어 있고, 그동안 제가 만났던 여러 개성 있는 인물의 모습도 들어 있습니다. 또 그 어디서도 본 적 없는 사람일 수도 있고, 오로지 상상에 의존해서 그려낸 부분도 없지 않아 있습니다. 이 책을 읽는 독자라면 얼마든지 내가 P일 수 있다고 생각할 겁니다.

　　사르트르 살롱에서 청년 P와 대화를 나누는 중년의 '신사' 역시 가상의 인물입니다. 이 인물 역시 특정한 사람으로 단정하지 마세요. 대학 강단에서 철학을 가르치는 점잔 빼는 교수일 수도 있고, 뒷골목 선술집에서 젓가락을 두들기는 주정꾼일 수도 있으니까요. 장소를 교실이 아닌 살롱으로 잡은 것은 그 공간이 다분히 프랑스 철학의 분위기를 자아낼 수 있으리란 판단 때문이었습니다. 혹여 살롱을 미용실 정도로 착각하는 분들은 안 계시겠죠? 살롱은 단순히 사람들이 먹고 마시고 떠드는 응접실이 아니라 근대 프랑스 지식인 사회에서 빼놓을 수 없는 공론장 역할을 한 곳입니다. 멀게는 프랑스혁명이라는 도화선에 불을 붙인 부르주아들도 커피와 차를 내놓는 살롱에서 하루가 멀다고 작당 모의를 했으며, 마네와 세잔 같은

화가들은 살롱에서 책을 읽고 비평을 나누거나 그림을 걸어놓고 회화전을 가지기도 했습니다.

본문에 인용한 사르트르의 명언은 모두 그의 저작에서 직접 가져온 것들입니다. 부족한 프랑스어 실력이나마 일일이 원전을 찾아 번역하려고 노력했습니다. 사르트르가 쓴 원문을 우리말과 함께 병기한 이유는 글을 통해 독자들이 직접 사르트르의 숨결을 조금이나마 느끼기를 바랐기 때문입니다. 자, 이제 이 책을 집어 든 여러분에게 의문의 초대장이 배달되었습니다. 친구가 소개해줬든, 우연히 한 다리 건너 알게 됐든, 길을 가다 전단지와 함께 주웠든, 여러분이 어떤 경로로 초대장을 받으셨는지는 그리 중요하지 않습니다. 받으실지 아니면 거부할지 선택은 오로지 여러분의 몫입니다. 사르트르의 말대로, 인생은 선택과 선택으로 누벼진 직물이니까요.

사르트르 살롱 카드, 지금 받으시겠습니까?

받으신다면, 봉 보야주Bon voyage!

편집자의 각주
사르트르 살롱 카드의 뒷면

사르트르 살롱 카드를 받으셨다면, 뒷면을 한번 봐주세요. 뒷면에는 다음과 같은 내용이 암호처럼 깨알같이 적혀 있으니까요. 혹시 사르트르 살롱이 저잣거리 야바위꾼의 눈속임이나 먹물 묻은 현학자의 거짓부렁이 아닐까 의심하는 분들을 위해 초대장 뒷면에 적힌 글을 여기에 한 글자도 빠짐없이 적어두도록 하겠습니다.

1) 사르트르 살롱은 문답 형식으로 진행됩니다. 본래 아포리즘 형식을 염두에 두었지만, 대화가 더 나을 거 같아 신사와 청년 P의 이야기로 새롭게 구성했습니다. P의 입장에서 대화를 따라간다면 사르트르의 철학을 훨씬 쉽게 이해할 수 있을 것입니다.

2) 사르트르의 명언을 중심으로 열일곱 개의 이야기가 진행됩니다. 본문에 인용된 명언들은 프랑스어와 독일어, 영어 원전을 그대로 옮기려고 노력했습니다. 또한 중요한 개념어와 전문용어는 알아보기 쉽게 원어를 병기했습니다. 추가 설명이 필요한 곳에는 각주도 달았습니다.

3) 겁먹지 마세요. 철학 책이라고 해서 굳이 어려울 필요는 없습니다. 사르트르의 철학을 쉬운 말, 일상적인 표현, 현대적 언어로 풀어내려고 했습니다. 문학과 음악, 영화를 끄집어 와서 배경 설명을 하려고 노력했습니다. 결론적으로 이 책은 철학이라고 하면 대번 겁부터 먹는 독자를 위해 그간 소수의 전문가만 전유해온 지식의 무게감을 최소화하고자 했습니다.

4) 그렇다고 사르트르만 말하진 않습니다. 모든 철학은 시대와 지역, 인물과 사상에 있어 유기적으로 연결되어 있죠. 사르트르 역시 진공 속에서 살지 않았습니다. 따라서 시대상과 사건 사고를 통한 역사, 그와 얽힌 다양한 인물과 이슈, 시사, 사회 문화 등 여러 주제가 언급될 수밖에 없습니다. 각 장 뒤에는 본문에서 언급된 인물들을 설명합니다.

5) 각 장 끝에는 사르트르의 명언을 일상에 적용하고 실천할 수 있는 인생 조언이 붙어 있습니다. 인생 조언이라는 표현이 너무 거창하다면, 지침이라고 할 수도 있고, 아니면 과제라고 부를 수도 있을 겁니다. 철학자 한 명을 통째로 읽고 단순히 지적 포만감에 안주하는 것보다는 작은 부분 하나라도 직접 삶을 바꿀 수 있는 미션이나 챌린지가 주어진다면 좋겠다 싶었습니다.

시간 나면 참고할 잡동사니들

이 책에는 사르트르 외에도 다양한 인물과 저작, 영화와 음악이 소개됩니다. 어떤 것들은 사르트르를 설명하는 데 반드시 필요하겠지만, 또 어떤 것들은 저자의 개인적 취향을 반영한 것도 더러 있습니다. 책을 읽으면서 사르트르와 거미줄처럼 연결된 다른 책들도 한두 권쯤 선택해 읽어보는 것도 재미있을 겁니다.

본문에 언급된 인물과 저작(가나다순)

게오르크 헤겔
김동인의 『배따라기』
김소월의 「진달래꽃」
김수영의 「고궁을 나오면서」
김승희의 「제도」
김연수의 『파도가 바다의 일이라면』
김춘수의 「꽃」
대니얼 디포의 『로빈슨 크루소』
도스토옙스키의 『죄와 벌』, 『카라마조프가의 형제들』
레이몽 아롱
로버트 프로스트의 「가지 않은 길」
루이 알튀세르
루트비히 비트겐슈타인의 『논리철학논고』
르네 마그리트
리처드 도킨스의 『만들어진 신』
리처드 로티의 『우연성, 아이러니, 연대』
리처드 버크의 『갈매기의 꿈』
마르틴 부버의 『나와 너』
마르틴 하이데거의 『존재와 시간』
막스 베버의 『직업으로서의 정치』
메를로-퐁티

뭉크의 「절규」
버트런드 러셀의 『나는 왜 기독교인이 아닌가』
사도 바울
『성서』 중 「창세기」, 「마태복음」, 「요한일서」, 「로마서」
성석제의 『투명인간』
셰익스피어의 『오셀로』
송길영의 『시대예보: 핵개인의 시대』
쇠렌 키르케고르
슬라보예 지젝
시몬 드 보부아르의 『제2의 성』
아르튀르 랭보
아르튀르 쇼펜하우어
아리스토텔레스
아인슈타인
안도현의 「스며드는 것」
알베르 카뮈의 『이방인』, 『시지프의 신화』, 『반항인』
앙트완 생텍쥐페리의 『어린 왕자』
앨런 튜링
양귀자의 『모순』
어니스트 헤밍웨이의 『노인과 바다』

에드문트 후설

에른스트 블로흐

에리히 프롬의 『너희도 신처럼 되리라』, 『멀쩡한 사회』, 『소유냐 존재냐』, 『자유로부터의 도피』

에마뉘엘 레비나스

에이브러햄 매슬로

유발 하라리의 『사피엔스』, 『호모 데우스』

이사야 벌린

이시구로 가즈오의 『남아 있는 나날』

이외수의 『벽오금학도』

자크 라캉

자크 모노의 『우연과 필연』

장 보드리야르

장-폴 사르트르의 『구토』, 『말』, 『실존주의는 휴머니즘이다』, 『더러운 손』, 『유대인 문제의 성찰』

정현종의 「섬」

조지프 슘페터

존 로크

지그문트 프로이트

천상병의 「귀천」

콜린 윌슨의 『아웃사이더』

토니 모리슨의 『가장 푸른 눈』

토머스 칼라일

토머스 홉스의 『리바이어던』

파트리크 쥐스킨트의 『깊이에의 강요』

프란츠 카프카의 『변신』

프란츠 파농의 『대지의 저주받은 사람들』

프랑수아즈 사강

플라톤

피카소의 「도라 마르의 초상」

한강의 『채식주의자』

한나 아렌트

헤르만 헤세의 『데미안』, 『지와 사랑』

헨리 데이비드 소로의 『월든』

현진건의 『운수 좋은 날』

본문에 언급된 영화와 드라마, 만화, 음악 (가나다순)

「극한직업」

김청기의 「간첩 잡는 똘이장군」

「나이브스 아웃」

「라이언킹」

「러브 액츄얼리」

로버트 저메키스의 「포레스트 검프」

리들리 스콧의 「에이리언 커버넌트」

뮤지컬 「캣츠」

「미생」

「부산행」

「뱀파이어와의 인터뷰」

박찬욱의 「헤어질 결심」

스팅의 「잉글리시맨 인 뉴욕」

「신과 함께」

워쇼스키 형제의 「매트릭스」

「월드 워 Z」

「응답하라 1988」

이노우에 다케히코의 『슬램덩크』

「이미테이션 게임」

「이퀼리브리엄」

존 레논의 「이매진」

지오반니 팔레스트리나의 「시쿠트 체르부스」

체리필터의 「낭만고양이」

최희준의 「하숙생」

「캐스트 어웨이」

크리스토퍼 놀란의 「인셉션」

「타인의 삶」

「톰과 제리」

「트루먼쇼」

폴 버호벤의 「할로우맨」

프랭크 다라본트의 「쇼생크 탈출」

하덕규의 「자유」

행크 모블리의 「보사노바」

목차

사르트르 살롱 카드가 배달되었습니다, 받아보시겠어요?   005

편집자의 각주   014

시간 나면 참고할 잡동사니들   016

막다른 골목
길이 없다   021

1부 ✦ Day 1, 사르트르와의 만남

첫 번째 골목
구토 나는 현실을 마주한 그대에게
"나는 존재하도록 던져졌다."   029

두 번째 골목
가슴 저리게 외로운 것도 삶의 천형일까?
"혼자 있을 때 외롭다면 나쁜 친구만 사귀고 있는 것이다." 044

세 번째 골목
같이 있으면 불편하고, 혼자 있으면 외롭다네!
"타인은 지옥이다."   058

네 번째 골목
말 많은 시대를 살아가는 그대에게
"말은 장전된 총이다."   075

다섯 번째 골목
현실을 직면하지 못하는 그대에게
"타자의 시선이 나를 엄습한다."   089

2부 ✦ Day 2, 사르트르와의 대화

여섯 번째 골목
과연 어디까지 자유로울 수 있을까?
"인간은 자유롭도록 선고받았다."   105

일곱 번째 골목
선택 앞에서 주저하는 그대에게
"우리는 우리의 선택이다."   118

여덟 번째 골목
남의 평가에 목매는 그대에게
"선택하지 않는 것, 그것 또한 선택이다."   132

아홉 번째 골목
나는 왜 존재할까, 내가 선택한 인생도 아닌데…
"실존은 본질에 앞선다."   150

열 번째 골목
우연의 존재로 어떻게 살아가야 할까?
"인간은 날마다 발명되어야 한다."   164

열한 번째 골목
소외와 갈등의 시대, 이대로 괜찮은 걸까?
"불통은 모든 폭력의 근원이다."   181

3부 ✦ Day 3, 사르트르와의 동행

열두 번째 골목
술과 담배가 그대를 규정할 때
"흡연은 파괴적인 소유 행위다."   199

열세 번째 골목
죽음이 두려운 그대에게
"우리는 자유를 그만둘 자유가 없다."   212

열네 번째 골목
그대가 죽음의 의미를 묻는다면
"죽은 자로 있는 것은 산 자의 먹잇감이 되는 일이다."   224

열다섯 번째 골목
사랑이 그대를 속일 때
"사랑하는 사람을 판단하지 마라."   236

열여섯 번째 골목
신을 믿는 나, 어디까지 믿을 수 있을까?
"신은 인간의 고독이다."   251

열일곱 번째 골목
사소한 것에 분노하는 나, 어떻게 해야 할까?
"참여는 행동이지 말이 아니다."   265

연결된 골목
그대, 사르트르가 되어라   280

막다른 골목
길이 없다

어제와 같은 오늘의 반복이다. 언제부턴가 청년 P는 방향을 잃었다. 왼쪽으로 가다 보면 어느새 사람들이 우르르 오른쪽으로 달려가고 있다. '어라, 내가 잘못 가고 있나?' 싶어 방향을 오른쪽으로 틀면, 이번에는 마치 서로 짜기라도 한 것처럼 모두 왼쪽으로 내달린다. 개중에 한두 명은 우두커니 서 있는 P를 보고 '왜 엉뚱한 곳에 서 있느냐?'는 눈빛을 보내며 지나친다. '이번에도 내가 틀린 걸까?' P는 고개를 돌려 지금까지 달려왔던 곳을 바라본다. 이내 깊은 한숨을 내쉬며 반대 방향으로 내키지 않은 발걸음을 천천히 내디딘다. 그렇게 돌고 돌다 돌아온 곳은 결국 채 두 평도 되지 않는 고시원 쪽방이다. 언젠가 이 지긋지긋한 쪽방에서 벗어나고야 만다고 다짐한 지도 두 해나 지났다. 여전히 P는 이곳을 벗어나지 못하고 있다.

대학을 졸업한 지 이미 3년이 지났다. 취준생 딱지를 떼지 못한 P는 오늘도 구직 사이트에 올린 이력서를 다듬는 데 적지 않은 시간을 보낸다. 서류에 이력 한 줄 보태는 게 이리도 힘들었던가? 벌써 여러 해 이 모양이다. 아무리 발을 동동 구르며 뛰어도 늘 제자린데, 나만 빼고 친구들은 죄다 잘나가는 것 같다. 그들의 인스타그램에는 철마다 일본이다 동남아다 여행 사진도 심심찮게 올라온다. 오와 열을 맞춘 듯 책상 위에 가지런히 놓인 각종 수험서와 벽에 붙은 '할 수 있다'는 허황된 문구가 적힌 메모장에서 이국적인 몰디브 해안의 야자수들과 진홍빛 칵테일 한 잔의 흥취를 찾아보지만, 아직 내지 못한 이번 달 밀린 고지서만 책 틈 사이로 고개를 빠끔히 내민다. '까꿍! 나 잊지 마!'

나른한 오후, 애써 눈에 들어오지도 않는 토익 문제집을 펼친다. 천금보다 무거운 한 페이지를 넘기니 두 줄 읽기도 전에 어김없이 모르는 단어가 튀어나온다. '쿨드삭cul-de-sac?' 세상에, 이런 단어도 있었나? 정말이지 난생처음 본다. 파도 파도 모르는 단어에는 끝도 없다. 네이버 사전을 찾아보니 '막다른 골목'이란다. 정말이지 요즘 P는 막다른 골목과 맞닥뜨린 느낌이다. 손톱이라도 충분하다면 앞길을 가로막고 서 있는 높다란 벽을 맨손으로 기어오르고 싶은 심정이다. 이내 한 문제도 풀지 못하고 문제집을 다시 덮고 만다. P의 인내심은 등줄기에 돋아난 솜털보다 더 짧다. 애꿎은 문제집을 책장 서랍에 처박아두고 내 알 바 아니라는 듯 심드렁하게 침대에 드러눕는다.

어라? 이놈의 배꼽시계가 고장 났나? 때도 안 됐는데 벌써 배가 고프네. 뭘 먹을까? 편의점 알바 끝나고 가끔 시켜 먹던 동네 땡땡 두 마리 치킨 집이 언제부턴가 전화를 받지 않는다. 대출 이자를 감당 못하고 망했나? 왠지 불길하다. 입맛이 이미 진한 불맛 소스에 길든 P는 강제로 3년간 쌓아온 단골 치킨 집을 바꿔야 할 위기에 놓였다. 오랜만에 찾아온 일생일대의 이 위기를 과연 슬기롭게 헤쳐나갈 수 있을까? 모르겠다. 그간 시간당 만 원에도 미치지 못 하는 최저임금을 아껴가며 큰맘 먹고 장만한 에어프라이어에 냉동실 핫도그나 구워 먹을까? 잠깐 고민하다 결국 가스불 위에 언제 샀는지 기억도 가물가물한 찌그러지고 낡아 빠진 양은 냄비를 턱 하니 올린다. 하나 남은 봉지 라면을 수납장에서 꺼내며 혼잣말로 구시렁거린다. "그래, 오늘은 너다."

언제나 봉지 라면은 P에게 패배감을 준다. 한 개는 너무 적고 두 개는 너무 많다. 한 개를 먹고 나면 채워지지 않는 포만감 때문인지 먹기 전보다 더 기분이 나빠지고, 그렇다고 두 개를 끓이면 결국 다 먹지 못하고 버리는 낭비를 저지르고 만다. 이 난제를 어떻게 해결

할까? 예로부터 먹을 거 버리면 지옥에서 천벌 받는다고 했는데, 이번 기회에 내용물이 50그램 더 들어간 '쩜오' 라면을 생산해달라고 소비자센터에 전화 민원이라도 넣을까? 번호를 꾹꾹 누르다 말고 미필적 고의처럼 햇반을 하나 돌려서 남은 라면 국물에 말아 먹는 것으로 자신과 대타협을 본다. 그럼에도 끝까지 라면 제조업체의 농간에 속은 것 같은 이 느꺼운 기분은 뭘까?

요즘 들어 TV를 볼 때마다 이유를 알 수 없는 헛구역질이 P를 엄습한다. 원인 불상의 신체 반응은 그의 일상을 더 어둡게 채색한다. 큰맘 먹고 내과에 가니 의사 왈 '심인성'이란다. 밀가루 끊고 지어준 약 먹다가 일주일 뒤에 다시 오라는데, 난 구토 증세의 병인을 알 것 같다. 주변을 보라. 정치도, 사회도, 문화도 모든 게 반반으로 갈려 한 치의 양보도 없이 벼랑 끝에서 서로의 운명을 건 지옥의 멸망전을 벌이고 있다. 치킨도 양념 반 후라이드 반으로 주는 민족답다. 어디를 둘러봐도 중간은 없고 회색지대, 완충지대는 씨가 말랐다. 반쪽 난 세상은 피아彼我를 가르듯 '너는 대체 어느 편이냐?'는 물음을 쏘아붙이는 것 같다. 나는 그냥 난데….

아, 벌써 수요일이다. 분리수거하려고 싱크대에 방치했던 10인치 피자 박스를 반으로 접자, 틈새에 끼워져 있던 종잇조각이 팔랑거리며 공중에서 우아하게 세 번 턴을 하고는 바닥에 착지한다. 예술 점수를 준다면 10점 만점에 10점이다. 어라, 이게 뭐지? 핑크색 바

탕에 하얀색 글씨로 휘갈겨 쓴 영어. '사르트르 살롱?' 그제야 며칠
전 있었던 일이 깜박깜박 백열전구 켜지듯 떠오른다. 피자를 배달
해준 생면부지의 배민 친구가 P에게 건넨 명함이었다. "저 요즘 여
기 다니는데 꽤 괜찮아요. 이번 주에 자리 하나 남았으니까 꼭 가보
세요." 이거 뭐지? '이 편지는 백 년 전 영국에서 시작된 전통으로
4일 안에 당신 곁을 떠나야 하는….'으로 시작하는 신종 '행운의 편
지'인가?

　　뜨끈한 피자에 정신이 팔려 아무렇게나 구겨 넣었던 명함이 그
렇게 다시 P에게 발견된 것이 화요일 오후 2시 35분! 오랜만에 싫지
않은 호기심이 그를 스멀스멀 자극하기 시작한다. 미치도록 궁금하
다. 여긴 뭐 하는 델까? 한번 가볼까?' 목적 없는 낮잠으로 귀한 오
후를 통째로 날리느니 누구라도 만날 수 있는 기회가 낫지 않을까?
P는 뭐에 홀린 것처럼 방바닥에 아무렇게나 널브러진 옷들을 손에
잡히는 대로 주섬주섬 입었다. 지금 이 막다른 골목에서 뭐라도 하
지 않으면 미쳐버릴 것만 같았기 때문이다. 가겠다고 하니 설렘보다
는 갑자기 두려움이 엄습한다. 이러다 괜히 호구 잡혀서 새우잡이
원양어선에 팔려 가는 거 아냐? 아니면 등 뒤로 잠긴 철문 때문에
본의 아니게 방 탈출 게임을 시전해야 하든지.

　　P는 집을 나선다. 뭐라도 긍정적인 상상이 필요한 순간, 가슴이
쿵쾅쿵쾅 뛴다. 심장아, 나대지 마.

1부

Day 1

사르트르와의 만남

À la rencontre de ✦ Sartre

첫 번째 골목

구토 나는 현실을 마주한 그대에게
"나는 존재하도록 던져졌다."

그날 오후, 청년 P는 마치 퍼즐을 푸는 것처럼 명함에 적힌 주소를 찾아 살롱으로 향했다. 지하철 4호선 ○○역 2번 출구를 나오니 커다란 중국집 간판이 눈에 선명하게 들어온다. '손짜장'이라고 쓰인 입간판 위에는 모형으로 만든 짜장면 그릇이 올려져 있다. 그릇 위로는 반쯤 비벼진 면발을 듬뿍 집어 든 나무젓가락이 어지럽게 춤을 추고 있다. 몇 시간 전, 밥 말아 국물까지 알뜰하게 비웠던 라면 한 그릇이 대부분 소화되지 않은 채 위장 속에 남아 있음에도 그 모습을 본 P는 갑자기 허기를 느낀다. 순간 '한 그릇 먹고 갈까?' 싶었지만, 가출했다 돌아온 고지서가 떠올라 그의 발목을 잡는다.

'이번 달 외식은 없다고 했잖아, 벌써 잊은 거야?'

그렇게 스스로에게 주문을 걸듯 중얼거린 P는 중국집을 오른쪽으로 끼고 화려한 네온사인 거리를 지나 뚜벅뚜벅 걸어간다. 손바닥 위에 놓인 모바일 구글맵이 가르쳐주는 대로 두 번째 골목에서 다시 우회전하자 갑자기 외부와 단절된 것처럼 조용한 골목이 P 앞에 두둥 나타났다. 귀가 먹먹할 정도로 뭔가 스산하고 을씨년스러운 분위기가 그의 목덜미를 칭칭 휘감는 것 같다. P는 다시 한번 호주머니에서 명함을 꺼내 주소를 확인한다. 그리고 네 번째 2층짜리 건물 아래 반지하로 이어진 계단을 타고 철제문 앞에 당도한다.

'사르트르 살롱이라…'

철제문 상단, 짤막한 흰색 아크릴 팻말에 적힌 사르트르 살롱이라는 글자를 발견하고 P는 안심한다. 제대로 찾아온 것을 직감한 그는 심호흡을 가다듬은 다음 천천히 문을 밀고 들어간다. 끼이익 소리와 함께 육중한 문이 열린다. 겉모습과 달리 내부는 따뜻한 나트륨등이 곳곳에 켜져 있다. 로스팅을 막 끝낸 향긋한 커피 원두 냄새가 공간을 가득 채우고, 어디선가 익숙한 행크 모블리의 재즈 음악이 흘러나와 P의 고막을 간질인다. 그는 우두커니 서서 마치 앨리스가 이상한 나라를 둘러보듯 살롱 내부를 천천히 훑어본다. 이때 중앙에 자리한 갈색 마호가니 바 테이블에서 둔중한 남성 목소리가 보사노바를 타고 들린다.

"오늘 영업 끝났습니다."

P의 눈에 점잖은 카키색 수트를 입고 빨간 나비넥타이를 맨 중년의 신사가 들어온다. 반백의 머리에 흰 턱수염을 기른 신사의 얼굴은 중년이라기보다 노년에 가까운 느낌이 들었다. 신사는 이쪽을 바라보지도 않고 마른 수건으로 테이블을 연신 훔치고 있다. P는 한껏 멋을 부린 신사에게 다가가 말을 걸었다.

청년P 아, 안녕하세요?
신사 영업시간 끝났어요.
청 며… 명함을 받았어요.

P의 말에 신사는 놀리던 손을 멈추었다. 그런 신사를 보고 P 역시 흠칫 놀랐다. 신사는 P를 아무 말 없이 응시하다가 마치 기다렸다는 듯 정중하게 자리를 안내했다. 그가 자리에 앉자, 신사는 웰컴티로 티백이 담긴 녹차를 건넸다. 아니, 우롱차인가? 어쨌든 P는 따뜻한 차를 받아 들고 후후 불면서 홀짝 한 모금 마셨다. 기분 좋은 온기가 몸 전체로 빠르게 퍼지는 느낌이었다. 그제야 그의 눈에 반대쪽 벽면에서 깜박이고 있는 '사르트르 살롱'이라 적힌 네온사인이 들어왔다.

청 감사합니다.

신 그래, 명함은 누구에게 받았지?

청 (왜 다짜고짜 반말?) 며칠 전 피자를 시켰는데, 그때 배달하던 친구가 줬어요. 그나저나 이곳은 뭐 하는 곳인가요?

신 이 공간은 인생 상담도 해주고 외로운 친구들의 말벗도 되어주는 곳이지.

청 술집인가요?

신 뭐, 술도 팔고 대화도 팔고 철학도 팔고 그렇지.

청 (주위를 둘러보며) 혹시 흥신소 같은 덴 아니죠?

신 허허, 영화를 너무 많이 봤구먼. 생각처럼 그렇게 나쁜 곳은 아니니까 걱정 말게.

청 살롱은 머리 염색하거나 파마하는 곳 아니었어요?

신 살롱은 건전한 사교장이라 할 수 있지.

청 놀이터였군요?

신 프랑스에서 살롱은 지성인들의 교류 공간이었지. 많은 지식인이 살롱에서 서로의 사상을 나누고 에세이를 발표하며 동료와 토론을 벌였어. 작곡가는 자신이 만든 실내악을 연주했고, 무명 화가들은 낙선전落選展을 열었지.

청 (꺼내 보이며) 근데 명함에는 '사르트르 살롱'이라고…

신 맞아. 사르트르 살롱은 프랑스의 철학자 장-폴 사르트르의 이름을 따서 지어진 거라네. 뭐, 어렵게 생각하지 말고 그냥 시내 외곽 지식 전위대들이 모이는 구락부쯤이라 해두자고….

청　(조심스럽게) 혹시 가격은?

신　상담 조건에 따라 약간의 수수료는 받지. 아, 잊을 뻔했군. 음료는 별도 비용이 발생한다네.

때마침 녹차를 홀짝이던 P는 멈칫했다. 이럴 바에는 아이스 아메리카노를 마실 걸 그랬다. 졸피뎀을 먹인 뒤, 쥐도 새도 모르게 장기 적출이 이뤄지거나 전기 옥장판을 강매하는 다단계 아지트는 아닌 것으로 보여 그는 일단 신사를 믿어보기로 했다.

신　자네는 무슨 고민 때문에 왔나?

청　세상 모든 게 엉망으로 느껴져서요. 하는 것마다 되는 일이 없고, 가는 곳마다 반겨주는 이가 없습니다. 세상은 둘로 나뉘어 서로를 죽일 듯 물어뜯고요. 이 세상은 뭔가 잘못되어 가고 있는 게 분명해요.

신　왜 그렇게 느끼지?

청　우선 무얼 해야 할지 모르겠어요. 대학은 졸업했는데 딱히 배운 건 없고, 잘하는 것도 그렇다고 못하는 것도 없이 그냥저냥 모든 게 못마땅합니다. 한마디로 요즘처럼 루저가 된 거 같은 적이 없어요.

입가에 묘한 미소를 머금은 신사는 P의 말에 무거운 입을 천천히 열었다. 씰룩거리는 입 모양이 조명 아래에서 그의 흰 수염을 더욱 도드라지게 보이게 했다.

신   루저라니, 세상에 루저 같은 건 없어.

청   (퉁명) 지금 아저씨 앞에 이렇게 앉아 있잖아요?

신   자넨 루저가 아니야. 사르트르는 자네와 나 모두를 세상에 '내던져진 존재Être jeté[*]'라고 말하지.

청   내던져진 존재요?

신   그래, 우린 누구도 세상에 원해서 태어난 존재들이 아냐. 자네, 세상에 태어나고 싶어서 태어났나?

청   아… 아뇨.

신   태어나겠다고 말한 적도, 그렇게 선택한 적도 없는데 우린 이렇게 이미 세상에 태어났잖아?

청   그, 그렇죠.

신   그래서 중2병에 걸린 버르장머리 없는 아들내미가 엄마한테 대들면서 하는 으름장이 왜 이런 거잖아? "이렇게 하나도 안 해줄 거면서 나는 왜 낳았어?"

P는 처음 듣는 이야기에 망치로 머리를 한 대 맞은 느낌이었다.

---

[*] 실존주의 철학에서는 내던져진 존재를 피투성被投性으로 설명한다. 말 그대로 '(세상에) 던져졌다'는 뜻이다. 피투성을 영어로는 'thrownness'로 표현한다.

틀린 말은 아니다. 세상에 태어나기를 선택한 사람은 아무도 없다. 이처럼 부당한 일이 어디 있는가? 엄마 아빠가 만나 사랑하고 결혼한 것까진 이해하는데, 그럼 나란 존재는 뭐란 말인가? 최소한 낳기 전에 내 의사쯤은 미리 물어봤어야 하는 거 아닌가? '너 세상에 나올래 말래?' P의 의문은 꼬리에 꼬리를 물고 이어졌다. 신사는 그의 표정에서 복잡한 감정을 읽고 말을 이었다.

신   자네나 나나 모두 세상에 우연히 태어난 걸세. 세상에 태어나야 할 사람, 필연적으로 존재해야 할 사람 같은 건 없지. 애초에 인생이 경기가 아니니 승자도 패자도, 위너도 루저도 없어.

청   왠지 듣고 나니 더 우울해지는데요.

신   인간은 세상에 마구 내동댕이쳐진 존재야. 길거리에 버려진 쓰레기처럼 말이지. 좋든 싫든, 인정하든 인정하지 않든, 인생은 그런 거야. 그리고 죽는 것 역시 우리의 의사와 전혀 상관없어. 사르트르는 이를 두고 "존재하는 모든 것은 아무런 이유 없이 태어나 연약함 속에서 그 존재를 꾸역꾸역 이어가다가 우연히 죽는다"라고 말했어.

"존재하는 모든 것은 아무런 이유 없이 태어나
연약함으로 삶을 이어가다가 우연히 죽는다."

Tout existant naît sans raison, se prolonge par faiblesse et meurt par rencontre.

청   비참해요.

신   이 말은 사르트르의 실존주의 철학을 한마디로 요약해주
는 핵심 명제지. 존재하는 모든 것은 아무런 이유 없이 태
어나 연약함 속에서 살다가 우연 가운데 죽는다. 이 명제
는 토머스 홉스가 『리바이어던*Leviathan*』에서 인간의 삶을
묘사한 것과 어딘지 모르게 닮아 있어. "사회 밖의 삶은 고
독하고, 궁핍하며, 불결하고, 금수 같고, 덧없다Life outside
society would be solitary, poor, nasty, brutish, and short."

청   인생을 비관적이고 염세적으로 보는 거 아닌가요? 전 그
정돈 아닌데….

신   에른스트 블로흐Ernst Bloch는 이런 인간의 속절없는 삶을
'개 같은 인생Hundeleben'에 빗대기도 했으니 그나마 사르
트르가 나은 편 아닐까?

청   개보단 낫다는 말도 위로가 안 돼요.

신   쩝, 사과하네. 생각해보니 비유가 지나쳤군. 아니면 우
리네 인생은 프란츠 카프카Franz Kafka의 소설 『변신*Die
Verwandlung*』에 등장하는 청년 그레고르 잠자와 같다고

할 수 있어. 하루아침에 뒤숭숭한 잠에서 깨어난 잠자(이름도 이상하지? 막 잠에서 깨어난 사람한테 잠자라니…)는 침대에 누워 있는 자신이 흉측한 갑충甲蟲으로 변신한 걸 알게 되지.

청   이번엔 벌렌가요?

신   소설 속에는 그가 왜 벌레로 변신했는지, 그에게 무슨 잘못이 있는지, 결국 굶주리다 왜 죽게 되는지 아무런 설명이 등장하지 않지. 사르트르가 보기에 우리 삶이 바로 그런 거였어. 아무 이유 없이 태어나 빌빌 기어다니다가 에프킬라를 맞고 장렬히 죽는 인생.

청   자, 잠깐만요. 태어난 건 내 의사와 상관없었지만, 죽는 건 내 맘대로 선택할 수 있지 않나요? 개나 바퀴벌레는 불가능해도 적어도 인간이라면 말이죠.

신   혹시 자살을 말하는 건가?

청   자살도 자살이지만, 거 왜 안락사 같은 것도 있잖아요? 넓은 범위에서 자발적으로 죽음을 택하는 거니까 결국 같은 거 아닐까요?

신   자살은 매우 중요한 철학적 문제야. 알베르 카뮈Albert Camus는『시지프의 신화Le Mythe de Sisyphe』에서 "진지한 철학적 문제는 오로지 자살뿐"이라고 말했으니까. 공허하고 부조리한 세계를 마주한 인간이 선택할 수 있는 첫 번째 충동이 자살이라는 거지.

"철학적으로 매우 진지한 문제는 하나뿐이다. 그것은 자살이다."
Il n'y a qu'un problème philosophique vraiment sérieux: c'est le suicide.

청   좀 더 설명해주세요.

신   여기서 '부조리'란 세상에 아무런 의미가 없다는 뜻이야. 그의 말대로 삶은 무의미하고 공허하지. 그래서 카뮈가 말한 '이방인'이란 단순히 외부인이나 낯선 인간을 말하는 게 아냐. '부조리한 인간l'homme absurde'이지.

청   부조리한 인간?

신   내가 왜 태어났는지 모르는 사람, 왜 존재하는지 알 수 없는 사람, 그걸 두고 카뮈는 '이방인'이라고 불렀어. 인간이 아무런 이유 없이 우연히 이 세상에 내던져진 고아 같은 존재라면, 그건 존재의 목적도 원인도 없는 부조리한 인간으로 태어났다는 뜻이야. 그런 자신의 무목적성無目的性(아무런 목적이 없는 존재)과 인생의 몰개연성沒蓋然性(막장 드라마 같이 전개되는 인생)을 깨닫는다면, 카뮈가 보기에, 인생은 더 이상 살아갈 이유가 없는 거지. 그래서 자살이 유일한 인간의 선택지로 남을 수밖에 없는 거야.

청   이방인이 그런 뜻이었군요.

신   옛날 가요지만 고 최희준의 노래 「하숙생」의 가사는 이처럼 목적 없이 표류하는 인간의 실존을 잘 보여주지. '인생은 나그네 길, 어디서 왔다가 어디로 가는가.'

청 　내 집도 없이 얹혀사는 하숙생이라니 개나 벌레보단 기분
이 좀 나아졌어요.

신 　인간은 이렇게 불완전하고 불명확하고 불안한 존재로 살
아가지. 사르트르는 이를 구토로 이해했어.

청 　그래서 그런지 제가 요즘 구역질이…

신 　사르트르의 대표작인 『구토』는 1만 4천 프랑의 연금 이자
를 받으며 살아가는 나이 서른의 역사가 앙트완 로캉탱의
이야기를 그리고 있어. 로캉탱은 한때 전 세계를 떠돌아다
니는 모험가였는데, 프랑스 부빌(실제로 존재하는 도시는 아
냐!)의 바닷가가 보이는 한 호텔에 머물며 18세기에 활동
했던 롤르봉 후작에 대한 전기를 쓰고 있었지. 누가 보면
할 일 없이 무위도식하는 동네 백수쯤으로 보였을 거야.

청 　팔자 좋은 삶이군요.

신 　그렇지. 누구나 원하는 삶이 아닐까? 나라도 매달 연금이
5백만 원씩 통장에 따박따박 꽂힌다면 이놈의 살롱을 바
로 팔아치우고 보일러 따뜻하게 들어오는 남향집이나 하
나 얻어 매일 빈둥빈둥 글이나 쓰고 싶어.

청 　쩝… 소설 이야기나 계속하시죠?

신 　그러던 어느 날, 로캉탱은 마로니에 공원에서 밖으로 다
드러난 나무뿌리를 보고 갑자기 구토 증세를 느끼지. 그
이유는 바로 내가 부조리한 존재, 그러니까 아무런 연고
없이 세상에 버려진 고아처럼 앙상한 존재임을 느껴서야.

인간이 아무 예고 없이, 아무런 설명 없이 시공간에 내동 댕이쳐진 먼지 같은 존재임을 깨달은 거지.

청   평생 집도 절도 없이 떠돌아다니는 하숙생과 마주한 거로 군요.

신   그렇지. 이렇게 비유를 해보자고. 내가 인생이라는 수영장 에 호기롭게 다이빙을 했는데 갑자기 발이 바닥에 안 닿 는 거야. 난 수영을 전혀 할 줄 모르는 맥주병인데 큰일 난 거지. 이러다 물에 빠져 죽지나 않을까 두려움과 불안이 엄습해. 로캉탱이 느꼈던 것도 비슷한 감정 아니었을까? 무계획 무대책으로 다이빙했는데 내 키를 넘어 몇 자나 족 히 되는 듯한 물구덩이에 빠졌다는 불안감, 가라앉는 몸 을 띄워줄 튜브 하나 구명조끼 하나 없는 막막함, 열심히 발을 저으며 허우적대지만 사정없이 코와 입으로 밀려드 는 물살…. 이런 상황에서 물에 빠진 사람이 켁켁거리는 건 당연한 거야.

청   물을 토해내는 것?

신   내가 구역질을 한다는 건 내가 살아 있다는 것의 방증이 야. 이유가 있어서 태어난 게 아니라 태어났기 때문에 이유 가 생긴 거지. 그런 의미에서 자네는 루저가 아니라 이방인 이라는 사실을 깨달은 거야. 그래서 그 부조리를 이해해보 겠다고 이렇게 나를 찾아온 거고….

청   전 그냥 호기심에….

신   (끊으며) 어쨌든 잘 왔네. 이제부터 자넨 정식으로 사르트르 살롱의 제자가 된 거라네.

신사는 청년에게 악수를 청했다. 얼떨결에 청년 P는 악수를 받았다. 솔직히 P는 대단한 기대감을 가지고 살롱을 찾은 건 아니었다. 그저 심심함을 떨쳐내려는 마음에다 약간의 호기심을 추가한 정도? 그런데도 P는 이상하게도 신사의 논리에 점점 빠져드는 것 같았다.

---

life tips   1. 일단 뭐가 되었든 주변에서 일어나는 새로운 일에 호기심을 가져보자.

2. 어디로 내쳐진 경험, 낯선 곳에 내던져진 느낌을 떠올려보자. 왕따, 실연, 재수, 실직, 파산 등 여러 난관을 돌이켜보고 이를 글로 적어보자.

3. 이번 기회에 소설 『구토』를 읽어보자. 다 읽는 게 힘들다면 마로니에 공원에서 주인공 로캉탱이 구토를 느끼는 장면까지는 참고 읽어보는 것으로.

4. 구글에서 사르트르를 검색해서 그의 일생을 따라가보자.

---

who's who   **장-폴 사르트르** *Jean-Paul Sartre*
장-폴 사르트르는 1905년 부르주아 가정에서 태어났다. 젊은 해군 장교였던 그의 아버지는 1906년, 사르트르가 한 살 때 열병으로 사망했다. 사르트르의 어머니 안-마리는 아기를 데리고 파리 외곽에 있는 할아버지 칼 슈바이처와 함께 집으로 돌아갔다. 이름이 어딘가 익숙한가? 맞다! 그는 아프리카 밀림에서 활동한 선교사로 우리에게도 익숙한 알버트 슈바이처의 삼촌이다. 어린 시절, 오른쪽 눈에 백내장을 앓게 되었고, 이는 평

생 사르트르에게 사시를 안겨주었다. 사르트르는 바칼로레아를 통과하고 파리에 있던 고등사범학교École Normale Supérieure에 입학했다. 친구 레이몽 아롱Raymond Aron을 비롯하여 철학자 메를로-퐁티Maurice Merleau-Ponty, 인류학자 클로드 레비-스트로스Claude Lévi-Strauss, 철학자 시몬 베유Simone Weil, 그리고 그의 연인이자 철학자였던 시몬 드 보부아르Simone de Beauvoir가 다녔던 명문 학교였다. 졸업 후, 사르트르는 보부아르와 계약결혼에 들어갔고 군복무를 마쳤다. 전역 후, 사르트르는 에드문트 후설Edmund Husserl의 현상학을 공부하기 위해 1933년 독일 베를린으로 유학을 떠났다. 그곳에서 그는 두 가지 결정적인 사건을 마주했는데, 하나는 운명처럼 실존주의 철학을 만난 것이었고, 다른 하나는 히틀러가 독일 총리로 선출된 것이었다. 이 두 가지 사건은 사르트르에게 매우 중요한 터닝 포인트를 제공했다. 1938년, 소설 『구토』를 출판하면서 유명세를 타기 시작했다. 중학생일 때, 개인적으로 『구토』를 읽으며 주인공이 왜 구토하는지 통 이해할 수 없었다. 한 친구에게 주인공이 공원에서 나무뿌리를 보고도 이유 없이 토악질을 한다고, 내가 읽은 책 가운데 가장 웃기고 싱거운 책이라고 막 떠들었던 기억이 난다. 실존주의 철학을 이해하기에 너무 어렸나 보다. 이 책은 바로 이 지점부터 시작한다.

토머스 홉스 *Thomas Hobbes*
영국의 정치철학자로 1588년 목회자의 아들로 태어났다. 그의 대표작은 단연 『리바이어던』이다. 책에서 홉스는 자연 상태를 '만인의 만인에 대한 투쟁'으로 규정하고, 입헌군주제에 입각한 사회계약론을 제시했다. '인간은 인간에게 이리'라는 말도 그가 주장한 사회계약론의 필요성을 말해준다. 이처럼 『리바이어던』은 인간이 본래 이기적이고 폭력적인 존재이기 때문에 갈등과 싸움을 해결하기 위해서는 강력한 중앙 권력이 필요하다고 역설한다. 홉스는 사회계약을 통해 시민 모두 자신의 권리를 군주에게 양도하고, 대신에 안전과 질서를 보장받는 구조를 제안한다. 영국 내전사를 분석한 『베헤모스*Behemoth*』에서는 사회계약이 지켜지지 않을 때 어떤 일이 벌어지는지 설명하며 종교와 정치의 관계, 그리고 권력의 분산과 집중에 대한 논의를 통해 현대 정치 이론의 토대를 놓았다. 참고로 『리바이어던』과 『베헤모스』 둘 다 『성서』에 등장하는 미지의 동물을 책 제목으로 썼다.

에른스트 블로흐 *Ernst Bloch*

희망의 철학자로 알려진 블로흐는 1885년 독일에서 유대인 철도 노동자의 아들로 태어났다. 뮌헨과 뷔르츠부르크에서 수학하고 1908년 「리케르트와 근대 인식론의 문제에 대한 비판적 해명」이라는 논문으로 박사학위를 취득했다. 당시는 유대인이라는 사실만으로 생존이 위협받던 때였기에 어쩔 수 없이 블로흐는 나치의 박해를 피해 1933년부터 15년간 유럽의 여러 도시를 전전하며 막노동으로 생계를 이어가야 했다. 그 와중에 게오르크 루카치 Georg Lukács, 발터 벤야민 Walter Benjamin, 테어도어 아도르노 Theodor Adorno 등 당대 석학과 교류했다. 종전 후 환갑이 지난 블로흐는 동독 라이프치히대학에서 교수가 되었으나, 공산주의 정권과의 마찰로 1957년 자의 반 타의 반 교편을 내려놓아야 했다. 이후 1961년 76세의 나이에 서독으로 망명한 뒤, 『희망의 원리 *Das Prinzip Hoffnung*』를 집필한다. 학창 시절, 독일의 신학자 위르겐 몰트만 Jürgen Moltmann의 『희망의 신학 *Theologie der Hoffnung*』을 읽다가 블로흐를 알게 되었다.

프란츠 카프카 *Franz Kafka*

1883년, 폴란드 프라하의 유대인 집안에서 장남으로 태어났다. 유약한 아들의 감성을 전혀 이해하려고 들지 않았던 가혹한 성격의 아버지 덕분에 카프카는 어려서 기를 펴지 못하고 평생 짓눌려 살았다. 전공 선택과 취업 역시 아버지의 뜻에 따라 프라하의 카렐대학교에서 법학을 전공했다. 카프카는 마음속으로 문학과 예술사에 흥미를 갖고 있었다. 그는 졸업 후 여러 보험회사를 전전하며 직장 생활을 이어갔지만, 퇴근 후에는 오직 집에서 글을 쓰는 일에만 집중했다. 약혼녀가 있었으나 결국 결혼하지 않고 죽을 때까지 독신으로 살았다. 병약하고 소심했던 카프카의 펜대를 멈추게 했던 건 폐결핵이었다. 1917년, 요양을 시작하면서 여러 번 고비를 넘기며 호전되는 듯했으나, 1924년, 결국 40세의 나이로 사망했다. 사망 원인은 폐결핵에 따른 후유증과 영양실조였다. 숨을 거두며 거의 유일한 친구였던 막스 브로트에게 지금까지 썼던 원고를 모두 불태워 달라고 유언했지만, 카프카의 재능을 알았던 브로트는 다행히 친구와의 약속을 지키지 않았다. 대표작으로 『변신』 외에도 『심판 *Der Prozess*』과 『성 *Das Schloß*』 등이 있다.

두 번째 골목

가슴 저리게 외로운 것도 삶의 천형일까?
"혼자 있을 때 외롭다면
나쁜 친구만 사귀고 있는 것이다."

친구親舊는 말 그대로 오랫동안 곁에 두고 사귄 벗을 말한다. 나의 친구는 누구일까? 친구는 내 삶에 득일까 실일까? 얼마 전 친구 Q와 다퉜다. 사소한 말다툼이 크게 번져 결국 의절까지 갔다. 그간 나도 모르게 그 친구에게 쌓인 게 많았던 것 같다. 대수롭지 않게 넘길 수 있는 말이었는데, 나 자신을 제어하지 못하고 그날따라 폭주하고 말았다. 지나고 보면 싸움은 언제나 닭이 먼저냐 달걀이 먼저냐 같은 물음으로 귀결한다. 후회해봤자 엎질러진 물이니 도로 담을 수도 없는 노릇이다. '그까짓 친구 없어도 그만이다' 마음속으로 천 번, 만 번을 되뇌며 스스로 최면을 걸었지만, 지금까지 사과 문자 하나 없는 그 녀석이 점점 괘씸해진다. 정말 나와 끝장이라고 생각하는 걸까? 아니지, 이 순간을 참아야 한다. 꼬리 내리고 먼저 전화한다면 그 녀석이 나를 얼마나 물로 보겠는가?

돌이켜보면, 나는 언제나 관계가 힘들었다. 인간人間은 '사람과 사람 사이'라는데 난 그 틈새의 거리를 조정하는 데 늘 실패했다. 초등학교 때부터 어떤 무리에도 끼지 못한다면 내 삶이 끝장날 것처럼 느껴졌다. 그래서 중학교 때 같은 반 아이를 왕따시키는 애들 사이에서 난 중심을 잡지 못했다. '왕따를 당하는 데는 다 이유가 있다'라는 후험적a posteriori 변명과 '소속감은 인간의 본능 같은 것이다'라는 선험적a priori * 핑계를 늘어놓으면서 늑대 무리 속에서 승냥이로 살기 위해 홀로 투쟁하던 그 아이의 손을 한 번도 잡아주지 못했다. 누구 말대로 인간은 인간에게 이리Homo homini lupus가 분명하다. 고등학교에 진학하면서 상황은 반대가 되었다. 이번엔 내가 무리에서 왕따의 주인공으로 당첨되었다. 죽고 싶을 만큼 외로웠고, 죽이고 싶을 만큼 미웠다. 가슴 저리게 외로운 것도 인간의 천형일까?

사르트르 살롱의 느슨한 불빛은 청년 P에게 사이키델릭한 몽롱

---

* '선험'이라는 말은 '경험 이전'이라는 뜻이고, '후험'은 '경험 이후'라는 뜻이다. 따라서 철학자들이 종종 언급하는 '선험적 진리'란 가르쳐주지 않아도 아는 진리라는 말이 된다.

함을 선사했다. 상념에 빠져 있던 P는 조용히 눈을 감았다. 어김없이 떠오르는 학창 시절 괴로운 기억들이 그의 머리를 어지럽혔다. 신사가 말한 '내던져진 존재'의 의미를 고민하던 그는 갑자기 친구 관계를 어떻게 봐야 할지 궁금해졌다.

청 아저씨, 사르트르는 친구가 있었나요?

신 물론. 사르트르는 제2차 세계대전이 끝나기 전부터 이미 프랑스 사회에서 유명 인사였어. 레지스탕스 활동 덕분에 종전 후 사르트르의 인기는 하늘을 찌를 듯했지. 프랑스인 이라면 누구나 그를 칭송했고, 모두가 그와 친분을 맺으려 고 애썼지. 그와 일정한 우정을 나누었던 인사들을 일일이 열거하려면 아마 몇 시간은 족히 걸릴 거야.

청 그중에서 한 명을 꼽는다면요?

신 알베르 카뮈?

청 아, 카뮈가 자주 나오네요. 둘이 친했나 봐요?

신 친한 정도가 아니라 둘도 없는 단짝이자 동지였지. 카뮈가 사르트르보다 여덟 살 어렸고, 알제리 출신에다 자랑할 만 한 배경도, 학력도 없었지만, 두 사람은 공히 20세기 후반 프랑스를 대표하는 지식인으로 두터운 우정을 나눈 사이 였어. 우정에 관해서 둘의 관계를 살펴보는 것도 자네에겐 좋은 공부가 될 거야.

청 언뜻 들은 것만 봐도 두 사람은 아예 출신 성분부터 달랐던 거 같은데요?

신 그랬지. 나름대로 부유하고 명망 있는 가문에서 자란 사르트르와 달리, 카뮈는 문맹에 청각장애인이었던 홀어머니 밑에서 가난하게 성장했지. 당시 본토 프랑스인들은 식민지 알제리에서 태어난 백인들을 가리켜 '피에-누아르Pied-Noir', 우리말로는 '검은 발'이라는 멸칭으로 불렀는데, 카뮈가 딱 피에-누아르였어. 쉽게 말해, 사르트르가 한창 인기를 구가하고 있을 때 파리 지식인 무리에서 카뮈는 거의 '듣보잡'에 가까웠지.

청 그런 듣보잡이 어떻게 기라성 같은 지식인을 제치고 사르트르의 단짝이 될 수 있었던 거죠?

신 우정에 일방적인 관계란 없겠지만, 사르트르의 입김이 셌지. 어디 변변한 명함 한번 내밀 곳도 없던 변방 풋내기 카뮈와 달리, 사르트르는 이미 프랑스 지성계와 문단에서 상당한 지위를 누리고 있었으니까. 사르트르와 카뮈는 서로를 존경했어. 왜 그런 경험을 우리도 하잖아? 베프나 절친에게서 또 다른 내 모습을 발견하는 순간 말이야. 그런데 더 희한한 건 그렇게 서로를 분신alter ego* 처럼 아끼고 사랑하던 두 사람이 의견이 나뉘며 야멸차게 갈라섰다는 거야.

---

* 분신이란 라틴어로 '또 다른 나'라는 뜻이다.

청 이상하게 저는 예전부터 사르트르와 카뮈가 헷갈렸어요. 사르트르가 카뮈 같고, 카뮈는 또 사르트르 같다고나 할까? 얼마 전까지 『이방인』이 카뮈가 아니라 사르트르가 쓴 소설이라고 착각하기도 했으니까요. 하여튼 아직도 사르트르가 카뮈와 겹쳐 보여요.

P는 머리를 긁적였다. 멋쩍게 웃는 청년을 보며 사르트르 살롱의 신사는 말을 받았다.

신 자네뿐만 아닐걸. 정말 많은 사람이 카뮈에게서 사르트르의 기시감déjà vu*을 느끼지. 왜 사랑하면 서로 닮는다는 말이 있잖아? 문학사에서 사르트르와 카뮈 두 사람의 관계만큼 딱 맞아떨어지는 사례도 드물 거야. 많은 독자가 『이방인』의 뫼르소에게서 『구토』의 로캉탱을 보니까.

청 맞아요.

신 사르트르와 카뮈는 실존주의라는 같은 철학 노선을 걷고 있었지만, 동시에 둘은 미묘한 라이벌 관계였어. 왜 그런 관계 있잖아? 한동안 서로를 끌어당기다가 어느 시점에서 서로를 반대 방향으로 밀어내는 관계 말이야.

청 그렇게 절친이었던 둘은 무엇 때문에 사이가 틀어진 건

---

* 불어로 '데자뷔'는 어디선가 '이미 본 것'을 의미한다.

가요?

신 약간의 삐거덕거림은 있었지만 적어도 1952년까지 둘의 관계에는 큰 문제가 없었어. 최소한 일주일에 한 번은 시내 카페에서 만나 함께 식사와 커피를 나누는 사이로 지냈으니까. 그런데 소련 문제가 불거졌지. 볼셰비키혁명을 통해 러시아에 사회주의가 들어서고, 유례없던 사회주의 실험을 통해 새로운 유토피아가 건설될 거라는 기대가 지식인들 사이에서 팽배하던 시기였지.

청 그런데요?

신 카뮈는 소련의 굴라크(강제수용소)에서 자행된 고문과 폭력을 목도하고 사회주의 노선에서 돌아섰어. 반대로 사르트르는 사회주의 실험에서 발생한 불가피한 폭력은 어느 정도 용인해야 한다며 두둔했고 말이야. 과업을 이루는 데 '더러운 손Les Mains sales*'이 필요하다는 논리였지. 이후 둘은 한동안 딱 붙어 다녔던 과거가 무색할 만큼 서로에게 비난을 쏟아내는 사이로 변했어. 사르트르는 카뮈와 절연을 선포했고, 카뮈는 자신의 책에서 대놓고 사르트르를 싸잡아 비난했을 정도였지.

청 싸워도 철학자들답게 싸우는군요. 전 친구랑 족발 먹을

---

* 『더러운 손』은 사르트르가 1948년 발표한 희곡이다. '더러운 손'이라는 표현은 대의를 위해 작은 희생이 필요하다는 논리로, 보통 정치적 과업을 이루기 위해 치러야 하는 불가피한 대가를 지칭하는 말로 쓰인다.

까, 곱창 먹을까를 가지고 싸우는데….

신 사르트르가 한국에서 유독 인기가 없는 이유가 바로 그의 공산주의 전력과 관계가 있는지 몰라. 전후 우리나라만큼 반공주의를 국시國是로 삼아 세워진 나라도 흔치 않으니까. 이승복이 외쳤다는 '공산당이 싫어요' 같은 전설 담론에서부터 김청기 감독의 만화영화 「간첩 잡는 똘이장군」에 이르기까지 김일성과 공산당을 민족 분단의 철천지 원수로 여겼던 한국 사회에서 "한국전쟁은 남한의 북침으로 발발했다"는 프랑스 공산당의 거짓 주장에 속아 한동안 북한을 두둔했던 사르트르를 받아들이기는 쉽지 않았겠지.

청 사르트르에게도 그런 흑역사가 있었군요.

신 그 문제 때문에 학창 시절부터 꼭 붙어 다녔던 동갑내기 친구 레이몽 아롱과도 갈라서지.

청 레이몽 아롱? 그 사람은 또 누군가요?

신 프랑스의 사회학자인데, 사르트르와 함께 파리 고등사범학교에서 철학을 공부했던 동학이자 절친이었지. 하지만 종전 후, 둘은 정반대의 길을 걷게 돼. 소련에 우호적이었던 사르트르와 달리 아롱은 마르크스주의와 스탈린 체제를 맹비난했거든. 그런데 당시에는 마르크스주의가 유럽지식인 사회에서 맹위를 떨치고 있었어. 그 덕분에 아롱은 지식인 사회에서 철저히 무시당했지.

청 프랑스나 한국이나 다 똑같네요.

신 그러던 와중에 1950년 한반도에서 한국전쟁이 터지면서
    둘의 오랜 우정은 루비콘 강을 건너게 되지. 한국전쟁의
    발발 책임을 두고 사르트르와 아롱은 대척점에 서서 상대
    진영을 공박했거든. 아롱은 사르트르와 반대로 한국전쟁
    이 북한의 남침이라고 주장했지.

청 역사적으로는 아롱의 주장이 맞잖아요?

신 그렇지. 소련이 해체되면서 당시 1급 기밀이었던 빼박 증
    거가 다 나왔으니까 반박의 여지가 없지. 아롱은 「르 피가
    로」지의 종군기자로 한국전쟁을 직접 취재하면서 전쟁의
    원인과 실상을 유럽 사회에 알린 일등 공신이었어. 그런데
    자네가 하나 알아둘 것은 지금 우리가 입에 올리는 공산
    주의와 당시 사르트르가 이해했던 공산주의는 그 성격이
    많이 다르다는 사실이야.

청 성격이 다르다고요? 다 같은 공산주의 아닌가요?

신 공산주의, 조금 더 이념적으로 말해서, 마르크스 사회주
    의는 당시 지식인들에게 시대의 훈장과 같은 거였어. 자본
    주의의 폐해가 사회를 집어삼킬 것처럼 크게 느껴졌던 시
    대에 모두가 평등하게 살 수 있다는 마르크스의 이념은 이
    상주의자에게 현실적인 대안이자 새로운 희망을 줄 수 있
    었지. 오늘날 북한 김 씨 일가의 일당 독재 체제를 생각하
    면 안 돼.

청 뭐… 그다지 납득되진 않네요.

신 어쨌든 다시 우정 이야기로 돌아가자고. 사르트르는 친구와의 우정은 실존의 허무함(공백)을 메울 수 있다고 말했어. 나를 나일 수 있게 해주는 존재가 바로 친구니까. 그렇다고 친구에게 모든 걸 의존해서는 안 돼. 아무리 친해도 나는 나일뿐 결코 친구일 순 없으니까. 그래서 혼자 있을 때 외롭다면 나쁜 친구를 사귀고 있는 셈이지. 그걸 잘 보여준 게 카뮈와의 관계였어. 자신과 같은 실존주의 철학자이자 정치, 사회 문제에 같은 발언을 냈던 동지였다가 더 이상 함께 할 수 없을 만큼 입장이 달라졌을 때 쿨하게 돌아서고 말았던 그런 관계….

청 둘의 관계를 듣다 보니 저에게 묘한 울림을 주네요.

신 그러던 둘의 애증 관계는 1960년 1월 갑작스런 교통사고로 카뮈가 죽으면서 끝나게 되지. 너무 갑작스러운 죽음이라 사르트르는 미처 그를 떠나보낼 마음의 준비를 하지 못했어. 카뮈가 죽고 딱 한 달 뒤, 사르트르는 한 잡지에 옛 친구를 추념하는 헌사를 발표하지. 이 글에서 사르트르는 카뮈와 얽힌 애증의 추억을 다음과 같이 표현했어.[*]

---

[*] 1960년 2월 4일자 「The Reporter Magazine」에 실린 "Tribute to Albert Camus"의 일부를 옮겼다.

"네, 그와 나는 다투었습니다. 다툼은 그리 중요하지 않습니다. 다투는 사람이 다시는 서로를 보지 못한다고 해도 그건 우리가 할당받은 좁은 세상에서 서로를 놓치지 않고 함께 사는 또 다른 방식일 뿐이니까요. 그와 싸웠다고 해서 그를 생각하지 않았던 건 아닙니다. 내가 읽고 있는 책이나 신문을 그가 보고 있는 것처럼 느끼며 이렇게 생각했으니까요. 그는 이걸 어떻게 생각할까? 지금, 이 순간 그는 이걸 어떻게 생각할까?"

신　　난 이 헌사를 읽고 이런 생각을 했어. 너무 사랑했으면서 동시에 너무나도 미워했던 친구, 과연 우리에게도 그런 친구가 있을까?

청　　… 미워할 친구를 가진 것도 어쩌면 행운일지 모르겠습니다.

신　　나를 떠나간 친구라고 해서 '저 자식 잘 죽었다' 같은 원색적인 저주가 아니라 그를 또 다른 인간으로 존경하고 예우해주는 모습에서 사르트르는 우정의 양면성을 모두 보여주었다고 생각해. 누구보다 무섭게 질투하고, 맹렬하게 싸웠지만, 동시에 지치지 않는 애정과 마르지 않는 존경심을 가지고 상대를 그리워했으니까. 그래서 그는 말했지. "당신이 혼자 있을 때 외롭다고 느낀다면, 나쁜 친구를 사귀고 있는 것이다."

"혼자 있을 때 외롭다면 나쁜 친구를 사귀고 있는 것이다."

Si vous vous sentez seul quand vous êtes seul,
vous êtes en mauvaise compagnie.

청 　오, 사르트르와 카뮈의 우정을 듣고 나니 더 멋진 말이
네요.

신 　세상에 완벽한 우정이란 없어. 죽고 못 사는 관계라도 어
느 순간 깨어질 수 있고, 죽이지 않고 못 사는 깨진 관계라
도 언젠가는 다시 이어질 수 있으니까. 하지만 내가 어떤
사람이라는 건 고독한 상황에서 극명하게 드러나지. 혼자
있는 게 불편하고 외롭다면 일단 자기 자신과의 관계가 원
만하지 않다는 뜻이야. 그렇다고 공허함을 채우기 위해 무
작정 친구에게 의존하는 것도 바람직하지 않아.

청 　그럼 친구를 너무 가까이도, 그렇다고 너무 멀리도 하지
말라는 건가요?

신 　헤르만 헤세의 『지와 사랑』*에 등장하는 나르치스와 골드
문트의 우정을 생각해볼 수 있을 거 같아. 생각과 기질, 성
격과 관심이 서로 전혀 달랐지만, 둘은 죽을 때까지 우정
을 유지하지. 동전의 양면처럼 너무나도 반대였던 나르치

---

* 원래 책 제목은 『나르치스와 골드문트 Narziß und Goldmund』다. 이게 우리나라에 번역 소
개되면서 왜 뜬금없이 『지와 사랑』이라는 서명으로 둔갑했는지 잘 모르겠다. 아마도 일
본판을 중역하면서 바뀐 게 아닐까 싶다.

스와 골드문트처럼 우리도 서로를 거울처럼 들여다보다가 결국 닮아가게 되거든.

청 그런 거 같아요. 친구와 싸우면서도 그에게서 제 모습을 보니까요.

신 친구와는 많이 다퉈야 해. 싸우다 결별하더라도 어느 정도 시간을 두고 나면 다시 만날 수 있는 여유가 생기거든. 친구를 곁에 두고도 외로움을 느끼는 건 자기 자신을 수용하지 못하거나, 타인에 의해 자신의 존재가 결정된다고 믿는 그릇된 믿음의 한 형태일 수 있기 때문이지.

청 사르트르는 어땠나요? 나중에 레이몽과는 화해했나요?

신 오랫동안 서로를 비판하는 데 한 치의 양보도 없었던 레이몽은 훗날 자신의 정적이었던 사르트르와의 관계를 묻는 질문에 "어제의 적은 오늘의 친구다. 잊을 수 있는 능력 없이 합리적인 정치란 없다L'ennemi d'hier est l'ami d'aujourd'hui. Il n'y a pas de politique raisonnable sans capacité d'oubli"라는 공전의 명대사를 남겼어. 멋짐 폭발이지? 카뮈도 그렇지만, 사르트르의 친구들은 어째 다들 한 멋 하는 거 같아.

신사는 천천히 일어나 콧노래를 부르며 턴테이블로 가서 레코드 판을 갈아 끼웠다. 그 사이 P는 지난주 다투고 냉전 상태에 있는 친구 Q를 떠올렸다. Q는 한때 자취방을 함께 알아볼 만큼 둘도 없던 절친이었다. 그러다 둘 사이에 사소한 오해와 감정의 앙금이 쌓이다 절교까지 갔다. 청년에게 친구는 가까운 듯 먼 존재였다.

life tips
1. 시간을 내서 평소 만나는 친구가 몇 명이 있는지 써보자. 그리고 친구를 친밀감의 정도에 따라 동심원으로 분류해보자.

2. 가장 중심에 놓인 친구가 몇 명인지 확인하고 그들과 우정을 나눈 기간을 이름 옆에 적어보자.

3. 동심원 외곽에 놓인 친구들에게 시차를 두고 전화나 문자, 톡을 보내보자. 잘 지내? 밥 먹었어? 같은 단순한 안부를 묻는 것도 좋다.

4. 최종적으로 내 인생에서 친구들이 모두 사라진다면 어떤 느낌일지 적어보자. 나는 신독愼獨을 수행할 수 있을지, 혹여 외로움을 느끼거나 않을지 시뮬레이션해보자. 내 나름대로 우정friendship을 정의해보자.

---

who's who **알베르 카뮈***Albert Camus*

1913년, 프랑스령 알제리의 몬도비에서 태어났다. 친부가 제1차 세계대전에서 전사하면서 암울하고 궁핍한 청소년기를 보냈다. 그의 삶에 한 줄기 빛은 고등학교 때 만난 철학교사 장 그르니에Jean Grenier였다. 그르니에의 영향으로 알제리대학교에서 철학을 공부하며 문학과 정치에 관심을 가졌고, 1942년 부조리와 인간 존재에 대한 실존적 주제를 다룬 소설 『이방인*L'Étranger*』을 출간하며 일약 유명 작가로 떠올랐다. 그의 책이 지성계에 소개되면서 사르트르와 각별한 친분을 유지했다. 1947년 출간한 소설 『페스트*La Peste*』에서 인간의 고난과 연대의 중요성을 다뤘고, 1951년 출간한 『반항인*L'Homme révolté*』에서는 부조리한 세계에 던져진 인간이 반항을 통해 자신의 존재를 확인하고 의미를 찾아야 함을 역설했다. 1957년, 그의 문학적 기여와 철학적 사유가 인정받으면서 노벨문학상을 수상했다. 1960년, 그의 나이 46세 때 자동차가 가로수를 들이받는 불의의 교통사고로 사망했다. 생전에 "자동차 사고로 죽는 것보다 더 의미 없는 죽음은 상상할 수 없다"는 말을 남겼다고 하니 카뮈는 죽을 때까지 인생의 부조리함을 몸소 보여준 셈이다. 그의 유해는 프랑스 남부 루르마렝 공동묘지에 묻혔다.

레이몽 아롱 *Raymond Aron*

우리에겐 그렇게 익숙하지 않은 인물이지만, 프랑스 정계에서는 꽤 유명한 우파 지식인이자 학계에서도 알아주는 정치사회학자다. 1905년, 프랑스 파리에서 태어났으니 사르트르와는 동갑인 셈이다. 파리 고등사범학교에 진학하여 철학을 공부하면서 사르트르와 친구가 되었다. 학교에 다닐 때 사르트르와 수석을 다퉜다고 한다. 전후 사회주의 노선과 드골 정부에 대한 견해 차이로 좌파를 선택한 사르트르와 갈라서며 공산주의를 옹호했던 다수의 동시대 지식인들과 대척점에 섰다. 1955년, 대표 저작『지식인의 아편*L'Opium des Intellectuels*』을 출간했고, 이후 소르본대학과 콜레주 드 프랑스에서 교편을 잡았다. "정치란 선과 악의 투쟁이 아니다. 미래와 과거의 투쟁은 더더욱 아니다. 좀 더 바람직한 것과 그렇지 않은 것 사이의 선택일 뿐이다"라는 명언으로 유명한 인물이다. 근자에 계엄령과 탄핵이 오간 대한민국의 정치 현실에서 볼 때 한 번쯤 진지하게 고민해볼 명언인 것 같다.

헤르만 헤세 *Hermann Hesse*

1877년, 독일에서 태어나 부친의 영향으로 일찍이 신학교에 다녔으나, 고전과 언어 학습에 싫증을 느껴 결국 신학교를 자퇴하고 만다. 이후 신경쇠약과 자살 충동으로 정신병원에 입원하기도 했으나, 그를 구한 것은 시적 감성과 문학에 대한 열정이었다. 이후 시계부품 공장 견습공과 서점 직원으로 생계를 유지하며 본격적으로 글쓰기에 천착한다. 그를 유명하게 만든 작품은 1919년 발표한『데미안*Demian*』이었다. 1922년에 당시로서는 보기 드물게 불교적 사유에 몰입한 작품인『싯다르타*Siddhartha*』를 발표했다. 1930년, 두 주인공의 상반된 삶을 통해 인간 본연의 두 가지 속성인 예술과 지식, 감성과 이성의 갈등을 탐구한『나르치스와 골드문트』를 출간했다. 1946년, 『유리알 유희*Das Glasperlenspiel*』로 노벨문학상을 수상했다. 1962년, 85세를 일기로 스위스 몬타뇰에서 사망했다. 그의 책은 사춘기 시절 필자에게 엄청난 영향을 미쳤다. 중학생 시절, 교회 선배 형이『유리알 유희』를 탐독하는 걸 곁에서 보고는 뭔 내용인지도 모르고 그냥 제목이 근사해서 읽었던 기억이 난다.

세 번째 골목

같이 있으면 불편하고, 혼자 있으면 외롭다네!
"타인은 지옥이다."

혼자 있는 게 좋은 나, 과연 이대로 괜찮은 걸까? 언제부턴가 혼자 있는 게 너무 편해졌다. 혼자 자고, 혼자 일어나고, 혼자 먹고, 혼자 노는 게 당연해진 나, 어디선가 읽었는데 이런 나를 일본에선 '히키코모리', 한국에선 '은둔형 외톨이'라 부른다더라. 이유는 알 수 없으나, 얼마 전부터 결혼하라는 부모님의 성화도 잠잠해졌다. 설날이나 추석날, 친척이 모인 곳에서 단연 빠지지 않는 화젯거리 중 하나였던 아들의 결혼 문제가 이번만큼은 언급조차 없이 지나갔다. 아마 포기하셨나 보다. 아무 소리 없이 묵묵히 고스톱이나 치고 있는 가족을 보고 있노라니 왠지 섭섭함마저 느껴진다. 목덜미가 다 늘어진 내 반팔 티를 붙잡고 눈물 찍고 하소연이라도 한다면 못

이기는 척 소개팅 자리라도 한번 나가보려고 했는데, 삼십 줄을 넘어 사십 줄을 바라보는 요즘 이제 그런 블랙코미디도 철 지난 응석으로 느껴진다.

그래서일까? 요즘에는 그냥 혼자 사는 것도 괜찮겠다는 생각도 든다. 이 나이에 결혼했다가 배우자 병 수발하다가 인생 끝날 거 같기 때문이다. 내 몸 하나 건사하기도 힘든데 남까지 존중하며 살아야 하나? 내가 하고 싶은 일 하면서 속 편하게 사는 게 낫지, 남들 비위 맞추면서 여기저기 눈치 보며 사는 게 적성에 맞지 않는다는 생각이 스멀스멀 올라온다. 그래서 다들 그렇게 반려견을 키우는 걸까? 얼마 전부터는 생각날 때마다 유기견 분양 사이트를 기웃거리는 것도 일상에서 빠지지 않는 일과가 되어버린 자신을 헛헛한 웃음으로 대한다. 내가 아프면 누가 내 병상을 지키고, 내가 죽으면 누가 나를 기억해줄까? 화려한 싱글을 노래하고 혼자살이의 판타지를 즐기면서도 가끔 내 쓸쓸한 말년이 걱정되는 건 그나마 내 속에 남아 있는 군집 동물의 DNA가 아직 퇴화하지 않아서일까? 같이 있으면 불편하고, 혼자 있으려니 외롭네.

관계는 시간에 따라 익어가는 와인 같은 것인지도 모른다. 청년 P는 어느덧 신사와 이야기를 나누는 게 편안하게 느껴졌다. 살롱이 풍겨내는 분위기는 고민을 술술 꺼내게 만드는 마력이 있는 것 같다. 친구와 우정에 대한 이야기를 나눈 P는 본격적으로 마음에 담고 있던 고민을 신사에게 꺼내놓기 시작했다.

청   오랫동안 취준생으로 있으면서 자존감이 밑바닥까지 떨어졌어요.

신   자존심이 아니고?

청   (버럭) 꼭 그렇게 남의 상처를 후벼 파야 직성이 풀리시겠어요?

신   아, 상처였다면 미안.

청   그래서인지 요즘에는 그냥 혼자 있는 게 훨씬 편하게 느껴져요. 누구 눈치도 볼 필요 없이 내가 하고 싶은 걸 하면 되니까요. 혼밥에, 혼술에 뭐든 혼자 해결하다 보니 이젠 주변에 사람이 있으면 오히려 불편합니다. 요즘 1인분 밀키트도 잘 나와요. 먹을 만합니다. 밀키트가 질리면 지에스25나 씨유 같은 편의점을 돌며 신상 도시락을 사 먹죠.

신   나도 혼자인걸. 그래도 난 시간 내서 밥은 꼭 다른 누구와 함께 먹으려고 노력하지.

청   저번엔 일본 여행도 혼자 갔어요. 땡처리 항공권이 싸게 나와서 바로 끊고는 다음 날 훌쩍 다녀왔죠. 덕분에 눈치 안 보고 오사카 도톤보리 맛집 투어를 맘껏 즐겼어요. 일정도 내 마음대로 짜니까 너무 편하고 좋더라고요. 몇 년 전 유럽 여행 때와는 너무 달랐죠. 그때는 동네 친구 둘이

랑 같이 갔는데, 관심부터 목적, 식성, 취향까지 저와 너무 달라서 도중에 여러 번 다퉜어요. 여러 문화도 체험하고 견문도 넓힐 겸 큰맘 먹고 간 여행이었는데 괜히 사이만 나빠져서 돌아왔습니다.

신 그래서 요즘 다들 '핵개인核個人'이란 말을 하잖아?

청 핵개인이요?

신 그래, 60~70년대만 해도 삼대가 같이 사는 대가족이 일반적이었잖아? 할아버지와 아버지, 그리고 손주 세대가 한 지붕 아래 함께 살던 때는 보통 가족이 십여 명이 넘었으니까.

청 그랬죠.

신 그러던 게 80년대로 넘어가면, 기껏해야 엄마 아빠와 자녀 둘, 이렇게 네댓 명이 가족 구성원의 전부가 되었지. 왜 「응팔」에 나오는 덕선이네처럼 말이야. 이른바 핵가족 시대가 온 거지. 그런데 이제는 핵가족도 핵분열을 하듯 더 잘게 쪼개졌어. 최근 송길영은 이를 두고 '핵개인'이라고 부르더군. 오늘날에는 가족 개념이 희미해지면서 개인이 더 두드러지는 시대에 살게 됐다고 말이야.

청 그런 면에서 보면 저도 핵개인 맞네요. 혼자 사는 사람들이 주변에 얼마나 많은데… 정말 1인 가족이 늘었어요. 1인 가족까지 '가족'이라 불러야 할지는 의문이지만….

신 그렇게 느끼는 게 당연할 거야. 요즘 TV만 틀어도 금방 알 수 있거든. 「나 혼자 산다」처럼 요즘 프로그램은 죄다 혼자 사는 사람을 보여주는 관찰 카메라뿐이야. 「혼자서도 잘 해요」의 성인 버전이라고나 할까? 요즘 MZ세대는 「나 혼자 산다」를 시청하며 비혼주의를 찬양하고, X세대는 「돌싱포맨」을 보며 화려한 돌싱의 부활을 노래하지. 뭐 나 같은 베이비부머라고 별 수 있어? 나이 오십만 넘어도 「나는 자연인이다」를 챙겨보며 관계와 속세에서 벗어난 자유인의 삶을 동경하니까. 어느새 우리는 세대를 불문하고 모든 형태의 인간관계를 걸리적거리는 폐품 취급하게 되었어.

청 이런 개인주의 감수성이 이미 우리 사회에 뿌리를 내린 거 같아요. 극강의 개인주의는 보수적이라는 사내社內 문화도 바꾸어 놓았으니까요. 점심시간이면 직장 팀원들과 함께 식사를 나누는 대신 혼밥을 즐기고, 칼퇴 이후 앞다투어 자신만의 여가생활을 즐기죠. 팀장이 오랜만에 회식이라도 제안할라치면 '워라밸'을 마치 누구도 넘지 말아야 할 인권의 마지노선처럼 고수하려 하더군요.

신 취준생이라며 회사 문화를 잘 아는군.

청 큭큭. 드라마 「미생」으로 사회를 배웠죠. 주인공 장그래에게 얼마나 몰입이 되던지.

신 그러고 보니 장그래도 취준생이었군.

청 어디 그뿐인가요? '팬텀 세대'라고 개인주의와 익명성이 만나 생긴 말인데, 내가 세상에 남기는 삶의 흔적조차 부담스러워하는 게 요즘 세태죠.

신　팬텀? 유령?

청　그렇죠. '오페라의 유령'이 아니라 '관계의 유령'이 되는 거죠. 한동안 동네 편의점이나 최애 식당에 잘만 다니던 사람도 주인이나 종업원이 자기를 알아보는 순간, 그곳을 더 이상 방문하지 않죠. 나에게 집중되는 시선조차 부담스럽거든요. 사람과 직접 만나거나 통화하는 걸 피하려고 굳이 문자나 카톡을 보내고, 인스타그램에 글을 영구 박제하는 것도 싫어서 일정한 시간이 흐르면 내가 끼적거린 글이 자동 폭파되는 '스냅챗'을 선호하죠.

신　맞아. '휘발성' 메신저가 요즘 인기라는 기사를 어디선가 읽은 적이 있어.

청　저 같은 젊은 세대가 일상에서 가장 친밀감을 느끼는 대상이 누군지 아세요?

신　글쎄. 연예인? 반려견?

청　스마트폰과 노트북이에요. 영상으로 공부하고 유튜브로 소통하는 게 익숙하니까요. 그러다 보니 스마트 기기에서 나와 같은 동질감과 동료로서의 인격을 느끼기도 합니다. 친구는 없어도 되지만, 폰은 없어선 안 되죠. 왜 요즘 와이프는 없어도 와이파이는 없으면 안 된다잖아요? 식탁에서 으레 조간신문을 펼쳐 읽으시던 옛날 아버지 세대와 크게 다를 것도 없어요. 요즘은 애나 어른이나 사람 대신 폰을 앉혀두고 밥을 먹으니까요.

신 난 요즘 말 중에 '손절'이라는 말이 특히 거슬리더군. '손절損切'은 주식투자 용어인 로스컷loss-cut에서 나온 건데, 일정 부분 손해를 보더라도 마이너스가 난 주식을 팔아치운다는 뜻이지. 세상에 가장 무서운 말이 "각자 이대로 안 보고 살면 된다", "한 번 보고 안 볼 사인데, 뭘", "거를 거면 빨리 걸러내라"라는 말 아닐까? 너는 너의 길을, 나는 나의 길을 가면 된다는 식으로 만날 때부터 손절 각을 재는 관계는 처음부터 비뚤어진 거지.

청 사람이 제일 무서운 존재니까요. 보통은 일이 힘든 게 아니라 사람이 힘들어서 직장을 그만두잖아요? 그래서 앞에 누군가 모르는 사람이 있으면 벌써 숨부터 턱 막혀요. 저 인간이 친구일까 적일까 짱구를 굴리는 것도 귀찮은 거죠.

신 인정, 그건 나도 그래.

청 세상에서 가장 불편한 30초가 언제인 줄 아세요? 우연히 엘리베이터에 모르는 사람과 함께 있어야 하는 순간이죠. 서로 멀뚱멀뚱 죄 없는 폰만 만지작거리면서 어서 그곳을 탈출하기만 기다리죠. 정말이지 지옥이 따로 없어요.

신 그래서 사르트르는 "타인은 지옥이다"라고 말했지.

청 아, 그게 사르트르의 말이었나요? 일전에 드라마도 있지 않았나요? 아니지, 웹툰이었나?

신 맞아, 원작자가 사르트르의 이 말을 어디까지 이해하고 썼는지 모르겠지만. 원래 사르트르가 했던 정확한 표현은 "지옥, 그것은 타인이다"였지.

"지옥, 그것은 타인이다."

L'enfer, c'est les autres.

청 오, 지옥을 타인이라고 부르니까 굉장히 무서운 말인 거 같아요.

신 그래, 그렇게들 생각하지. 그런데 이 말은 사실 굉장히 멋진 말이야.

청 멋진 말이라고요? 지옥은 불못이 활활 불타오르는 아수라 같은 곳이잖아요? 영화 「신과 함께」를 보세요. 나태지옥, 살인지옥, 배신지옥, 거짓지옥… 끊임없이 굴러오는 연자 맷돌에 몸통이 깔리고 갈리고 잘리는 사람들. 으, 무서워….

신 정반대지. 사르트르가 말하려고 했던 의도는 다른 데 있어.

청 그럼 왜 타인이 지옥이죠?

신 이 말을 두고 사르트르는 나중에 자신의 의도가 곡해됐다고 말하기도 했어. 사르트르가 진정 말하고 싶었던 건 도리어 타인을 지옥으로 만들지 말라는 거야. 남의 눈치만 보고 남의 기준과 남의 잣대에 자신을 맞추면서 살아가는 삶, 그것이야말로 지옥 그 자체가 아닐까?

청 남의 눈치만 보는 삶?

신 멀리 갈 것도 없어. 우리는 그 상황을 연예인 팬덤 문화에서 쉽게 찾아볼 수 있지. 예를 들어, 4인조 여성 아이돌 그룹 리더 '수지'가 있다고 해보자고. 아름다운 외모와 눈부신 몸매, 뛰어난 무대 매너는 그녀를 단번에 K-팝을 대표하는 여성 보컬로 만들어주었어. 팬들은 그녀의 청순미에 이끌려 굿즈부터 시작해서 각종 행사앨범을 경쟁적으로 사 모았어. 어디 그뿐이야? 온갖 선행과 봉사, 캐도 캐도 끝없이 나오는 미담으로 수지는 어느덧 마음씨 착한 '국민 여동생'으로 자리매김되지. 그런데 얼마 못 가서 그런 세계관에 균열이 가는 일이 터지고 말아. 황색 언론이 그녀의 흡연 장면을 포착하고만 거야.

청 오 마이 갓!

신 타블로이드 신문에서도 수지가 한 남자와 함께 술을 마시는 사진을 1면에 도배하자, 한순간 수지는 나락으로 떨어지고 말아. 청순가련은 개뿔, 여성여성한 느낌은 쥐뿔, 미디어가 이제껏 공들여 만든 모든 이미지가 날아가는 데 단 하루도 걸리지 않았지. 그리고 기다렸다는 듯이 하나씩 터지는 이상한 소문들. 그리고 실체가 없는 억측과 팩트를 알 수 없는 루머들. 추락하는 것은 날개가 있다는 말처럼, 그녀는 하루아침에 타인이라는 지옥을 맛보지.

청 누구보다 높이 날았던 만큼 바닥으로 곤두박질치는 위치에너지도 엄청났겠네요.

신 그런데 여기서 질문! 수지에게 무엇이 진짜 지옥일까? 자기 본성을 속이고 매스컴과 소속사가 지시하는 대로 만들어진 세계관 속에서 꼭두각시처럼 살아가는 '국민 여동생'으로서의 삶일까, 아니면 모두가 자기 실체를 다 알아버린 평범한 10대, 가끔 담배도 피우고 친구들이랑 노래방도 가는, 그러다 마음에 맞는 교회 오빠랑 썸도 타는 '일반 여고생'으로서의 삶일까?

청 아무래도 후자 아닐까요? 저라면 못 견딜 거 같은데.

신 농Non*! 사르트르는 도리어 전자의 삶이 지옥이라고 말할걸? 타인의 시선에 포착되어 자신의 자유가 박탈된 삶이야말로 진짜 지옥이지. 당장은 힘들겠지만 시간이 흐르면 수지도 일반인으로 복귀한 삶이 더 행복하다고 느낄 거야. 먹고 싶은 떡볶이도 눈치 안 보고 먹고, 때로 나이트에 놀러 가서 담배도 피우고 술도 마시고, 가끔 미친 척하고 도로를 활보할 자유가 있는 평범한 인간으로서의 삶 말이야.

---

* '농'은 프랑스어로 '아니오'라는 뜻이다.

청　공감이 안 돼요. 저는….

신　주변을 한번 둘러봐. 내 인생에 1도 책임지지 않는 사람들의 이런저런 말들에 얼마나 휘둘리고 사는지 좀 보란 말이야. 인싸가 되려면 최신 기종 아이폰 하나쯤은 들고 있어야 한다는 친구, 남들 보기에 모양 빠지지 않으려면 최소한 명품 신상 정도는 입어줘야 한다는 동료, 남자라면 누가 보더라도 뽀대 나는 외제 자동차, 여자라면 수백만 원을 호가하는 명품 핸드백은 있어야 한다고 뽐뿌질하는 인간… 우리 주변에 너무 많잖아?

청　너무 뼈를 때려서 반박할 수가 없네요.

신　끊임없이 타인과 나를 비교하고 타인의 시선에 나를 맞추려는 시도가 진짜 생지옥인 셈이지. 토니 모리슨Toni Morrison의 소설 『가장 푸른 눈*The Bluest Eye*』에는 백인의 푸른 눈을 갖고 싶어 하는 흑인 소녀 페콜라가 주인공으로 등장해. 푸른 눈만 가질 수 있다면 피부색에 상관없이 백인이 될 수 있을 거라고 꿈꾸지. 그녀는 남들이 자신을 흑인이 아닌 백인으로 봐주기를 바라는 거야. 우린 다 누군가의 호의가 담긴 인정과 선의의 평가를 받고 싶어 하고, 그들의 마음에 들기를 바라고, 그래서 그들과 함께할 수 있기를 욕망하니까. 이런 심리를 소위 인정 투쟁이라고 하는데, 이게 사르트르가 말한 타인이 지옥이라는 말의 본래 의미야.

청 그런 뜻이었군요.

신 여기서 중요한 건 사르트르는 타인을 복수로 썼다는 거지. 우리말로 정확히 옮기면, '타인l'autre'이 아니라 '타인들les autres'인 셈이야. 우리는 불특정 다수, 타인들의 장벽에 둘러싸여 있어. 아니 타인들의 장벽에 우리를 스스로 세워둔 셈이지. 타인의 평가와 타인의 안목, 타인의 욕망에 나를 던져버리는 순간, 병풍처럼 나를 둘러싼 타인은 대번 지옥으로 돌변하지.

청 그럼 아예 타인이 없는 곳으로 가면 끝나잖아요? 아무도 나를 모르는 곳으로.

신 그게 가능할까? 타인은 언제나 우리 주변에 있거든. 우리가 타인들의 장벽에서 도망칠 수 있는 곳이란 없어. 「나는 자연인이다」에 나오는 주인공들이라고 다를까? 아무리 인적 없고 와이파이도 안 터지는 첩첩산중에 틀어박혀 산들 인간은 어디서건 타인을 만날 수밖에 없는 운명이야. 아니, 당장 타인이 없다면 타인을 만들어내서라도 자기 앞에 대령하려고 할걸?

청 그럼 어떻게 타인의 시선에서 벗어날 수 있죠? 불가능한 거 아닌가요?

신 물론 인생에 정답은 없어. 사르트르의 실존주의 철학이 우리에게 가르쳐주는 해답이지. 그런데 타인을 내 인생의 정답으로 여기고 사는 삶이 과연 행복할까? 혹시 퀸의 「보헤미안 랩소디」 알아?

청   그럼요. 영화도 빼먹지 않고 봤는걸요.

신   오늘날 보헤미안은 자유인의 상징이지. 일정한 목적지도
      행선지도 없이, 그야말로 정처 없이 유럽 전역을 돌아다니
      던 집시들은 '보헤미안'이라는 이름으로 불리며 온갖 부
      당한 차별과 질시, 혐오와 조롱, 나아가 생존의 위협까지
      받았지. 그런데 그들은 날마다 새로운 삶으로 다시 태어나
      는 꿈을 꾸던 진정한 자유인들이었어. 그런 그들의 방랑과
      자유의 열정은 1960년대 미국 사회에서 '플라워 파워'를
      이끌었던 히피들에게 전염되었지.

청   영화 「포레스트 검프」에 나오는 제니처럼요?

신   그렇지. 그들은 타인을 악마로 규정하고 그들을 없애버리
      려는 지옥 같은 현실에서 자유와 사랑과 평화를 노래했어.
      그들에겐 타인에게 들이댄 총부리에 자신이 머리에 꽂고
      있던 한 송이 이름 없는 들꽃을 꽂아줄 수 있는 선의가 있
      었거든. 그래서 말년의 사르트르는 '반전, 반핵'을 외치는
      그들과 함께 길거리로 나선 거야.

청   사르트르 역시 치열하게 살았군요.

신   서구에서는 사르트르를 흔히 타자를 발견한 철학자로 꼽
      는데, 나는 그의 타자론을 갈등과 소외 같은 부정적인 측
      면에서만 이해하는 것에 반대해. 만약 사르트르가 타자
      와의 관계를 오로지 갈등으로만 보았다면 그의 치열한 사

누구든 집회 현장에 가면 사르트르를 만날 수 있었다. 왼쪽에서 확성기를 들고 있는 사람은 푸코다.

회 참여는 아무런 의미가 없어지지. 어쩌면 그의 타자론도 에마뉘엘 레비나스Emmanuel Levinas가 말한 타자에 대한 '환대l'hospitalité'의 경험과 맞닿아 있을지도 몰라.

청 환대요?

신 그래. 아브라함 종교* 전통에서는 집을 방문하는 이방인이나 나그네를 아무 조건 없이 맞아들이는 관습이 있었다고 해. 그들은 내 집의 문고리를 두들기는 수수께끼 같은 인

---

* 소위 '아브라함 종교Abrahamic religions'는 아브라함을 믿음의 조상으로 삼는 유대교와 그리스도교, 이슬람교를 지칭한다. 배타적 유일신 사상으로 인해 아브라함 종교는 오늘날 종교분쟁의 뇌관이 되어버렸다.

물이 대체 누군지, 어떤 생각을 가진 사람인지, 나와 같은 종교, 같은 국적의 사람인지, 심지어 그가 강도인지 살인자인지 묻지 않고 손님으로 대접해야 했어.

청 헐, 살인자까지요?

신 말이 그렇다는 거야. 그리고 그들에게 따뜻한 밥과 잠자리를 제공해야 했지. 나그네를 환대하지 않고 내쫓으면 그를 간접적으로 살해하는 거나 마찬가지였어. 바깥은 배고픔과 추위, 독사와 전갈이 도사리는 사막이었기 때문이야. 사르트르의 타자론은 정말 중요하기 때문에 앞으로 계속 설명할 거야. 일단 꺼진 양초부터 바꾸세.

테이블 위에 놓인 촛대는 하얀 속살을 드러내듯 양초라는 외투를 벗고 수줍게 심지를 드러냈다. 신사는 말을 멈추고 천천히 새로운 양초를 촛대에 꽂았다. 갑자기 밖에서 후두둑 소나기가 내리기 시작했다.

---

life tips   1. 평소 나를 짜증 나게 하는 사람들을 종이에 적어보자. 아랫집 베란다에서 담배 피우는 아저씨, 시도 때도 없이 쿵쾅거리는 윗집 아이들, 매번 약속 시간 어기는 친구, 시집 장가가라고 잔소리하는 친척, 부모, 직장 상사, 선배, 정치인, 종교인 등 누구든 상관없이 다 적어보자.

2. 반대로 나를 즐겁게 해주는 사람들도 적어보자. 친구, 배우자, 가족, 연예인, 셀럽 등 누구든 상관없다. 다만 사람이어야 한다.

3. 다 완성했으면 1번과 2번을 뒤집어놓고 생각해보자. 다시 말해, 아랫집

화장실에서 맛있게 담배를 태우는 아저씨가 내 아버지라면? 반대로 내가 가장 사랑하는 아이돌 여가수가 내 윗집에서 매일 깡총깡총 뛰며 춤 연습을 한다면? 꼴 보기 싫은 직장 사수가 알고 봤더니 내가 구독해서 즐겨 보는 유튜브 셀럽이라면?

---

who's who **토니 모리슨** *Toni Morrison*

1931년, 미국 오하이오 주에서 태어났다. 하워드대학교에서 영문학을 전공하고 코넬대학교에서 석사학위를 받았다. 졸업 후, 출판사에 입사해 편집자로 일했다. 출판사에 근무하던 시기, 그녀는 흑인 권투선수 무하마드 알리의 자서전을 출간하기도 했다. 1970년, 첫 소설 『가장 파란 눈』으로 화려하게 데뷔했고, 1993년에는 이 작품으로 여성 작가 최초로 노벨문학상을 수상했다. 1987년, 미국의 노예제를 통해 인종주의의 그늘을 고발한 소설 『빌러비드*Beloved*』를 발표해 명실공히 20세기 최고의 여류 소설가 반열에 오른다. 이 작품은 훗날 오프라 윈프리, 대니 글로버 주연의 영화로 만들어지기도 했다. 1989년부터 2006년까지 프린스턴대학교에서 인문학 석좌교수로 재직했다. 2012년, 버락 오바마 대통령에게서 자유 훈장을 받았고, 2019년, 88세의 일기로 뉴욕에서 사망했다. 개인적으로 그녀의 대표작 『가장 파란 눈』의 일독을 권한다.

에마뉘엘 레비나스 *Emmanuel Levinas*

1906년, 리투아니아에서 신실한 유대인 가정의 장남으로 태어났다. 1923년, 프랑스 스트라스부르대학교에서 철학을 전공하다가, 1928년, 독일 프라이부르크대학에서 에드문트 후설과 마르틴 하이데거Martin Heidegger를 만나면서 본격적으로 현상학을 공부했다. 제2차 세계대전이 터지자, 프랑스군으로 입대했다가 독일군의 포로가 되어 수용소에서 여러 번 죽을 고비를 넘기기도 했다. 이때 유럽을 휩쓴 전체주의의 망령을 목도하며 그가 평생 화두처럼 천착했던 '타자성의 철학'을 구상했다. 1964년, 푸아티에대학에서 교편을 잡았다가 1967년 낭테르대학, 1973년에서 1976년까지 소르본대학에서 학생들을 가르쳤다. 대표작으로는 1947년 『시간과 타자*Le Temps et l'Autre*』와 1961년 『전체성과 무한*Totalité et Infini*』등이 있다. 레비나스는 근대적 이성주의가 가지고 있는 전체성이라는 폭력 앞에서 타자의 '환대'를 제시한다. 개인적으로 레비나스는 대학 후배의 서재에서 처음 만났다. 강영안 씨의 책이었던 것으로 기억하는데, 정확한 제목은 가물가물하다.

말 많은 시대를 살아가는 그대에게
"말은 장전된 총이다."

그는 말을 참 못되게 하는 인간이다. 자원부 2팀 김 부장. 아이스 아메리카노를 빨며 옆에 앉은 김 대리에게 "요즘 날씨가 너무 더운 거 같아"라고 말하면, 어디서 듣고는 기다렸다는 듯 "젊어서들 좋겠어? 땀도 나고"라며 쏘아붙인다. 나 참 어이가 없어서. 아침부터 뭣 때문에 골이 났는지 세상에 모든 불만은 다 이고 진 것 같은 얼굴을 해 가지고 나한테 와서는 옷 트집, 머리 트집부터 잡는다. 내가 자기 장난감인지, 분풀이용 쓰레기통인지, 틈만 나면 결혼하지 않는 요즘 젊은것들은 이기적이라는 둥, 다들 자기 편한 것만 찾고 어려운 일은 피하고 본다는 둥, 누구 들으라는 것처럼 월요일 아침 댓바람부터 온갖 꼰대질을 일삼는다. 정말이지 오늘 밤 꿈에 나올까 두려

운 인간이다. '아휴, 저 인간 때문에 내가 직장을 옮기든지 해야지.'

자고로 대한민국 카페 알바생의 위기는 세 단계로 닥친다는 말이 있다. "어떻게 오셨어요?" 물으면 대뜸 "걸어오지 그럼 기어서 오리?" 대놓고 반말부터 찍찍하는 인간들의 하대가 첫 번째 단계다. 어디서 뺨 맞고 엉뚱한 데 와서 눈 흘긴다고 아니 자기가 나를 언제 봤다고 지랄이 풍년인지 생각할수록 복장이 뒤틀리지만 애써 웃음으로 위기를 넘긴다. "아메리카노!"라는 퉁명스러운 주문에 어금니 꽉 깨물고 나름 상냥하게 "차갑게 드릴까요?" 물으면, "그럼 이 여름에 뜨거워 뒤지리?" 되려 쏘아붙인다. 두 번째 위기다. 목구멍으로 올라오는 온갖 욕지기를 간신히 삼키고 "음료 나왔습니다" 하니 안 먹겠으니 싸달란다. 나가면서 한마디 한다. "이 집은 서비스가 왜 이래?" 세 번째 위기다. 하루에도 열 번씩 쓴물이 올라오는 나, 무방비 상태에서 투척한 못된 말을 어떻게 원더우먼처럼 튕겨낼 수 있을까?

신사는 마치 제사상에 향불을 피우듯 양초에 불을 켰다. 그 모습은 경건하기까지 했다. 양초가 환하게 켜지자 사르트르 살롱은 마치 새로운 세계로 순간이동한 것처럼 또 다른 이미지의 공간으로 탈바꿈했다. 청년 P는 줄곧 내성적인 성격으로 고민이 많았다. MBTI에서도 극 I에 해당하는 그는 언제나 큰 문제가 아니면 남들에게 묻어가는 편이었다. 문제는 여러모로 불리한 상황에 닥쳤을 때다. 그때마다 제때 제대로 말하지 못한 것 때문에 언제나 불이익을 당하기 일쑤였다.

청 아, 그때 이 말은 꼭 해주고 돌아섰어야 했는데…. 왜 나는 남 앞에만 서면 버벅거리고 횡설수설할까요? 그 인간 면전에 대고 그때 그 말을 하지 못한 걸 후회하며 집에 돌아와 이불 킥을 날리는 저는 뭐가 문제일까요?

신 내성적인 성격인가?

청 말주변이 없어서 고민입니다. 남들처럼 말을 잘하고 싶어요.

신 말주변이라…. 말은 아주 중요하지. 독일의 실존주의 철학자 마르틴 하이데거는….

청 잠깐만요. 또 새로운 철학잔가요?

신 사르트르의 실존주의 철학을 이해하려면 하이데거 정도는 알아둬야 해.

청 (한숨) 어련하시겠어요.

신 일찍이 하이데거는 "언어는 존재의 집Die Sprache ist das Haus des Seins"이라고 말했어. 말은 단순히 음성이나 소리에 그치지 않고, 한 사람의 존재를 대변한다는 뜻이지.

청 그렇다면 전 그 집을 철근 다 빼먹고 날림으로 지어 올린 게 분명해요. 미처 다 내뱉지 못한 말들이 머릿속을 어지러이 맴도니까요.

신 왜?

청 전 남들처럼 말을 요령 있게 하지 못하거든요. 사르트르
　　아저씨는 말 잘하는 법 같은 건 말해주지 않았나요?

신사는 지그시 웃으며 앞에 놓인 칵테일 잔을 만지작거렸다. 무
언가 말을 꺼내려고 할 때 반복하던 동작이었다. P는 그가 어떤 말
을 할지 조용히 기다렸다. 이윽고 신사는 천천히 입을 뗐다.

신 옛말에 '아 다르고 어 다르다'는 말이 있지. 한때 나는 이
　　말이 무척 궁금했어. 과연 무슨 뜻일까 하고 말이야.

청 말의 본새가 다르면 내용도 달라진다는 뜻 아닌가요?

신 사르트르는 자신의 어린 시절 전기傳記를 쓰면서 제목
　　을 『말』이라고 붙였지. 신기하지? 자서전 제목이 '말'이라
　　니…. 불어로는 복수형으로 '레 모Les Mots'라고 썼으니까
　　굳이 우리말로 옮긴다면 '말들'쯤 되겠네. 어쩌면 그는 언
　　어가 존재의 집이라고 했던 하이데거의 본심을 제대로 이
　　해했는지도 몰라.

청 뭐 하고 싶은 말이 많았나 보네요….

신 '모토motto'라는 말도 바로 이 단어에서 온 거야. 이 단어
　　는 본래 '조각'을 의미하는 라틴어에서 나왔거든. 낱말, 즉
　　말의 가장 작은 조각에 해당한다는 거지. '아' 다르고 '어'

다른 게 말의 본질이야. 사실 '아'와 '어'는 한 끗 차이지. 점을 어디에 찍느냐에 따라 다른 말이 되는 게 말 조각이 지닌 위력이야. 왜 노래 가사에도 있잖아? '남'이라는 글자에 점 하나를 지우고 '님'이 되어 만난 사람도 '님'이라는 글자에 점 하나만 찍으면 도로 '남'이 되는 장난 같은 인생사….

청   (웃음) 아니 도대체 언제 적 노랜가요?

신   말이 그렇다는 거야. 말 조각 하나하나가 들러붙고 맞춰지고 해서 인격이라는 하나의 거대한 모자이크를 완성한다는 거지. 1194년에 지어진 프랑스 샤르트르 대성당Chartres Cathedral의 웅장한 스테인드글라스도 사실 작은 한 개의 색유리에서 출발한 거잖아? 생뚱맞은 색깔의 유리가 어딘가에 하나라도 잘못 박혀 있으면 스테인드글라스 전체가 엉망이 되고 말거든. 이처럼 말이 지니는 위력을 누구보다 절감했던 사람이 사르트르였어.

청   맞아요. 한 번 말실수하면 그동안 잘해왔던 모든 일을 다 그르치니까요. 그래서 말로 천 냥 빚도 갚는다는 말이 있잖아요?

신   그래서 사르트르는 『말』에서 이렇게 말했어. "말은 장전된 총이다."

"말은 장전된 총이다."

Les mots sont des pistolets chargés.

청 오, 강렬한데요?

신 말은 언제고 격발을 기다리는 총이지. 발화發話는 발사發射와 같아. 방아쇠를 당기면 공이가 때리고 뇌관이 폭발하면서 약실 속 탄환을 밖으로 밀어내지. 누군가는 그 탄환을 맞고 죽을 수도 있고, 누군가는 그 총알로 혁명을 이룰 수도 있어. 1914년, 세르비아의 한 청년이 오스트리아의 황태자에게 쏜 총탄은 유럽을 전쟁의 소용돌이로 몰아넣었고, 1980년, 뉴욕의 한 빌딩 로비에서 미치광이 사생팬이 쏜 총알은 반전 반핵운동의 기수였던 존 레논을 쓰러뜨렸지.

청 한마디로 역사적 총알이네요.

신 그런데 총을 쏜다는 건 앞에 '과녁'이 하나 놓여 있다는 거지. 목적 없이 허공에 대고 총을 쏘지 않는다면 말이야.* 우리에게 그 과녁은 무엇일까? 올림픽에 출전하는 사격 국가대표 선수라면 1점부터 10점까지 그려진 흑백의 표적

---

* 물론 허공에 총을 쏘는 것도 눈에 보이지 않을 뿐 특정한 과녁(목적)이 존재한다. 정치적인 목적으로 특정 인물의 장례식 때 공중으로 조총弔銃을 격발하거나, 하다못해 언제라도 총을 쏠 수 있다며 주변을 위협하려는 목적으로 영화 속 은행털이범은 시위하듯 허공에 대고 총을 쏘기도 한다.

지가 되겠지. 안중근처럼 '대한독립'을 염원한 우국지사라면 이토 히로부미의 심장이 될 거야. 이처럼 사르트르는 우리가 발화하는 모든 언어에는 과녁이 있다고 본 거지. 우린 모두 언어 사용에 있어 자유롭지만, 거기에도 응분의 책임이 존재한다는 말이야.

청 엎질러진 물이다, 딱 그건가요?

신 언어에 강력한 힘이 있다는 거지. 사르트르는 언어가 단순한 의사소통의 수단이 아니라 사람들의 생각과 행동에 큰 영향을 미칠 수 있는 도구라고 봤어. 내 말 한마디가 누군가의 삶에, 아니 사회 전체에 엄청난 영향을 미칠 수 있다는 거지. 나아가 언어는 조준한 과녁, 즉 언어의 대상에 어마어마한 충격을 줄 수 있어. 혹시 '호명'이라는 말 들어봤나?

청 (당당하게) 금시초문입니다.

신 '호명interpellation'은 프랑스의 마르크스주의자 루이 알튀세르Louis Althusser의 용어인데, 말 그대로 '이름을 부르는 것呼名'을 말해. 우린 살아가면서 이름을 붙이는 게 때로 모든 존재를 규정한다는 사실을 깨달을 때가 있어. 쉽게 말해, 우리는 이데올로기를 담아서 언어를 사용한다는 거야. 혼혈을 '튀기', 흑인을 '니그로'라고 부르는 것처럼 말이야.

청 헐. 미국에서 그러면 총 맞죠. 그러고 보니 말이 총이라는 말이 맞네요.

신　다른 예를 들어보자고. '저출산低出産'을 '저출생低出生'으로 한 글자만 바꾸면, 인구 절벽의 원인을 가임기 여성에게서 남녀 모두의 문제, 사회생물학적 문제로 전환할 수 있지. 나아가 '북미 인디언'을 '북미 선주민'으로, '에스키모인'을 '이누이트'로 바꾸는 것은 잘못된 명칭, 즉 오칭misnomer을 바로잡아 원래 의미를 복원하려는 의도를 갖고 있지.*

청　오, 그럴듯해요. 이름을 어떻게 부르느냐가 그 대상을 결정한다? 한마디로 이름값 한다는 거네요?

신　나아가 이름은 존재 그 자체이기도 해. 시인 김춘수는 「꽃」에서 이렇게 말했지. '내가 그의 이름을 불러주기 전에는 그는 다만 하나의 몸짓에 지나지 않았다. 내가 그의 이름을 불러주었을 때, 그는 나에게로 와서 꽃이 되었다.'

청　이름이 존재의 탄생인 거네요.

신　언어가 존재의 집인 셈이지. 같은 맥락에서 대니얼 디포Daniel Defoe의 소설 『로빈슨 크루소』에서는 주인공이 표류한 섬에 이름 없는 야만인 '프라이데이'가 등장하지. 작

---

* 콜럼버스는 자신이 발견한 신대륙(사실 '신대륙'이라는 명칭도 틀렸지만!)을 죽을 때까지 인도라고 믿었다. 그래서 그는 멕시코인들을 '인디언(인도인)'이라고 불렀다. '날생선을 먹는 사람'이라는 뜻의 에스키모 역시 서구인들이 이누이트를 잘못 부른 오칭이자 멸칭이다. 이누이트는 '진짜 사람'이라는 뜻이다.

명의 원리는 유치할 정도로 단순했어. 주인공 크루소가 그를 금요일에 처음 만났다는 게 이유였으니까. 이름을 받는 순간, 이름도 없던 '야만인' 프라이데이는 이름을 가진 '문명인'으로 거듭난 거지.

청 호주의 캥거루도 비슷한 사례잖아요? 아웃백에 사는 원주민(어보리진)의 언어로 캥거루가 '나도 모른다'라는 뜻이라면서요? 그걸 제임스 쿡James Cook 선장이 이름으로 착각해서 지었다던대….*

신 하긴 그렇게 따지면 '노브랜드'도 그 자체로 하나의 브랜드니까. 왜 영화 「극한직업」에는 '창식이'가 등장하잖아? 그런데 사실 창식이라는 이름으로 불리느냐, 아니면 '테드 창'이라는 이름으로 불리느냐는 범죄 조직 보스에게 정말 중요한 위신 문제잖아?

청 큭큭, 그렇긴 해요.

신 사르트르는 작가라면 글과 말을 통해 사회와 정치 현실에 타격을 줘야 한다고 믿었어. 그래서 그는 "오늘날 현대문학은 언어의 암癌이라는 중병에 걸려 있다"고 일갈했지. 사르트르는 언어가 인간을 억압하거나 해방하는 도구로 작용할 수 있음을 일찍부터 깨달은 거야.

---

* 이 주장을 뒷받침할 만한 민속지나 문헌이 존재하지 않기 때문에 낭설이라고 보는 견해도 있다.

청　말을 조심해서 잘해야겠네요.

신　신기한 건, 아까 모토라는 단어도 이야기했지만, 라틴어 모토에는 '침묵'이라는 뜻도 있다는 거야.

청　네? 그건 거의 반대말이잖아요?

신　침묵하거나 꿀 먹은 벙어리라는 뜻의 영단어 '뮤트mute'* 가 여기서 나왔지. 사르트르는 말 한마디가 천 냥 빚을 갚을 정도로 중요하지만, 때로 침묵도 중요하다는 걸 이야기한 게 아닐까? "웅변은 은이요, 침묵은 금이다"라는 토머스 칼라일Thomas Carlyle의 말처럼 말이야. 그래서 사르트르는 "모든 말은 하나의 결과를 가지며, 침묵 또한 그렇다"고 말했지.

"모든 말은 하나의 결과를 갖는다. 모든 침묵 또한 그렇다."
Chaque parole a une conséquence. Chaque silence aussi.

신　2019년에 개봉한 영화 「나이브스 아웃」을 보면, 거짓말을 하면 바로 구역질을 해대는 여자 주인공이 등장하지. 85세 생일에 살해된 베스트셀러 미스터리 소설가 할아버지 할런의 간병인 마르타가 바로 그 주인공이야. 그녀는 거짓말을 하는 것은 물론이고 심지어 머릿속에 거짓말을 떠

---

* 영어 단어 'mutter'도 같은 어근을 갖고 있다.

올리기만 해도 먹었던 것을 바로 입 밖으로 토해내지. 역류성 식도염을 제외하고 우리는 보통 언제 구토를 할까? 뭔가 잘못된 음식을 먹거나 배탈이 나지 않고서야 그리 흔한 일은 아니잖아?

청 그렇죠.

신 침묵을 지키는 건 말보다 더 중요할지도 몰라. 예수는 일찍이 "입으로 들어가는 것이 사람을 더럽히는 것이 아니라 입에서 나오는 것이 사람을 더럽힌다(「마태복음」 15장 11절)"고 말했지. 거짓말이나 더러운 말을 토해낼 바에야 아예 침묵을 지키는 게 덜 비겁한 건 아닐까? 그래서 비트겐슈타인은 말했지. "말할 수 없는 것에 대해서는 침묵해야 한다Wovon man nicht sprechen kann, darüber muss man schweigen."*

말할 수 없는 것에 대해서 침묵해야 한다는 신사의 말을 듣고 청년은 갑자기 생각에 잠겼다. 우리는 일상에서 얼마나 많은 말들의 홍수 속에서 살고 있는가. 지금도 서로를 조준하며 내뱉는 가시 돋친 말들이 얼마나 서로의 마음을 찌르고 있는가.

---

* 비트겐슈타인의 책 『논리철학논고』의 마지막 문장이다.

1. 나를 이끌어준 유명인의 말을 떠올려보자. 내가 삶의 모토로 삼는 명언도 좋고 어려울 때마다 생각하는 좌우명도 좋다. 성구도, 금언도, 아니면 짤막한 이야기도 좋다.

2. '아, 이 말은 하지 않는 게 좋았을걸.' 뱉어놓고 후회한 말들을 적어보자. 구체적인 말이 생각나지 않는다면 당시 상황을 떠올려보자.

3. 반대로 말로 천 냥 빚을 갚았던 경험도 떠올려보자. TPO에 맞는 말 한마디가 나를 난처한 상황에서 벗어날 수 있게 해주었던 경험도 좋다.

4. 하이데거의 '언어는 존재의 집'이라는 말을 어떻게 생각하는가?

5. 말과 글이 당사자의 인격을 대변한다면, 나는 스스로 어떤 인격을 갖고 있는지 평가해보자.

마르틴 하이데거*Martin Heidegger*

1889년, 독일에서 성당지기의 아들로 태어났다. 1909년, 신학자가 되기 위해 프라이부르크대학에서 신학을 전공했으나, 얼마 못 가서 전공을 철학으로 바꾼다. 이후 대학교에서 신칸트주의와 에드문트 후설의 현상학을 공부하였고, 박사학위를 취득한 다음, 1923년 마르부르크대학교, 1928년 모교인 프라이부르크대학교에서 교편을 잡았다. 1927년, 그의 대표작인『존재와 시간*Sein und Zeit*』을 발표하면서 자신의 이름을 세상에 알렸다. 이 책에서 그는 인간을 세상에 던져진 존재이자 시시각각 변하는 실존의 문제로 고민하는 '현존재*Dasein*'로 규정했다. 이러한 실존 개념은 사르트르에게 지속적인 영향을 미쳤으며, '세계-내-존재', '기투' 등의 개념을 제시하여 실존주의 철학의 토대를 놓았다. 이성의 간계일지 천재의 한계일지 하이데거는 1933년 이후 스스로 나치당에 입당하여 훗날 나치 독일(제3제국)의 사상적 기반을 구상하고 유대인 말살 정책에 부역하는 시대적 우를 범했다. 전후 전체주의의 구조와 역사를 폭로하며『예루살렘의 아이히만*Eichmann in Jerusalem*』과『전체주의의 기원*The Origins of Totalitarianism*』을 쓴 유대인 철학자 한나 아렌트*Hannah Arendt*가 그의 제자이자 연인이었던 건 아이러니한 일이다. 개인적으로 하이데거는 대학 시절부터 오랫동안 붙잡고 씨름했던 철학자다. 일부에선 사르트르가 그를 창조적으로 오해했다고 하는데, 사실 나도 하이데거를 어디까지 이해했는지 자신이 없다. 아렌트는 지금 캐나다에서 목회자로 활동하는 후배에게서 처음 소개받았다.

루이 알튀세르 *Louis Althusser*

1918년, 프랑스령 알제리에서 태어났다. 1939년, 파리 고등사범학교 합격 후 바로 징집되어 전선에 배치되었다가, 독일군의 포로가 되어 수용소에 5년 동안 수감되었다. 종전 후, 모교에서 학생들에게 철학을 가르쳤다. 학교에서 자크 데리다Jacques Derrida를 위시하여 알랭 바디우Alain Badiou, 에티엔 발리바르Étienne Balibar, 자크 랑시에르Jacques Rancière 등 현재 프랑스 현대철학계에서 이름만 대면 알만한 굵직한 제자들을 지도했다. 1965년, 『마르크스를 위하여*Pour Marx*』와 『자본론을 읽자*Lire 'le Capital'*』를 출간하면서 단번에 구조주의 철학의 대표자이자, 마르크스 이후 가장 독창적이고 혁신적인 마르크스주의 철학자로 인정받았다. 말년에 정신착란증으로 아내를 목 졸라 살해하는 비극이 벌어지면서 학계에서 퇴장한다. 개인적으로 한신대 대학원을 다니던 후배에게서 알튀세르를 소개받았다. 그의 철학을 좀 더 알고 싶다면 『알튀세르의 철학적 유산』이라는 책을 권하고 싶다.

대니얼 디포 *Daniel Defoe*

1660년, 영국 런던에서 태어났다. 14세에 비국교도 학교에 입학하여 신학과 역사, 외국어, 지리, 과학 등 다양한 학문을 배우며 교양을 쌓았다. 1684년, 결혼하면서 막대한 지참금을 가져다준 아내 덕분에 일찍이 상인으로 성공할 수 있었다고 한다. 1692년, 아내를 너무 믿었는지 여러 가지 사업에 손을 댔다가 영국 왕실에 엄청난 빚을 지면서 파산 신청을 했고, 결국 감옥에 갈 수밖에 없었다. 출소 후, 유럽과 스코틀랜드를 여행하다가 1695년 다시 런던으로 돌아왔다. 이때 본명인 '포Foe'를 '디포Defoe'로 바꾸고 병에 세금을 매기는 유리세 직원으로 일하며 생계를 유지했다. 1719년, 『로빈슨 크루소』를 발표하면서 작가로서 큰 명성을 얻었다. 그로부터 3년 후인 1722년에 출간한 작품으로 『전염병 일지*A Journal of the Plague Year*』가 있다. 다른 건 몰라도 그의 출세작인 『로빈슨 크루소』는 모두가 한 번쯤 들어봤을 것이다.

김춘수 金春洙

1922년, 경상남도 통영에서 태어났다. 경기고등학교를 졸업한 뒤, 1941
년 일본 니혼대학 예술학부에서 수학했다. 해방 후 귀국하여 통영중학교,
마산고등학교에서 교편을 잡다가, 1946년, 시 「애가」를 발표하면서 작가
의 길에 들어선다. 전후 경북대, 영남대 국어국문과 교수로 재직하며 후학
을 길렀다. 1981년, 한나라당 소속으로 정계에 진출하여 제11대 국회의원
이 되었다. 정계를 은퇴한 뒤에는 창작과 집필에 전념하다 2004년 지병으
로 사망했다. 서슬 퍼런 신군부의 폭압 정치가 맹위를 떨칠 때, 독재자 전
두환을 칭송하는 용비어천가를 쓴 것은 훗날 두고두고 시인 김춘수의 발
목을 잡았다. "님[전두환]이 헌헌장부로 자라 마침내 군인이 된 것은 그것
은 우연이라고는 할 수 없습니다. ··· 님은 선구자와 개척자가 되었습니다.
··· 님이시여. 하늘을 우러러 만수무강하소서." 그의 찬양 시 덕분인지 전
두환은 5.18 광주민주항쟁 유족에게 한마디 사과도 없이 천수를 다 누리
고 세상을 떴다. 그의 대표작 「꽃」은 국어 교과서에 실릴 정도로 한국인에
게 유명하다.

루트비히 비트겐슈타인 *Ludwig Wittgenstein*

현대 분석철학을 논하면서 비트겐슈타인을 빼놓을 수 없을 것이다. 1889
년, 오스트리아-헝가리 제국의 빈에서 유대인 가정의 막내로 태어났다.
철강 재벌이었던 아버지 덕분에 유복한 어린 시절을 보냈다. 1906년, 베
를린에서 기계공학을 전공했으나 이윽고 그의 관심사는 공학에서 역
사와 철학으로 옮겨갔다. 러셀*Bertrand Russell*과 화이트헤드*Alfred North
Whitehead*가 쓴 『수학원리*Principia Mathematica*』를 감명 깊게 읽고 1911년
케임브리지대학에 진학하여 러셀의 문하에서 결국 철학 공부에 돌입한
다. 1914년, 제1차 세계대전이 발발하자, 스승인 러셀의 만류에도 불구
하고 '죽음을 앞에 둔 훌륭한 인간'이 되려는 열망으로 자원입대했다. 비
트겐슈타인이 포병대대 소속으로 전투에 투입되면서 틈틈이 참호 속에서
그의 주저 『논리철학논고*Tractatus Logico-Philosophicus*』의 원고를 쓴 것은
유명한 일화로 전해진다. 이후 모든 철학 문제를 다 풀었노라 선언하며 학
계를 떠나 시골 초등학교에서 교편을 잡으며 조용히 살다가 복귀하여 『철
학적 탐구*Philosophische Untersuchungen*』라는 책을 유고작으로 남겼다.

다섯 번째 골목
현실을 직면하지 못하는 그대에게
"타자의 시선이 나를 엄습한다."

직면直面에 대해서 생각해본 적이 있는가. 최근 예상치 못한 상황에서 직면의 어려움을 실감했다. 며칠 전 길을 걷는데 아랫배에서 갑작스럽게 신호가 왔다. 사춘기 소녀보다 더 변덕스러운, 예민 그자체인 내장들이 머리에 띠 두르고 연좌시위를 하는지 오늘따라 쫘배기처럼 사정없이 뒤틀렸다. 젖 먹던 힘까지 최대한 괄약근에 수렴한 뒤 어렵게 찾은 공중화장실, 용케 하나 남은 대변 칸 문을 열었더니 좌변기 위에 살포시 덮개가 내려가 있다. 나는 조심스럽게 덮개를 올리려다가 순간 멈칫한다. 등줄기에 식은땀이 주르륵 흐른다. 이 알 수 없는 불길함은 뭘까? 내 앞에서 화장실을 썼던 아무개는 자신이 배설한 분변을 제대로 처리하고 떠났을까? 눈앞에 펼쳐질

무지막지한 상황을 감당할 자신이 없던 나는 고개를 반쯤 돌려 곁눈질로 변기 안의 상황을 살피기로 마음을 바꾼다.

'불편한 사실'이라는 말을 자주 듣는다. 현실을 바라보는 내 눈에 문제가 있는가를 되묻게 하는 사건이 종종 일어난다. 사실 인정하기가 더 힘든 건 내가 나를 직면할 용기가 없다는 점이다. 일기장에 채워진 수많은 목표는 결국 연말이 다가오는 시점에 일일이 나에게 독화살이 되어 돌아온다. 왜 나는 삶에 집중하지 못할까? 언제나 남의 떡이 내 떡보다 더 커 보이고, 남이 걷는 길이 왕복 8차선 신작로처럼 곧게 뻗은 꽃길로 보인다. 왜 삶의 목표는 사막 한가운데 피어난 신기루처럼 다가가면 멀어지고 잡힐 듯 잡히지 않는 걸까? 맘 잡고 공부라도 하려고 하면 한두 시간 침대에 누워서 폰으로 멍하게 쇼츠만 보다가 잠드는 나, 곁눈질에 이골이 난 나는 대체 언제쯤 내 인생과 제대로 눈 맞춤을 할 것인가?

말년의 사르트르

이제 LED에 밀려 자취를 감춘 백열전구가 파지직 소리를 내며 노랗게 타들어 가는 사르트르 살롱의 벽면에는 사르트르로 보이는 커다란 흑백사진 한 장이 브로마이드처럼 걸려 있다.

사진을 바라보던 청년 P는 신사에게 대뜸 질문을 던졌다.

청 이 분이 사르트르죠?

신 맞아. 말년의 사르트르라네.

청 카리스마 쩌네요.

신 아마 흑백사진이라 그럴지도…. 그런데 잘 봐봐. 어딘가 좀
  이상하지 않아?

청 (갸우뚱) …?

P는 사진을 유심히 들여다보지만 이상하거나 낯선 부분을 찾아
내지 못한다. 독자들은 찾을 수 있을지 궁금하다. 다음으로 진도를
나가기 전에 잠시 1분간 멈추고 사진에서 이상한 곳을 찾아보자.
한동안 살롱에 침묵이 흘렀다. P는 가만히 고개를 끄덕이더니
혼잣말로 되뇌었다.

청 눈이 좀….

신 맞아. 양쪽 눈이 어딘지 어색하지?

청 어딘가 초점이 맞지 않는 거 같아요.

신 인간의 눈은 보통 양안시兩眼視라고 하지. 두 눈이 한 방향
  으로 같이 움직이는 것 말이야. 왼쪽을 보면 두 눈동자가
  함께 왼쪽으로 움직이고, 오른쪽을 보면 둘 다 오른쪽으
  로 움직이지. 이 능력은 매우 중요해. 눈은 우리 신체에서

없어선 안 될 역할을 하기 때문이야.

청 시각 능력이죠.

신 사물을 보는 거 말고도 신체에서 담당하는 기능이 또 있어. 자네, 혹시 눈을 감은 채 한 발을 들고 몇 초간 서 있을 수 있다고 생각하나?

청 글쎄요. 그래도 1분은 버틸 수 있지 않을까요?

신 불가능할걸? 눈을 감으면 인간은 그만큼 몸의 평형을 유지하기 힘들거든. 일반인들에게 폭이 10센티미터에 불과한 평균대 위에 서서 한 발을 들고 균형을 잡으라고 한다면, 과연 몇 명이나 1분을 버틸 수 있을까? 게다가 눈을 감고 똑같은 동작을 해보라고 한다면? 아마 호기롭게 도전했던 사람도 대부분 10초 이상 자세를 유지하기 힘들걸?

청 손연재가 아니라면 힘들겠죠.

신 요즘 이석증으로 고생하는 사람이 많다고들 하는데, 병원에서 이석증을 검사하는 신박한 방법이 있어. 프렌젤 고글 Frenzel goggle이라는 안경으로 이석증 환자가 머리 위치나 자세를 바꿀 때 안구의 떨림을 포착하지. 전문용어로는 '두위변환안진검사頭位變換眼震檢査'[*]라고 부른다더군. 이때 고글은 동공의 미세한 흔들림으로 이석이 어디에 있는지 위치를 알아내지.

---

[*] 말 그대로 머리 위치(두위)를 바꿀 때(변환) 생기는 눈의 진동(안진)을 검사하는 것.

청　귀에서 돌이 굴러다닌다는 게 신기하네요.

신　우리가 고층 빌딩 옥상 위에 섰을 때 현기증을 느끼거나 오버워치 같은 FPS 슈팅 게임을 할 때 어지럼증을 느끼는 것도 다 우리 눈이 부리는 작란作亂이라고 할 수 있지.

청　게임도 아시네요?

신　어지러움은 '신의 천형'이라는 말이 있지. 그래서일까? 사르트르는 실존의 불안을 '현기증le vertige'이라고 불렀어. 내가 딛고 있는 존재라는 땅은 천 길 낭떠러지 같은 곳이지. 삐끗하면 죽음으로 떨어질 수밖에 없는, 아무것도 아닌 무無와 같은 존재. 어쩌면 초점이 맞지 않는 눈을 달고 평생을 살아야 했던 사르트르에게 현기증은 우리와 또 다른 실존적 의미를 갖고 있었던 건 아니었을까?

　　P는 갑자기 사르트르에게 연민을 느꼈다. 동시에 그는 눈이 단순히 사물을 보는 기능뿐만 아니라 평형 감각을 조율하는 기능까지 갖고 있는 게 신기했다.

신　양안시는 거리 감각이나 평형 감각에 매우 중요한 역할을 하지. 그래서 한쪽 눈에 다래끼가 나서 안대를 달거나 불의의 사고로 한쪽 눈을 실명한 사람이 거리감과 균형감을 잃는 경우가 종종 있어. 반면 사르트르는 선천적 근시를 안고 태어났어. 네 살이 되면서 독감을 앓다가 사시가 되었지.

청　아니 얼마나 심하게 아팠으면….

신　사시는 사르트르에게 숨길 수 없는 상처를 주었지. 학창 시절, 동년배에게 왕따를 당하는 건 예사였고, 열등감에 제대로 기를 펴지 못했어. 나이가 들면서 두 눈은 마치 카멜레온처럼 점점 더 반대로 멀어졌고, 과도한 흡연과 독서로 평생 안구질환에 시달렸지. 말년에는 아예 시력까지 잃게 돼. 이런 불행이 사르트르를 인간의 시선과 시점視點이 매우 정교할 필요가 있는 철학에 천착하도록 이끌었지.

청　이 사진에 그런 깊은 뜻이 있었군요.

신　나는 이 사진을 볼 때마다 사르트르가 말한 '시선le regard'을 떠올리곤 해. 외국인들이 공통적으로 놀라는 한국 문화 중에 왜 카페에서 노트북이나 스마트폰을 두고 자리를 비워도 분실하지 않는다는 게 있잖아?

청　그렇죠. 자전거는 예외지만….

신　그런데 카페나 무인상점에서 도난 사고가 발생하지 않는다는 게 우리나라의 건전한 시민의식을 보여주는 거라고 떠들기 전에 생각해보아야 할 게 하나 있어.

청　뭐죠, 그게?

신　그건 한국인들이 어디를 가든 누군가 자기를 지켜보고 있는 시선을 느낀다는 거지. 그게 CCTV든, 진짜 감시의 시선이든 말이야. 우린 서로를 들여다보고, 서로를 감시하고 있어. 특히 카페나 음식점 같은 공공장소에서는 더더욱 그렇고 말이야. 그런 점에서 한국 사회는 '시선'의 사회라고 할 수 있어.

청 시선의 사회?

신 좀 다른 이야기긴 한데, 얼마 전 '시선 강간'이라는 말이 유행했던 적이 있었지. 기억나?

청 네, 들어본 거 같아요. 성추행이나 성인지 감수성 따위를 이야기할 때….

신 피해자가 상대의 시선에서 수치심을 느꼈을 때, 흔히 시선 강간을 당했다고 말하지. 그런데 그런 표현은 사르트르가 말한 시선의 개념을 이해할 때 쉽게 납득할 수 있어.

청 설마요?

신 이렇게 이야기해보지. 내가 남을 바라볼 때 가장 먼저 어딜 볼까?

청 (웃음) 흐흐, 그게 누구냐에 따라 다르겠죠?

신 자네, 시선 강간 조심해야겠군.

청 쩝!

신 우리는 눈으로 신체를 제일 먼저 훑지. 몸을 바라보는 거야. 사르트르는 이렇게 신체les corps를 바라보는 시선이 타자를 소유하도록 이끈다고 말했어. 그다음 우리는 시선으로 타자를 흡수하지. '아, 이 사람은 이렇고 이런 사람이구나. 저 사람은 저렇고 저런 사람이구나.'

청 맞아요. 저도 보는 곳이 따로 있죠.

신 그걸 두고 사르트르는 이렇게 말했어. "타자의 시선이 세상을 통과하여 나에게 엄습한다"라고….

"타자의 시선이 세상을 통과하여 나에게 엄습한다."
Le regard d'autrui m'atteint à travers le monde.

청 타자의 시선?

신 사르트르는 『존재와 무』에서 이렇게 말했어. 타자의 시선이 세상을 통과하여 나에게 엄습하고, 그 시선은 나 자신을 완전히 바꿔놓을 뿐만 아니라 세상마저도 전면적인 변모를 가져오게 한다고…. 나는 남들의 시선에 갇힌 존재야. 그래서 사르트르는 남들의 시선이 내 존재를 응고시킨다고 말하지.

청 응고시킨다? 무슨 치즈 덩어리라도 되는 건가요?

신 액체를 고체로 굳히는 거야. 유동적이었던 내가 타인의 시선으로 딱딱한 박제가 되는 거지. 그런데 인간은 누구를 보든 왜곡이 있을 수밖에 없어. 과연 그들이 나를 온전히 봤을까?

청 그럴 리가요.

신 (끄덕) 맞아. 그저 내 일부만 봤을 뿐이지. 그러면서 나를 다 안다고 착각하는 거야. 부분을 갖고 전체를 판단하고,

일부를 보고 모두를 안다고 말해. 우리는 일상에서 얼마나 자주 이런 식의 시선 강간을 당할까?

청 오, 듣고 보니 끔찍하네요.

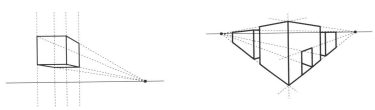

1점 투시도와 2점 투시도, 눈에 보이는 게 전부는 아니다.

신 자, 이 그림을 한번 보자고. 중학교 미술 시간에 배운 원근법 도면이야. 왼쪽이 1점 투시, 오른쪽이 2점 투시 도면이야. 1점이니 2점이니 하는 건 소실점의 개수를 말하는 거지. 혹시 소실점消失點/vanishing point이라는 말을 들어봤나?

청 시야에서 사라지는 점 아닌가요?

신 그래, 내 시야에서 점점 멀어져 더 이상 보이지 않게 되는 지점이야. 소실점이 있다는 건 우리 시선에 한계가 있다는 걸 말해주지. 이렇게 생각해보자고. '자연계에는 소실점이 존재하지 않는다.'

청 자연에는 소실점이 없다?

신 시선이 미치지 못할 뿐이지 사실 소실점이란 존재하지 않아. 우리 눈에만 매우 자연스러워 보일 뿐 원근법은 공간에 일정한 왜곡을 가져올 수밖에 없어.

청   그럼 보이지 않는 소실점을 어떻게 보라는 건가요?

신   간단해. 우리의 관점을 바꾸거나 우리가 소실점의 위치로
       가면 돼. 마치 피카소가 그랬던 것처럼.

청   피카소? 화가 말씀하시는 건가요?

신   그래. 피카소는 내가 바라보는 사물 너머에 관심을 가졌
       어. 그래서 보이지 않는 부분을 보이는 부분에 이어 붙였
       지.「도라 마르의 초상」을 봐. 정면과 측면, 여러 겹의 얼굴
       이 함께 그려져 있잖아.

청   아, 그래서 피카소 그림이 제 눈에 이상하게 보이는 거
       군요.

신   피카소가 그림을 못 그려서 그렇게 그린 게 아냐. 원근법
       을 몰라서 뒤에 있는 걸 앞에다 갖다 붙인 게 아니란 말이
       지. 2차원의 평면에다 3차원의 인물을 그려야 하는 화가
       의 고충이 만들어낸 결과물인 거야.

청   듣고 보니 여러 개의 시선으로 그림을 그렸다는 게 맞겠
       네요.

신   원근법을 영어로 '퍼스펙티브perspective'라고 하지. 근데
       이 단어는 '관점'이라는 뜻도 갖고 있어. 쉽게 말해서, 내
       가 서 있는 곳에서 일정한 '원근법'을 표현한다는 건 일정
       한 '관점'을 갖고 그림을 그리겠다는 거야.

청   오오. 말 돼요!

신   게다가 우리 인간은 보이는 것만 보는 동물이 아니지. 볼 수 없는 것도 볼 수 있는 존재야. 생텍쥐페리는 『어린 왕자 *Le Petit Prince*』에서 다음과 같은 유명한 그림을 보여줬어. 자네는 모자 그림에서 코끼리를 삼킨 보아뱀을 찾아낼 수 있는 상상력이 있나?

신   사르트르의 말대로 '세상을 통과하여' 타자의 시선이 나에게 오는 거야. 그렇다면 타자와 내가 있는 세상도 이 시선에 영향을 미치는 셈이지. 내가 사르트르의 타자론이 왜 사회 참여론으로 보충되어야 한다고 말하는지 이제 이해하겠나?

청   (긁적긁적) 아직은….

신   이 부분에 대해서는 뒤에서 다시 설명해주지. (시계를 보며) 그나저나 시간이 많이 늦었구먼. 오늘은 이만 마치는 게 좋겠네.

청   벌써 시간이 이렇게 됐군요. (일어서며) 내일 알바에 늦지 않으려면 지금 일어나야겠어요.

신사는 청년 P와 다음 약속을 잡았다. 시간 가는 줄 모르고 빠져들었던 사르트르 이야기가 멈추자, 비로소 먹자골목의 낯익은 소음이 귀에 들어왔다. 문 앞까지 자신을 배웅하고 돌아서는 신사의 경쾌한 스텝이 P의 눈에는 마치 왈츠를 추고 있는 것처럼 보였다. 덕분에 그가 입은 갈색 체크무늬 코르덴 바지가 헤링본 바닥과 묘한 조화를 이루었다. P는 ○○역으로 돌아갔다.

---

life tips

1. 평소 유튜브에서 내가 자주 보는(즐겨 보는) 영상이 뭔지 조사해보자. 알고리즘이 안내하는 주제를 적어도 세 개 이상 적어보자.

2. '착시'를 경험했던 때를 떠올려보자. 일례로 다음 그림은 토끼인가, 오리인가?

3. 현기증을 느꼈던 적이 있다면 적어보자. 에버랜드 롤러코스터를 탔을 때? 롯데타워 전망대에 올랐을 때? 강강수월래를 하며 빙글빙글 돌았을 때?

4. 시간이 난다면, 구글에서 파블로 피카소의 그림들을 검색해서 감상해보자.

---

who's who **파블로 피카소** *Pablo Picasso*

1881년, 스페인 말라가에서 태어나 프랑스 파리에서 활동했던 20세기 입체파 화가다. 회화에 문외한이어도 누구나 한 번쯤 들어봤을 정도로 유명한 이름이지만, 정작 머릿속에 떠오르는 대표작을 물어보면 머뭇거리게 되는 작가다. 흥미로운 점이 두 가지 있는데, 첫 번째는 얼핏 보면 담벼락

낙서 같은, 마치 손 대신 발로 그린 듯한 그의 중후기 작품과 달리 초기 피카소의 그림은 사실주의(보이는 그대로 그리는 화풍)에 충실했다는 사실이다. 두 번째는 「한국의 학살」이라는 작품이 사회주의자였던 피카소가 미국의 노근리 학살을 비판하면서 그린 그림이라는 사실이다. 신군부 시절에 중고교를 다녔던 나는 수업 시간에 피카소의 그림을 반대(북괴의 양민 학살)로 배웠다. 대표작으로는 스페인 내전에서 일어난 나치의 학살을 비판한 「게르니카」, 바르셀로나의 사창가를 그린 「아비뇽의 처녀들」이 있다. 버려진 자전거 안장을 뒤집어놓고 핸들을 이어 붙인 「황소 머리」라는 작품도 흥미롭다. 1973년, 프랑스에서 91세의 나이로 사망했다.

앙트완 생텍쥐페리 *Antoine de Saint-Exupéry*

1900년, 프랑스 리옹에서 태어났다. 그의 유년기와 학창 시절에 대한 자료는 많지 않다. 1921년, 프랑스 육군에 이등병으로 징집되어 항공 정비병으로 근무했다. 이후 군용기 조종 면허장을 취득했다. 제대 후, 1926년에는 민간 항공회사 라테코에르사에 입사하여 우편 비행 업무도 담당했다. 이 당시 틈틈이 창작 활동을 병행했고, 1929년, 최초의 장편소설 『남방우편기*Courrier Sud*』를 발표하며 작가로 데뷔했다. 1940년, 나치 독일이 프랑스 북부를 점령하자 미국으로 망명했다. 이 시기 유명한 『어린 왕자』를 집필했고, 1943년 미국 출판사에서 불문판과 영문판을 함께 출간했다. 전쟁이 격화하자, 1943년, 프랑스 군대에 자진 입대했고, 1944년 비행 도중 실종되었다. 『어린 왕자』는 한국어를 비롯하여 260여 개의 언어로 번역되어 전 세계에서 1억 부 이상 판매되었고, 현재까지도 많은 독자의 사랑을 받고 있다. 1939년, 출간한 『인간의 대지*Terre des Hommes*』에 등장하는 "사랑이란 서로를 마주 보는 것이 아니라 함께 같은 방향을 바라보는 것이다*Aimer, ce n'est pas se regarder l'un l'autre, c'est regarder ensemble dans la même direction*"라는 문장은 오늘날 전 세계 연인들이 가장 사랑하는 문장 중 하나다. 그런데 같은 방향을 바라보는 게 과연 가능할까?

2부

Day 2

사르트르와의 대화

À la rencontre de ✦ Sartre

과연 어디까지 자유로울 수 있을까?
"인간은 자유롭도록 선고받았다."

우린 얼마나 자유로울까? 아니, 어디까지 자유로울 수 있을까? 자유와 평등, 그리고 박애. 프랑스혁명의 결과로 탄생한 이 구호는 훗날 세계인권선언을 비롯한 모든 자유주의 국가의 이념이자 헌법 정신이 되었다. 프랑스가 선물했다는 자유의 여신상은 미국의 상징이자 자유민주주의 진영의 랜드마크가 되었고, '모든 땅, 모든 사람에게 자유를 공표하라'는 글귀가 아로새겨진 자유의 종은 미국을 넘어 자유와 해방을 꿈꾸는 세계 만국 만인의 상징이 되었다. 인류 근대사가 이토록 자유를 쟁취하기 위해 갈구했던 시간으로 점철된 것은 인간이 그만큼 자유롭지 못했다는 사실을 반증하는 건 아닐까? 그래서 오늘도 사람들은 삶에서 자유와 평등, 박애를 찾으려고 눈에 불을 켜고 돌아다닌다. 대낮에 등불을 손에 쥐고 '한 사람'을 찾았다는 주정뱅이 디오니소스처럼.

아마 젊은 세대는 모를 것이다. 시인과 촌장의 리더, 하덕규가 작사 작곡한 노래 「자유」 말이다. "껍질 속에서 살고 있었네. 내 어린 영혼. 껍질이 난지 내가 껍질인지도 모르고." 헤르만 헤세의 『데미안』을 인용한 걸까? 노래를 듣다 보니 놀랍게 가사 중에 이런 대목이 나온다. "그를 만난 뒤 나는 알았네. 내가 애타게 찾던 게 뭔지. 그를 만난 뒤 나는 알았네. 내가 목마르게 찾았던 자유." 이어 후렴으로 '자유'를 열두 번 외치며 노래는 끝난다. 그런데 사르트르가 들으면 자다가도 기함할 노래다. 왜냐하면 그에 따르면, 우리는 '이미' 자유롭기 때문이다. 자유라는 '선고'를 받았으니까. 하덕규가 만났다는 '그'는 신일까, 아니면 자기 자신일까, 아니면 아무도 모르는 익명의 제삼자일까? 진정 자유를 얻으려면 나는 누구를 찾고 만나야 할까?

청년 P는 이틀 뒤 사르트르 살롱을 다시 찾았다. 신사와 나눈 이야기는 이틀 동안 P의 머릿속을 헤집어 놓았다. 몇 가지 이야기는 그럴듯했지만, 다른 몇 가지는 전혀 동의할 수 없었다. 신사를 만나면 그 부분을 집요하게 물고 늘어지기로 마음먹었다. 살롱에 들어서자 때마침 한켠에서 하덕규의 「자유」가 흘러나왔다. 그를 위해 일부러 신사가 선곡한 것만 같았다. P는 탁자에 가로놓인 사르트르의 사진을 빤히 쳐다보았다. 사물을 보는 관점은 방향과 함께 균형도 중요하다는 신사의 말이 귓가에 맴돌았다. 그러다 문득 이런 의문이 꼬리를 물고 올라왔다. '나는 과연 언제쯤 타인의 시선에서 자유로울 수 있을까?'

신   (반기며) 어서 오게.

청   잘 지내셨어요?

신   난 잘 지냈네. 자넨 어떻게 지냈나?

청   아저씨 이야기가 저를 무기력하게 했어요.

신   왜지?

청   우린 모두 타인의 시선에 갇혀 빠져나올 수 없는 운명인 거 같아서요.

신   실은 정반대야. 사르트르는 자유의 철학자로 불릴 만큼 자유를 노래했으니까.

청   자유의 철학자?

신   그의 대표적인 금언이 바로 "인간은 자유롭도록 선고받았다"니까.

청   그럴 리가요. 타인이 지옥이라면서요?

신   그가 쓴 '꽁다네condamner*라는 동사는 불어로 '선고하

---

* 프랑스어로 '꽁다네'는 '신이 천형을 내리다'라는 뜻의 라틴어 '콩뎀나레condemnāre'에서

다'라는 뜻 말고 '저주하다'라는 뜻도 있어.

〜〜〜　〜〜〜

"인간은 자유롭도록 선고받았다."

L'homme est condamné à être libre.

청　자유로운 게 저주라고요? 말장난 아닌가요?

신　음, 이 이야기를 하기에 앞서 먼저 즉자와 대자라는 개념
　　부터 설명해야 할 것 같군.

청　즉자? 대자?

신　(웃음) 이제 본격적으로 사르트르의 철학을 이야기해줘야
　　겠군.

청　헐, 본격적이라고요? 그럼 여태 제가 들은 것들은 다
　　뭐죠?

신　조금 전문적일 수도 있으니까 맘 단단히 먹으라고.

청　떠, 떨리네요.

신　최대한 쉽게 설명할게. 사르트르는 존재를 둘로 나눴는데,
　　바로 '즉자존재卽自存在'와 '대자존재對自存在'가 그것이지.
　　말 그대로 즉자는 '바로 나'인 존재야. 산은 산이고, 물은
　　물이지. 돌은 돌이고, 강은 강이야. 이처럼 '그냥 있는', '바
　　로 있는', '늘 있는', '즉각적으로 있는' 그런 존재는 모두 즉

유래되었다. '저주하다'라는 뜻의 영어 단어 '콘템condemn'도 여기서 파생했다.

자야. 불어로 '앙-스와en-soi'라고 하지.

청   흠, 그러니까 모든 사물이 다 즉자라는 거네요?

신   그래. 즉자는 '자기 이퀄(=) 자기'인 셈이야.

청   나 자신이 즉자다?

신   그렇지. 즉자는 자신을 인식하지 못해. 자기가 자기인지 모르는 거야. 자기 자신에 대해 의식하지도 의미를 부여하지도 못해. 따라서 즉자는 자기 존재를 뛰어넘을 수도, 타자를 인식하고 그와 관계를 맺을 수도 없어.

청   무생물이니까요.

신   꼭 무생물만 그런 건 아냐. 거울에 비친 자신을 보고 컹컹 짖어대는 들개를 예로 들어보자고. 들개는 거울을 보고 왜 짖을까? 거울 속 자신이 자신인지 모르기 때문이야.

청   오호. 이해됐어요.

신   반면 대자는 자기 자신에 대해 의식하는 존재를 말해. 자기를 자기로 인식할 수 있는 존재, '자기를 대면하는', '자기에 대해 말하는', '자기를 마주 보는' 존재야. 불어로 '뿌르-스와pour-soi'라고 하지. 대자는 '자기 화살표(→) 자기'인 셈이야.

청   즉자가 이퀄이라면, 대자는 화살표네요?

신   대자는 즉자와 달리 자신과 직면할 수 있어. 거울을 마주 보듯 객관적으로 자신을 성찰하고 자신에게 의미를 부여하고 자신을 부정하거나 자신을 뛰어넘을 수도 있지.

청 대자는 좀 어렵네요. 조금 쉽게 설명해주세요.

신 오케이, 즉자와 대자의 관계를 좀 더 쉽게 설명해보지. 이노우에 다케히코의 『슬램덩크』 알아?

청 모르면 간첩이죠.

신 (웃음) 아마 간첩도 알걸? 『슬램덩크』를 보면, 강백호가 방학을 맞아 안 감독과 비밀리에 점프슛 2만 개를 연습하잖아.

청 아, 네. 기억나요.

신 처음엔 공이 림 근처에도 가지 못하고 맥없이 허공을 가르던 강백호가 북산고의 '히든 슈터'로 거듭나는 결정적인 계기가 있어. 무슨 사건이었을까?

청 글쎄요. 읽은 지가 오래되서 가물가물하네요.

신 하루는 친구들이 강백호가 점프슛하는 모습을 몰래 캠코더로 촬영하지. 그리고 찍은 영상을 강백호 본인에게 보여주는 장면이 나와. 그때 강백호는 실제로 자신이 슛을 쏘는 모습을 처음 보게 되지. 처음엔 자신이 아니라고 애써 부인했지만, 누가 보더라도 영상 속 인물은 자신이었어.

청 이야기를 들으니 기억나네요. '왼손은 거들 뿐'과 같은 숱한 명대사를 남긴 장면이죠.

신 맞아. 적절한 비유일지 모르겠지만, 영상을 보기 이전의 강백호를 즉자라 한다면, 영상을 본 이후의 강백호를 대자라 할 수 있을 거 같아. 자신이 슛 던지는 모습을 객관적

<u>으로</u> 보고 비로소 자기를 인식하기 시작했으니까. 이는 즉 자가 대자를 찾아 나서는 과정이라고도 할 수 있지.

청 조금 이해가 되네요.

신 이처럼 인생은 즉자가 대자를 찾아가는 과정이야. 대자를 찾기 전까지 나는 오로지 즉자로만 존재했지. 나는 아무런 자의식도 없는, 기계나 물건 같은 그런 존재로 살아온 거야. 그런 나는 자유에 대한 아무런 갈망도 없는 상태에 있는 거지. 남이 기대하는 나의 모습, 남이 규정하는 나의 역할로 살아가는 것, 그것은 본래 자유인이지만 자유인이 아닌 것처럼 행동하는 즉자의 삶이지.

청 내가 내 인생의 주인이 아닌 삶이군요.

신 그렇지. 그런데 사르트르는 인간은 절대 그럴 수 없는 존재라고 말한 거야. 인간은 자유롭도록 선고받았기 때문이지. 인간은 자신의 실존을 그대로 놔둬선 안 돼. 자기 자신을 끊임없이 실현해야만 하지. 어제까지 즉자였다면 지금부터 대자가 되겠다고 선택하는 것, 사르트르는 그걸 자유라고 말했어.

청 이해가 갈 듯 말 듯해요.

신 음, 이런 비유는 어때? 내가 이번 여름 14박 15일 알래스카 여행을 위해 30만 톤급 초호화 크루즈를 탔다고 가정해보자고. 수용인원만 만 명에 이르는, 그야말로 바다 위를 떠다니는 오성급 호텔에 자쿠지와 수영장, 심지어 조깅 트랙까지 딸린 꿈의 선상 여행을 떠난 거지. 그런데 그 아름다운 크루즈에서 일주일 동안 컵라면과 스낵으로만 끼니를 때우는 거야.

청 엥? 혹시 다이어트를….

신 그럴 리가.

청 그럼, 혹시 뱃멀미?

신 아니, 뱃멀미는커녕 평소보다 입맛이 너무 좋아서 걱정이야. 그 이유는 어이없게도 호화찬란한 배 위에서 얼마 안 되는 식사 비용을 아껴보겠다고 그런 유난을 떤 거지. 그런데 이 이야기의 압권은 뭔 줄 알아?

청 뭔데요?

신 애초에 크루즈에서 제공하는 모든 음식이 공짜였다는 사실이야.

청 (황당) 네, 뭐라고요?

신 내가 낸 크루즈 여행 비용 안에 식사까지 전부 포함되어 있었던 거지. 그것도 모르고 여행 내내 레스토랑 근처에는 얼씬도 하지 않았던 거야. 자, 우리 삶이 진짜 이런 식이라면 얼마나 억울하겠어, 안 그래?

청 맥이 탁 풀리네요.

신 이미 선상에서 제공되는 모든 음식을 공짜로 즐길 권리가 나에게 주어졌는데, 그 권리를 한 번도 발휘하지 못한 거지. 이를테면, 1일 자유이용권을 손목에 차고 있는데도 롯

데월드에서 놀이기구를 하나도 이용하지 않은 셈이라고나 할까? 그렇게 한 번도 사용하지 않은 자유이용권을 과연 자유이용권이라고 부를 수 있을까?

청 프리패스라는 말이 무색하네요.

신 사실 누구도 그러라고 시키지도, 요구하지도 않았어. 오로지 나에게 선택할 자유가 주어졌는데 그걸 못 쓴 거지. 그래서 사르트르는 "나는 내가 나인 존재가 아니다. 그리고 내가 아닌 존재가 나다"라고 말했어. 지금까지 내가 개차반으로 살아왔다면 이젠 나 스스로 개차반이 아닌 존재로 살아갈 자유가 있다는 거지. 반대로 지금까지 내가 대학생이든, 직장인이든, 되고 싶은 존재가 아니었다면 이젠 그런 존재가 되기로 결심할 자유도 있어.

"나는 내가 나인 존재가 아니다. 그리고 내가 아닌 존재가 나다."

Je ne suis pas ce que je suis, et je suis ce que je ne suis pas.

신 다만 인간은 자유로운 존재이지만, 동시에 선택의 결과에 대한 책임을 져야 해. 물론 현실은 그러한 내 선택을 가로막는 모순들로 가득하지. 때론 주변에서 내 선택을 방해하는 이들도 나타날 거고 말이야. 일전에 읽었던 양귀자의 소설 『모순』에는 이런 말이 나와. "인생은 탐구하면서 살아가는 것이 아니라, 살아가면서 탐구하는 것이다." 이 말

이 사르트르의 결론 아닐까?

청 인생은 탐구하면서 살아가는 것이 아니라, 살아가면서 탐구하는 것이다?

신 우린 무nothingness로 돌아가지 않고 삶을 선택해야 하지. 인간은 자기 자신을 창조하는 대자존재이기 때문에 불안과 두려움을 끊임없이 느낄 수밖에 없어. 사르트르는 그 불안이야말로 자유인이 가질 수밖에 없는 후유증이라고 말했지. 영화 「쇼생크 탈출」에서 레드(모건 프리먼)의 대사처럼 말이야. "나는 문득 내가 아이처럼 흥분해 가만히 앉아 있지도 못한다는 것을 깨달았다. 이건 끝을 알 수 없는 긴 여행을 시작하는 자유인만이 느낄 수 있는 흥분이리라."

즉자존재	대자존재
자기 = 자기 존재와 실존 사이에 간격이 없고 필연적이고 자기충족적이기 때문에 밖에서 어떤 걸 추가할 필요가 없다.	**자기 → (또 다른) 자기** 존재와 실존 사이에 이격이 있고 우연적이고 늘 불충분하기 때문에 어떤 것으로 틈을 메우려고 한다.

순간, P는 사르트르가 왜 그토록 자유를 부르짖었는지 조금은 이해할 수 있을 것 같았다. P는 사르트르의 철학을 듣고 난 뒤 자신이 즉자인지 대자인지 스스로에게 물었다. 식탁 위에 켜두었던 굵직한 양초는 이미 심지를 다 드러내고 바닥까지 녹아내리고 있었다.

1. 본인이 정말 자유로운지 생각해보자. 자유롭다면 그 부분은 뭔지, 만약 자유롭지 못하다면 그 부분은 뭔지 나누어서 적어보자.

2. 시간을 내서 영화 「쇼생크 탈출」을 감상하자. 이 영화에서 실존주의 철학의 숨은 코드를 찾아보자. 연세가 있는 독자라면 더스틴 호프먼의 「빠삐용」이나 스티브 맥퀸의 「대탈주」도 좋다.

3. 나를 객관적으로 평가하는 시간을 가져보자. '내가 생각하는 나'를 형용사로 적어보고, 주변 사람들에게 '남이 생각하는 나'를 형용사로 받아서 벤다이어그램에 적어보자. 교집합이 객관적인 나에 가장 가까울지도 모른다.

능력 있는	원기 왕성한	사랑스러운	탐색하는
수용적인	외향적인	성숙한	자기주장이 강한
융통성 있는	친근한	겸손한	자의식적인
담대한	베풀고 나누는	신경질적인	판단력 있는
용감한	행복한	주의 깊은	감상적인
침착한	도움을 주는	조직적인	수줍음 많은
걱정이 많은	이상적인	참을성 있는	우둔한
쾌활한	독립적인	힘 있는	자발적인
지적인	영리한	자부심 있는	동정적인
복잡한	똑똑한	조용한	경직된
자신만만한	내향적인	자신을 성찰하는	신용 있는
믿을만한	친절한	느긋한	따스한
위엄 있는	식견이 있는	신실한	현명한
공감적인	논리적인	남의 말에 잘 반응하는	재치 있는

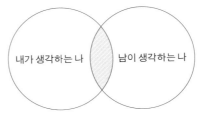

내가 생각하는 나 / 남이 생각하는 나

하덕규河德奎

1958년, 전쟁 통에 이북에서 월남한 뒤 강원도 속초에서 양조장을 하시던 아버지의 9남매 중 일곱째로 태어났다. 열 살 때 서울로 올라왔고 그림에 재능을 보여 추계예대 회화과에 들어갔다. 그 덕분에 레코드 표지를 직접 그리기도 했다. 1981년, 오종수, 함춘호 등과 함께 포크 밴드인 '시인과 촌장'을 결성한다. 요즘 기타 세션으로 유명해진 그 함춘호 맞다. 대표작으로는 「한계령」, 「가시나무」, 「사랑일기」, 「풍경」, 「자유」 등이 있다. 이후 2006년 도미하여 돌연 선교학을 전공하고 목회자로 변신하여 교회를 섬겼고, 백석대 교수 등을 역임했다. 2010년, 소설가 김훈이 하덕규의 「숲」을 듣고 마지막 가사를 소설 제목으로 삼아 『내 젊은 날의 숲』을 썼다는 일화가 전해진다. 나에게 하덕규 하면 단연 「가시나무」다. 한창 통기타를 쳤을 무렵 『이정선의 기타교실』에 실린 악보를 보고 「가시나무」를 연습했던 추억이 있다.

이노우에 다케히코井上 雄彦

1967년에 태어났으니 벌써 환갑을 바라보는 중년의 일본 만화가다. 아무래도 『슬램덩크』와 함께 청년기를 보낸 나에겐 그가 영원히 주인공 강백호와 엇비슷한 나이일 거라는 착각이 있는 것 같다. 우리나라 젊은 성인 남성치고 그의 만화를 보지 않은 이가 과연 얼마나 될까? 아마 거의 없을 것이다. 어쩌면 그의 만화는 몰라도 "왼손은 거들 뿐" 같은 작품 속에 등장한 숱한 명대사들은 누구나 한 번쯤 들어보았을 것이다. 그의 대표작 『슬램덩크』는 전 세계적으로 1억 권 이상이 팔리면서 일본 최고의 만화(망가) 반열에 올랐다. 잘은 모르겠지만, 후속작이 나오지 않는 것으로 봐서 지금은 만화가로서 개점휴업 중인 것 같다. 그나저나 언제 마지막으로 보았는지도 가물가물한 『배가본드』 속편은 과연 언제쯤에나 출간될까?

양귀자梁貴子

평소 언론과 인터뷰를 좀처럼 하지 않는 탓인지 알려진 바가 많지 않은 미스터리한 작가다. 알고 있는 부분을 몇 가지 나열하자면, 1955년, 전라북도 전주에서 태어나 1978년 원광대학교 국문학과를 졸업했다는 것, 졸업하던 해, 『다시 시작하는 아침』으로 『문학사상』 신인상을 수상하면서 등단했다는 것 정도다. 이후 이상문학상, 21세기문학상, 현대문학상 등을 수상했다. 그녀의 대표작으로는『원미동 사람들』,『나는 소망한다 내게 금지된 것을』,『모순』등이 있다. 검색하니 '전국에서 두 번째로 오래된 서점'이라는 전주 홍지서림의 대표를 맡고 있는 것으로 나온다. 누구 껀지 모르겠지만 대학생이었을 때 서재에 꽂혀 있던 한국판 미저리『나는 소망한다~』를 읽었던 기억이 난다.『모순』은 그보다 훨씬 뒤에 읽었다. 최근 젊은 여성들을 중심으로『모순』이 역주행한다고 들었다. 출판인의 한 사람으로서 반가운 일이다.

선택 앞에서 주저하는 그대에게
"우리는 우리의 선택이다"

점심에 뭘 먹을까, 저녁 모임에 뭘 입고 나갈까, 인생 모든 게 선택의 연속이다. 단순히 짜장면을 먹을까 짬뽕을 먹을까 고민하는 수준의 문제가 아니다. 어떤 직업을 선택할까, 어떤 배우자를 고를까, 어떤 집에서 살까, 가만 보면 나에게 닥친 선택의 기로도 인생의 방향을 완전히 바꿔놓을 정도로 중요한 변곡점이다. 거울 앞에 서서 티셔츠 하나 달랑 들고 30분 넘게 무엇을 입을까 갈팡질팡하는 나는 오늘도 때아닌 방구석 패션쇼를 하느라 다 헤집어놓은 옷장을 우두커니 바라보고 짙은 한숨을 내뱉는다. 널브러진 옷들을 주섬주섬 챙기다 말고 꼬르륵거리는 배를 움켜쥐고 허겁지겁 편의점으로 달려간다. 매대에 서서 10분 동안 왕뚜껑을 먹을지 참깨라면

을 먹을지 망설이는 나, 이 정도면 선택장애 말기 맞지 않나? "왕뚜
껑이냐, 참깨라면이냐? 그것이 문제로다."

결국 참치 삼각김밥 하나 사 들고 집에 들어와 진라면을 끓여 먹
는 나. 라면을 후루룩 먹고 나서 아이스크림 한 통을 싹 비운 뒤 다
시 장고에 들어간다. 설거지를 하고 게임을 할지, 게임을 하고 설거
지를 할지 고민이기 때문이다. 일찍이 셰익스피어의 『햄릿』에서 "사
느냐, 죽느냐? 그것이 문제로다"라고 외친 우유부단의 끝판왕 햄
릿은 세상 모든 선택장애자의 전형이 되었다. 그래서 심리학자들
은 일상에서 사소한 것조차 쉽게 결정 내리지 못하고 남에게 선
택을 대신해줄 것을 요구하는 증상을 가리켜 '햄릿 증후군Hamlet
Syndrome'이라 부른단다. 요즘엔 아이스크림조차 서른한 개 중에서
골라야 하니 세상에 정말 쉬운 일이 하나도 없다. 샌드위치조차 빵
은 뭐로 할지, 햄은 뭐로 할지, 소스는 뭐로 할지 맞은편 종업원에게
일일이 알려줘야 하는 요즘, 햄릿 증후군은 난치병을 넘어 불치병이
되어가는 것 같다. 누가 나 대신 나처럼 선택해주면 안 되나?

청년 P는 인간만이 즉자에서 대자를 지향하는 존재임을 알았다.
선택은 자유의 발휘다. 그러나 어디 선택이 말처럼 그리 쉬운가? 하
루에도 수십 번, 아니 수백 번 오락가락하는 게 사람 마음인데. 청
년은 생활에 바로 써먹을 수 있는 좀 더 실질적인 조언이 듣고 싶어

졌다.

청 인간이 자유를 선고받은 존재인 건 알겠는데요. 다음 스텝이 언제나 꼬이는 거 같아요. 뭔가 하려고 하면 나를 가로막는 게 얼마나 많은지….

신 그건 자유롭다는 의미를 정확히 이해하지 못해서 그래.

청 자유롭다는 의미?

신 일찍이 미국 건국의 아버지 패트릭 헨리Patrick Henry는 "자유가 아니면 죽음을 달라"고 외쳤어. 요즘 우리에겐 거의 상식처럼 되어버린 '자유'는 인권에 속하지. 인간은 자유롭기 위해 태어났고, 자유롭지 못한 인간은 인권을 유린당한 존재로 보니까. 근현대사는 인류가 온갖 제약과 억압의 수인囚人에서 벗어나 자유를 쟁취하는 여정이었다고 해도 과언이 아냐. 계몽주의를 거치며 인류는 숨 막히는 중세 종교의 차꼬에서 벗어났고, 시민혁명을 거치며 부당한 인종차별과 성차별의 감옥에서 벗어났지. 그런 의미에서 인간에게 자유는 축복과 같다고 할 수 있어. 그런데 사르트르는 정반대로 "인간은 자유롭도록 선고받았다"고 말했지.

청 듣고 보면 자유는 인간에게 축복이자 천형인 거 같아요.

신 사르트르가 말하고 싶었던 건 무엇이었을까? 이해를 돕기 위해, 북한을 예로 들어보자고. 지금도 매년 백여 명 이상의 탈북자가 자유를 찾아 대한민국으로 넘어오는데, 월경越境과 도강渡江으로 이어지는 일련의 과정은 눈물 없이는 들을 수 없는 한 편의 인간 드라마더군. 때로 공안에 붙잡혀 강제 북송을 당하거나, 중국에서 인신매매로 팔리거나, 미얀마나 라오스 국경을 넘다가 풍토병에 걸려 죽거나, 용케 태국까지 넘어가서도 마약 트래킹이나 기타 범죄에 악용된다고 하지.

청   저도 TV에서 본 적이 있어요.

신   그들이 기를 쓰고 남한으로 넘어오려는 목적은 어쩌면 하나야. 자유, 오로지 자유를 얻기 위해서지. 그들은 자유가 박탈된 삶을 살았어. 자기검열의 일상이 스스로 내면화된 거대한 감옥 속에 살고 있었던 셈이지. 그래서 동료가 동료를, 친구가 친구를, 부모가 자녀를 감시하고 고발하고 생활총화에 올릴 수 있는 사회에선 사사로이 자기 의견이나 생각을 갖는 것도, 생각을 떳떳하게 밝히는 것도 사치라고 할 수 있어. 그런데 여기서 난 한 가지 궁금한 게 있어. 과연 우리는 자유를 경험하지 않고 자유를 갈구할 수 있을까?

청   저도 그게 궁금해요. 북한 사회가 보고 듣고 경험한 세계의 총체인데, 그 세계에서 태어나 길든 사람이 과연 익숙한 사회를 벗어나 자유를 찾으려는 선택을 감행할 수 있을까요? 이건 마치 태어나서 멜론을 한 번도 먹어보지 않은 사람이 멜론을 찾는 격이죠. '참외 비슷한 과일'이라는 설명을 듣고 이해한다고 하더라도 사실 멜론과 참외는 전혀 다른 과일이잖아요?

신　맞아, 내 말이 그거야. 한 번도 경험해보지 못한 자유를 우린 어떻게 갈구할 수 있을까? 워쇼스키 형제(둘 다 성전환을 했으니 이젠 '자매'라 불러야 할까?)의 입지전적인 영화 「매트릭스」에도 나오잖아? 우리가 '매트릭스'라는 가상 세계에 살고 있는 한 매트릭스 밖에 존재하는 진짜 세계(현실)를 동경하는 일은 있을 수 없다고. 동경은커녕 아예 매트릭스 밖이 존재하는지도 모를걸?

청　그러니까요.

신　당연히 거짓된 노예의 삶을 사는지 진실된 주인의 삶을 사는지 알 수 없어. 바로 이 지점에서 「매트릭스」의 최고 명장면이 등장하지. 무엇이 진실인지 혼란스러워하는 네오(키아누 리브스)에게 모피어스(로렌스 피시번)가 빨간 약과 파란 약을 내밀잖아? 둘 중 하나를 선택하라고 말이야.

청　(미소) 전설의 고향에서 "빨간 종이 줄까 파란 종이 줄까?" 이후 가장 살 떨리는 장면이죠.

신　빨간 약은 고통스럽지만 진실을 보여줄 것이고, 파란 약은 거짓된 삶이라도 진짜처럼 누릴 수 있다고. 감당할 자신이 있으면 빨간 약을, 그렇지 않다면 파란 약을 고르라고 말하지. 이 장면은 실존주의 철학이 그토록 외치는 자유와 선택의 관계를 명시적으로 보여주지.

"네오, 난 네 생각에 자유를 주려는 중이야.
하지만 너에게 문을 보여줄 수만 있어.
그 문을 걸어서 통과해야 할 사람은 너 자신이야.
모든 것을 놓아줘야 해.
두려움이든 의심이든 그리고 불신이든.
생각을 자유롭게 해."

"I'm trying to free your mind, Neo. But I can only show you the door.
You're the one that has to walk through it. You have to let it all go.
Fear, doubt, and disbelief. Free your mind."

신   어느 쪽이 더 현명한 선택인지는 영화를 끝까지 본 우리에게조차 어려운 문제야. 선택에 있어 옳고 그름은 없으니까.

청   영화에서 네오는 빨간 약을 선택하잖아요?

신   빨간 약은 거대한 매트릭스의 존재를 보여주게 돼. 우리는 감각이 모두 마비된 채 매트릭스에서 인공지능에 의해 배양된 인생을 살아왔다는 진실이야. 인공지능은 인체를 캡슐에 가두고 필요한 전기에너지를 뽑아 쓰다가 쓸모없어진 인간은 액화하여 갓 태어난 인간 아기에게 주입하는 방식으로 기생해왔다는 진실을 보여주지.

청   그 순간만큼 쫄렸던 적은 없었던 거 같아요.

신   한 번의 선택으로 네오는 모든 진실을 알아버렸고, 어제와는 다른 사람으로 거듭났어. 이런 상황을 두고 사르트르는 "우리는 우리의 선택이다"라는 말을 남겼지.

"우리는 우리의 선택이다."

Nous sommes nos choix.

청 우리는 우리의 선택이다?

신 우리의 선택이 우리를 만든다는 거지. 지금의 나는 이제까지 내가 선택한 결과이자 앙금인 거야.

청 그럼 지금 내 모습이 마음에 들지 않다면요?

신 이제부터 선택하면 돼. 지금 내 모습이 싫다면 전과는 다른 선택을 하는 거야.

청 과거 선택의 누적이 지금의 나로군요?

신 애초에 나는 자유를 부여받은 프리맨freeman이야. 마음 내키는 대로 뭐든 다 할 수 있다는 거지. 술과 담배, 도박에 빠져 여생을 보낼 수도 있고, 심지어 마약으로 인생을 탕진할 수도 있어. 단 선택의 결과는 오롯이 내 몫이야. 극단적인 예를 들어볼까? 프랑스의 천재 작가 프랑수아즈 사강Francoise Sagan은 "나는 나를 파괴할 자유가 있다"고 말했지. 사강은 코카인 소지 혐의로 당국에 수사를 받는 과정에서 남에게 피해를 주지 않는 한 자신은 스스로를 해할 자유를 보장받았다고 변호했어.

청 우리나라의 어떤 여배우가 떠오르네요.

신 내가 대마초를 피우든 말든 국가가 내 결정에 간섭할 필요와 법적 명분이 있을까?

청 사회 혼란과 퇴폐 문화 근절, 미풍양속 보존…, 뭐 이런 것들 때문 아닐까요?

신 내가 내 집에서, 그것도 혼자, 남들에게 피해도 안 주고, 조용히 하겠다는데?

청 쩝….

신 약에 중독되어 죽더라도 내가 죽겠다는데 국가가 괜히 나서서 이래라저래라할 입장이 될까?

P는 답변이 궁색했다. 갑자기 도덕적 말 막힘moral dumbfounding을 느낀 그는 툭 쏘아붙였다.

청 지금 마약 사용을 두둔하는 건가요? 국가는 국민의 안전과 생명을 지킬 의무가 있잖아요? 그런 논리라면 안락사 합법화 문제도 걸리니까요.

신 그것도 최근 연구 결과로 보면 무색한 변명이야. 이미 몇몇 나라에선 대마초를 합법화했고, 일부 지역은 치료 목적으로 대마초 사용을 권장하지. 안락사 얘기가 나와서 말인데, 이미 네덜란드를 비롯해 벨기에, 룩셈부르크, 스위스, 콜롬비아, 캐나다 등은 안락사를 합법화하고 있어. 미국도 여러 주에서 인간 존엄의 문제로 안락사를 인정하고 말이야.

청 그나저나 프랑수아즈 사강의 결말이 궁금하군요. 그녀는 이후 어떻게 되었나요?

신 　모든 자유에는 책임이 따르는 법이지. 그녀는 그 후 모르핀부터 대마초에 이르기까지 다양한 약물에 중독되었고, 채 10년도 지나지 않아 심장질환으로 쓸쓸히 죽었지.

청 　안타깝네요. 어떻게 보면 당연한 결과겠지만….

신 　내가 무얼 하려고 할 때 하지 못하게 하는 것도 자유를 침해하는 거지만, 내가 무얼 하지 않으려고 할 때 국가가 강제하는 것도 자유를 침해하는 거지. 영국의 철학자 이사야 벌린Isaiah Berlin은 이처럼 자유를 두 가지로 구분한 것으로 유명해. 적극적 자유와 소극적 자유로 말이야.

청 　적극적 자유? 소극적 자유? 무슨 의미인지 알 수 있을 거 같은데요? 적극적 자유가 무언가를 능동적으로 할 수 있는 자유라면, 소극적 자유는 무언가를 하지 않을 수 있는 자유를 말하는 거 아닐까요?

신 　맞아. 그런데 여기서 중요한 건 이사야 벌린이 적극적 자유보다는 소극적 자유가 더 중요하다고 말했다는 점이야. 왜 그랬을까? 언뜻 생각하기에 적극적 자유가 보장되는 사회가 더 자유로운 사회라고 말할 수 있지 않을까?

청 　(갸우뚱) 그러게요.

신 　벌린은 소극적 자유가 국가의 부당한 억압을 방지하는 데 필수적이라고 믿었어. 권위적인 정부나 체제가 개인의 자유를 침해할 때, 소극적 자유의 원칙이 이를 저지하는 역할을 하지. 소극적 자유가 사회의 건강한 구조를 유지하는 데 필수적인 이유가 바로 거기에 있어. 반면 벌린은 적극적 자유가 역사적으로 전체주의나 독재정치의 정당화 수단으로 악용됐다는 점을 들어 소극적 자유가 민주주의의 핵심이라고 보았지.

청 같은 맥락에서 사르트르가 말한 '우리는 우리의 선택이다'라는 것도 선택의 자유를 강조한 거라고 볼 수 있겠네요?

신 맞아. 1946년, 나중에 『실존주의는 휴머니즘이다*L'existentialisme est un humanisme*』라는 책으로 엮인 한 강연에서 사르트르는 자유의 개념을 설명하면서 이렇게 말했어. "선택은 가능하지만, 선택하지 않는 건 가능하지 않다. 나는 언제나 선택할 수 있으나, 선택하지 않는다면 여전히 선택하고 있다는 사실을 알아야 한다."

⟪⟫ ⟪⟫

"선택은 가능하지만, 선택하지 않는 건 가능하지 않다.
나는 언제나 선택할 수 있으나,
선택하지 않는다면 여전히 선택하고 있다는 사실을 알아야 한다."

Le choix est possible dans un sens, mais ce qui n'est pas possible, c'est de ne pas choisir. Je peux toujours choisir, mais je dois savoir que si je ne choisis pas, je choisis encore.

신 그의 말에 따르면, 선택하지 않는 것도 선택한 셈이지. 선택은 우연을 필연으로 바꾸는 마법의 지팡이야. 마치 자네가 선택을 통해 사르트르 살롱을 찾은 것처럼. 솔직히 말해봐. 자넨 여기 안 올 수도 있었어.

청   (끄덕) 그렇긴 하죠.

신   그런데 자네는 기어코 시간을 내서 여기 온 거야. 오기로 '선택'한 거지. 그 선택은 우연이 아니라 필연이지.

청   뭐 그렇게 거창하게 말할 정도까지는….

신   아냐. 자네는 우연히 태어났어. 그것도 대한민국이라는 나라에서. 게다가 그렇고 그런 중산층 가정에서 나고 자랐지만, 그 우연을 뚫고 스스로 대학과 학과를 선택했지. 알바를 어디서 할지, 오늘 누구를 만날지 고민하다 지하철을 타고 아무 정보도 없는 사르트르 살롱이라는 곳에 방문하기로 선택했어. 그 선택은 정말 위대한 선택이야.

청   큭, 사르트르 살롱을 선택해서 위대하다고 하는 거죠?

신   천만에. 무슨 선택이든 그 선택은 우연을 필연으로 바꿔주기 때문에 위대한 선택이야. 사르트르는 말했지. "인간은 그가 가진 것의 총합이 아니라, 도리어 그가 미처 가지지 못한 것, 그러니까 가질 수도 있는 것의 총체다."

❧ ❧

"인간은 그가 가진 것의 총합이 아니라 그가 가지지 않은 것,
그가 가질 수 있는 것의 총체다."

L'homme n'est point la somme de ce qu'il a, mais la totalité de ce qu'il n'a pas
encore, de ce qu'il pourrait.

신　선택 후 얻는 가능성까지 전부 나인 셈이지. 과거에 무엇을 했고, 어떤 결과를 얻었는지는 중요하지 않아. 지금 이 순간 내가 무엇을 할지, 어떤 것을 선택할지가 중요하지. 영국 가수 스팅이 부른 「잉글리시맨 인 뉴욕Englishman In New York」이라는 노래가 있는데, 혹시 아나?

청　아, 알아요.

신　후렴구에 이런 가사가 나오지. '남들이 뭐라든 너 자신이 되어라.'

"남들이 뭐라든 너 자신이 되어라."

Be yourself no matter what they say.

신　사르트르가 환생해서 이 노래를 듣는다면 뭐라고 말할까? 어쩌면 실존주의 철학자가 제일 좋아할 만한 노래일지 몰라. 이 부분은 다음에 더 이야기 나누도록 하지. 그나저나 말을 많이 했더니 허기가 지는군. 우리 뭐라도 먹자고.

신사는 대화를 중단하고 자리에서 일어났다. 그는 총총걸음으로 칵테일바에 딸린 키친으로 들어갔다. P는 남은 칵테일을 빈속에 털어 넣으며 자유의 개념을 다시 곱씹어보았다. 나는 얼마나 자유로운가.

1. 이제껏 인생에서 가장 잘한 선택은 무엇일까 생각해보자. 생각이 떠오르지 않는다면, 오래 묵혀둔 앨범을 오랜만에 꺼내 들춰보자. 추억이 새록새록 떠오를 것이다.

2. 로버트 프로스트Robert Frost의 시 「가지 않은 길The Road Not Taken」을 읽고 내 인생을 송두리째 바꿔놓은 결정이 무엇이었는지 적어보자. 그와 반대의 길(가지 않은 길)을 갔더라면 지금의 나와 어떻게 달라져 있을지 시뮬레이션해보자.

3. 내 성격이나 외모, 특징 중에서 바꾸고 싶은 것 한 가지를 골라보자. 그리고 그 이유를 적어보자.

윌리엄 셰익스피어 William Shakespeare

1564년, 잉글랜드 중부의 작은 마을에서 태어났다. 부유한 아버지 덕분에 유복한 어린 시절을 보냈다. 정보와 자료의 부족으로 셰익스피어가 과연 어떤 인물이었는지를 두고 학자마다 다양한 견해가 제시된다. 일부 극단적인 학자는 셰익스피어가 가상의 인물이거나 필명 뒤에 숨은 작가, 혹은 복수의 인물이라고 주장하기도 하지만, 대체적으로 실존 인물이라는 데 큰 이견이 없는 편이다. 셰익스피어 하면 '4대 비극'이 떠오른다. 왜 셰익스피어는 비극을 주로 썼을까? 셰익스피어가 활동하던 르네상스 시대는 고대 그리스와 로마의 문학, 철학, 연극을 원형으로 놓고 연구하던 시기였기에 그리스 비극의 관점에서 인간의 고뇌와 욕망, 갈등, 그리고 파멸적인 결말을 그린 작품을 쓰게 된 것으로 보인다. 『햄릿Hamlet』과 『리어왕King Lear』, 『오셀로Othello』, 『맥베스Macbeth』, 『로미오와 줄리엣Romeo and Juliet』 등의 명작은 그렇게 탄생했다. 특히 셰익스피어는 작품 속에서 방대한 신조어를 구사한 것으로도 유명하다.

패트릭 헨리Patrick Henry

미국 건국의 아버지를 이야기하면서 패트릭 헨리를 빼놓을 수 없다. 1736년, 버지니아의 스코틀랜드계 가정에서 태어나 일찍이 변호사로 자수성가한 인물이다. 1765년, 버지니아 식민지회의 의원이 되어 독립전쟁에 앞장섰다. 버지니아 민병대가 창설되면서 사령관으로 독립전쟁에서 맹활약

했다. 1776년, 초대 버지니아 주지사로 선출되어 공직에도 진출했다. 조지 워싱턴 초대 대통령으로부터 국무장관직 제의를 받았으나 사양하고 고향인 버지니아주 지사만 네 번 연임했다. 리치몬드에서 외친 "자유가 아니면 죽음을 달라!"는 선언은 이후 여러 행사에 단골로 등장하는 구호가 되었다. 이 연설은 미국이 영국으로부터 독립을 선언하기 1년 2개월 전인 1775년 4월 23일 버지니아 식민지회의에서 했던 것이다.

프랑수아즈 사강 _Françoise Sagan_

프랑스 카자르크의 부유한 가정에서 태어났다. 소르본대학을 중퇴했다. 19세에 발표한 장편소설 『슬픔이여 안녕 _Bonjour Tristesse_』이 세계적인 베스트셀러가 되면서 문단에 큰 반향을 일으켰고, 이 작품으로 1954년 프랑스 문학비평상을 받았다. 사강이라는 필명은 마르셀 프루스트 Marcel Proust의 소설 『잃어버린 시간을 찾아서』의 등장인물에서 따왔다고 한다. 사강은 사르트르와도 인연이 있는데, 사르트르가 사망하기 1년 전부터 열흘에 한 번씩 함께 식사를 같이하기도 했다. 1990년대 마약 복용 혐의로 이슈가 되었을 때, 그녀는 "나는 나를 파괴할 권리가 있다"라는 말로 자유의 관점에서 자기 입장을 변호한 것으로도 유명하다. 소설가 김영하는 사강의 이 선언을 따와서 『나는 나를 파괴할 권리가 있다』라는 소설을 발표했다. 줄거리는 사강과 무관하다.

이사야 벌린 _Isaiah Berlin_

1909년, 라트비아의 수도 리가에서 가업으로 목재상을 하던 유대계 집안에서 태어났다. 유대인의 혈통이 흔히 그러하듯, 어려서부터 학문에 매우 뛰어난 자질을 보였다고 한다. 19세에 옥스퍼드 코퍼스 크리스티 칼리지에 입학해 고전학과 근대사를 전공했다. 23세라는 젊은 나이에 옥스퍼드 뉴칼리지 철학과 교수가 되었다. 30대 초반, 미국 워싱턴의 영국 대사관에 근무하면서 미국의 정치 상황에 대한 보고서를 작성하는 일을 맡았다. 1958년, 옥스퍼드대학교의 교수로 임용되었다. 취임 강연 때 발표한 「자유의 두 개념 _Two Concepts of Liberty_」이라는 논문에서 '소극적 자유'와 '적극적 자유'라는 개념을 제시한 것으로 유명하다. 1997년, 향년 88세로 사망했다. 의미심장한 것은 이사야가 『성서』에 등장하는 유명한 예언자의 이름이기도 하다는 사실이다.

남의 평가에 목매는 그대에게
"선택하지 않는 것, 그것 또한 선택이다."

TV를 틀었더니 때마침 한 예능 프로에서 노랑머리 외국인들이 '언빌리버블!'을 연발하며 한강 고수부지에 앉아 라면과 치맥을 즐기고 있다. 몇 년 전부터 관찰 예능 「어서 와~ 한국은 처음이지?」가 제법 인기를 끌더니 요즘 인터넷이나 유튜브 어디를 가나 서로를 베낀 듯 비슷한 국뽕 콘텐츠 일색이다. K-팝, K-드라마의 성공에 별스럽지 않은 콘텐츠에도 온통 대문자 'K'를 붙일 기세로 인터넷을 뒤지는 요즘 인플루언서들이 불편했던 건 그들에게서 유독 외국인이 '한국 최고' '코리아 남바완!'이라고 엄지척해줘야 직성이 풀리는 인정 욕구를 읽어냈기 때문이다. 그래서 언제부턴가 참기름장에서 꼬물딱거리는 낙지탕탕이를 서툰 젓가락질로 연신 집어먹고, 코리

안 피자라며 피맛골에서 해물파전에 막걸리를 원샷으로 때리는 코쟁이들에게 열광하는 콘텐츠가 식상하게 느껴졌다. 우린 언제부터 외부의 인정에 이토록 집요한 갈증을 느꼈던 걸까?

　사실 누구보다 남의 인정을 갈구해온 건 나 자신일지도 모른다. 달콤한 보상처럼 주어지는 칭찬은 내 삶의 주요 동력이었으니까. 아마 어릴 적 동네 아파트 단지 상가 2층에 있던 자그마한 피아노학원에서 처음 시작되었던 것 같다. "어머, 우리 땡땡이, 피아노 잘 치네." 선생님이 지나가면서 던진 칭찬 한마디에 우쭐해진 나는 임윤찬이라도 된 듯 환각에 빠져들었다. 학창 시절, 부모의 칭찬과 선생님의 인정, 무엇보다 같은 반 친구들의 시기 질투를 자양분 삼아 대학까지 진학할 수 있었던 건 이처럼 내 안에 강력한 보상회로가 작동했기 때문이다. 그러나 그게 끝이었다. 나를 인정하고 칭찬해줄 사람이 주변에서 하나둘 사라지자 서서히 불안해지기 시작했다. 인정의 금단 증세가 찾아온 것이다. 여전히 남의 평가에 목매는 나는 지금도 썩은 고기를 찾아 헤매는 하이에나처럼 페북질에 여념이 없다. 누가 나 좀 말려줬으면….

　시간이 갈수록 사르트르 살롱은 어둑해진 도시의 그늘에서 운치를 더해갔다. 키친에서 바삐 음식을 조리하는 신사의 모습을 보면서 청년 P 역시 허기가 느껴졌다. 생각해보니 알바하느라 점심으로 먹은 참치 삼각김밥이 오늘 음식의 전부였다.

청   메뉴가 혹시 뭔가요? 냄새로 보아하니 파스타?

신   개코구먼. 맞네. 자넬 위해 알리오올리오 파스타를 만들고 있네.

청   (기다렸다는 듯이) 거기에 마늘 바게트와 랜치 소스를 곁들인 샐러드도 함께 먹으면 어떨까 합니다만….

신   헉. 그렇게나 많이? 아, 알겠네.

청   제가 오늘 먹은 게 삼각김밥이 전부라….

얼마나 지났을까? 열심히 팬을 돌리던 신사는 뚝딱 음식을 내왔다. 아마추어 수준을 뛰어넘는 고급스러운 플레이팅 감각을 보고 한두 번 해본 솜씨가 아니라는 것쯤은 쉽게 간파할 수 있었다. 김이 모락모락 나는 먹음직스러운 파스타를 본 P는 허겁지겁 면발을 입에 쑤셔 넣었다. 그 모습을 흐뭇하게 바라보던 신사는 청년에게 얼굴을 바짝 대고 물었다.

신   어떤가? 입맛에 맞는가?

청   (오물오물) 정말 거짓말 안 보태고 지금까지 먹어본 파스타 중에 최곱니다.

신   자네가 인정해주니 흐뭇하군.

청   이런 요리들은 언제 다 배우신 거예요?

신 (절레절레) 배우기는… 소르본대학에서 유학할 때 친구들이 요리하는 거 어깨너머로 보고 흉내 내는 수준이지.

청 아하, 유학파시로군요. 사르트르를 공부하셨던 거예요?

신 프랑스 현대철학을 전공했지.

청 (엄지 척) 인정! 철학은 모르겠지만, 파스타 솜씨는 인정입니다.

신 인정 얘기가 나와서 말인데, 남에게 인정받고 싶은 감정을 자넨 어떻게 생각하나?

청 안 그럴 줄 알았는데, 은근히 저도 남들의 인정을 바라더라고요.

신 인정 욕구는 매우 중요한 욕구지. 대자존재는 궁핍하기 때문에 필요도 느낄 수 있어. 영단어 '니드need'는 '필요'라는 뜻도 있지만 동시에 '궁핍'과 '욕구'도 의미하듯이 말이야. 기왕 말이 나온 김에 욕구에 대해 간단히 말해주지. 매슬로Abraham Maslow는 인간의 욕구가 다섯 개의 단계로 층층이 쌓여 있다고 했어. 각 단계마다 욕구가 충족되어야 다음 욕구로 나아갈 수 있다고 보았다네. 이를 욕구 피라미드라고 부르지.

신사는 테이블 위에 놓인 성냥갑에서 성냥을 한 움큼 꺼내더니 조용히 탑을 쌓기 시작했다. P는 성냥으로 쌓은 탑이 피라미드라기보다 석가탑에 가깝다는 생각을 잠시 했다.

청 아, 어디선가 어설프게 들은 거 같아요.

신 알다시피 첫 번째 단계는 의식주(옷, 밥, 집) 같은 가장 기본적인 생리의 욕구야. 이 단계가 채워지지 않으면 결코 다음 단계로 이동할 수 없지. 우선 먹고 자고 싸고 해야 사람도 만나고 자아실현도 하고 싶어질 테니까. 파스타를 먹고 싶다던 자네처럼, 안 그런가?

청 (냅킨으로 입가를 닦으며) 그, 그렇죠.

신 그래서 잘나가던 대기업 차장이 하루아침에 실직하고 나면 두문불출 도통 사람을 만나려 하지 않는 이유가 여기에 있지. 당장 의식주에 문제가 생기면 그 누구와도 만나고 싶지 않거든.

청 그 '엿 같은' 기분 잘 알죠. 동창회 한다고 전화 오면 그렇게 싫더라고요.

신 그렇게 첫 번째 욕구가 충족되면, 두 번째 단계인 안전의 욕구가 올라오지. 이 욕구는 쉽게 말해서 지금 이 의식주가 앞으로도 계속 이어지기를 바라는 마음이야. 우리가 내일을 위해 공부도 하고, 적금도 들고, 보험도 드는 게 다 이 욕구 때문이지. 당장 내일 내가 어떻게 될지 모르니까 최악의 시나리오를 위해 안전장치가 필요한 법이거든.

청 그럼 매슬로가 말한 세 번째 욕구는 뭐죠?

신 세 번째 단계는 사랑받고 싶은 욕구야. 인간은 누구나 어딘가에 소속되어 그 구성원으로 존재하기를 원하지. 그게

배 나온 중년 아저씨들끼리 모인 동네 조기축구회든, 해병 전우회든 내가 어딘가에 꼭 필요한 존재라는 느낌을 원하는 거지.

청   그럼 네 번째 욕구는요?

신   네 번째 단계가 바로 인정 욕구야. 사람은 남에게서 인정을 받는 것에서 무한한 자기 충족감을 느끼지. 사업으로 성공하거나 사회에서 명성을 쌓은 사람이 결국 정치나 사회사업으로 빠지는 것도 이런 인정 욕구의 발로가 아닐까? 어쩌면 인정 욕구를 느끼는 자네는 사회에서 어느 정도 성공한 사람이라고 봐도 되겠지.

청   허허, 농담이 지나치시네요. 사회에 아직 첫발도 내딛지 못한 취준생한테….

망언에 가까운 신사의 발언에 P는 실소했다. 신사는 식어버린 차를 다시 데울 요량으로 빨간색 커피포트를 들고 왔다. 덕분에 대화가 잠시 중단되었다. 신사는 포트의 전원을 켜면서 말을 이었다.

신   인정 욕구 얘기가 나와서 말인데, 요즘이야말로 관종의 시대가 아닐까 싶어.

청   맞아요. '이 구역의 미친놈은 나야.' 선언하듯 어그로 끄는 관종 한두 명은 어디든 있더군요.

신   남의 이목을 끌 수만 있다면 아찔한 높이에서 뛰어내리고, 깨진 형광등도 씹어 먹을 기세지. 달걀물에 가죽구두를 튀겨서 육전이라며 먹방을 하고, 현충일인데 아파트 베란다에 욱일기를 버젓이 걸어놓는 관종짓을 일삼던가···. 그들은 사람들의 반응이 부정적이면 부정적일수록 더 기뻐 날뛰지. 자네 관종이 제일 좋아하는 말이 뭔지 아나?

청 글쎄요. "어디서 밥은 먹고 다니냐?"

신 아니, "너 관종이지?"라는 말이라더군. 남들이 자기가 관종임을 인정해준 거니까. 그래서 관종이 제일 싫어하는 게 무반응 무댓글이라잖아?

청 크크. 듣고 보니 그렇네요.

신 관종의 성공은 바로 불특정다수의 혐오 반응에 달린 셈이지. 헤겔은 일찍이 이러한 인정투쟁을 주인과 노예의 관계로 설명했어.

청 잠깐만요. 지금 또 슬그머니 철학자를 추가하시려는 건가요? 사르트르 살롱이라면서요? 사르트르 이야기는 언제 하실 건데요?

신 미안하지만, 모든 철학 사조는 다 연결되어 있어. 그 어느 주장도 하늘에서 뚝 떨어진 게 아냐. 다 영향을 주고받고 남의 생각을 빌려오고 때론 그를 비판하면서 오늘날까지 발전해온 거지. 사르트르의 실존주의 철학을 이해하려면 헤겔이 말한 인정투쟁을 이해해야 해.

청 네네, 어련하시겠어요.

신 질문 하나 하지. 노예와 주인 중에서 누가 더 자유로울까?

청 뻔한 거 아닌가요? 당연히 주인이 자유롭죠.

신 정반대야. 노예가 훨씬 자유로운 존재지.

청 헐, 망치로 머리를 한 대 얻어맞은 기분이네요.

신 노예는 주인이 없어도 살 수 있지만, 주인은 노예 없이 살 수 없기 때문이지. 노예가 해주는 모든 노동을 통해 주인은 살아갈 수 있으니까.

청 에이, 말장난 같은데요?

신 이시구로 가즈오石黒一雄의 소설 『남아 있는 나날』을 읽어 보면, 영국의 명망 있는 가문인 달링턴 대저택을 관리하는 스티븐스라는 집사가 등장하지. 흥미로운 건 스티븐스의 아버지 역시 같은 집사 신분으로 달링턴 가문을 위해 평생을 바쳐 일했다는 거야. 스티븐스도 찻잔을 들 힘도 없이 늙어버린 아버지의 바통을 이어받아 35년 동안 맞선도 보지 않고 성심을 다해 오로지 주인만을 모셨지.

청 저 같으면 억울해서 총각으로는 못 죽을 거 같은데….

신 스티븐스는 달랐어. 그는 '위대한 집사'가 되겠다는 사명을 구현하기 위해 개인의 꿈은 아무렇지 않게 포기할 수 있는 사람이었지. 아니, 어쩌면 위대한 집사가 되는 게 그의 유일한 꿈이라고 봐야겠지. 자신이 봉사해온 세월을 돌아보며, 나는 위대한 신사에게 내 재능을 전부 바쳤노라고, 그래서 인류와 세계 평화에 봉사했노라고 말할 수 있는 사람이 되고 싶었던 거야.

청 (절레절레) 전혀 이해가 가지 않는 꿈이네요.

신 그런데 나는 이 소설을 읽으면서 달링턴 가문의 주인이야 말로 스티븐스라는 집사의 노예가 아니었을까 싶더군. 노예에게 의존해서 살아가는 주인은 노예의 노예인 셈이지. 대저택과 농장을 소유한 주인은 아침부터 저녁까지 대소사를 챙기는 스티븐스 없인 하루도 생존할 수 없었거든. 자, 그렇다면 누가 주인이고 누가 노예일까?

청 주인을 주인으로 만들어주는 건 노예니까 노예가 주인의 주인이라는 건가요?

신 이게 바로 헤겔이 말한 인정 욕구의 역설이지. 헤겔은 노예der Knecht의 인정이 있어야 비로소 주인der Herr이 주인일 수 있다고 말했어. 주인은 주인 행세를 하려고 노예 위에 군림하지만, 사실 노예가 그를 주인으로 인정하지 않으면 아무것도 아닌 존재가 되고 마니까. 반대로 노예는 주인을 인정하는데 주인이 노예를 인정하지 않는다면, 주인과 노예는 진정한 자아상에 도달할 수가 없지. 이런 점에서 독립적인 자의식das Selbstbewusstsein을 가진 사람은 주인이 아니라 노예가 되는 셈이야.

청 한 마디로 노예의 반란이네요.

신 반란, 맞아. 그래서 인정 욕구를 극복할 수 있는 건 건강한 자의식이지. 그건 누가 자신을 인정하지 않아도 꿋꿋하게 살아갈 담력을 갖는 거야. 누군가의 인정을 받는 노예의 신분을 선택하지 않는 것 또한 의미 있는 선택이라고 할 수 있지. 그래서 사르트르는 "선택하지 않는 것, 그것 또한 선택이다"라고 말했어.

"선택하지 않는 것, 그것 또한 선택이다."
"Ne pas choisir, c'est encore choisir."

신 그래서일까? 사르트르는 외부의 인정이 자신을 규정하는 것에 극도로 불편함을 느꼈어. 나는 그런 그를 보면서 독일의 작가인 파트리크 쥐스킨트Patrick Süskind의 소설 『깊이에의 강요』가 떠올랐지. 슈투트가르트 출신의 전도유망하고 아름답기까지 한 어느 여류 화가가 하루는 자기 작품을 두고 평론가에게 모욕적인(?) 비평을 듣게 되지. "당신 작품에는 재능이 보이지만 어딘가 깊이가 부족한 것 같다." 이 한마디는 그녀의 존재를 안에서부터 서서히 파괴하지. 비평가의 눈에 들기 위해 발버둥 치던 그녀는 결국 자기 작품에 깊이가 없다고 단정하고는 도시 중앙에 세워진 139미터 텔레비전 방송탑으로 기어 올라가 몸을 던지고 말아.

청 자살이면서 동시에 타살이군요.

신 같은 맥락이라면 사르트르는 어떤 결정을 내렸을까?

청 사르트르 아저씨는 남들의 인정에서 자유로웠다는 건
가요?

신 사르트르는 노벨문학상도 거절했어. 이 정도면 인정 욕구
에서 자유로운 거 아닌가?

청 뭐라고요? 사르트르가 노벨상을 거절했다고요?

신 (웃음) 그래.

청 헐, 대박.

신 정말 지리는 자신감 아냐?

청 자신감을 넘어선 근자감이네요.

신 (어깨 으쓱) 어쨌든. 1964년 연말, 사르트르는 자신이 노벨
문학상을 받게 될 거라는 소식을 접하고는 서둘러 스웨덴
한림원에 편지를 쓰지. 다음은 그 편지의 일부 내용이야.

"제 개인적인 이유와 다른 더 객관적인, 이 자리에서는 설명하기
는 어려운 이유로 저는 수상자 명단에 오르지 않기를 바랍니다.
저는 이 영광을 1964년에도, 그 이후에도 받아들일 수 없고, 받
아들이고 싶지도 않습니다."

청 근자감 맞네.

신 편지는 제때 정확히 도착했지. 그런데 정작 노벨상 관계자
는 몽블랑에 산악스키를 타러 일찌감치 휴가를 떠난 뒤였
어. 결국 한림원이 수상자 명단을 공식적으로 발표한 뒤에

야 편지를 읽게 되지.

청 아이고야.

신 사르트르가 노벨상처럼 모두가 갈망하는 영예로운 상을 거절한 데는 여러 이유가 있었을 거야. 노벨문학상이 그간 지나치게 미국이나 유럽 같은 제1세계 작가에게만 수여되었다는 불만, 제3세계 정치범 석방 문제를 부각하려는 의도, 개별 작가가 비평계나 제도권의 눈치를 보면 안 된다는 평소 소신이 반영된 거겠지.

청 인정!

신 호사가 중에는 카뮈가 자신보다 먼저 노벨문학상을 받은 것이 못마땅해서 그랬다는 이들도 있었어. 하지만 사실 사르트르는 남이 주는 명예에 대한 선천적인 알레르기가 있었어. 작가가 어떤 단체나 제도에 편입되는 순간 자유로운 창작 활동이 방해받을 것을 두려워하는 성향이었지. 그는 노벨상뿐만 아니라 과거 그의 레지스탕스 활동에 프랑스 정부가 수여한 '레종도뇌르la Légion d'honneur'도 거절했어. 우리나라로 비유하자면, 무궁화대훈장쯤 될 거야. 프랑스인이라면 명예롭게 여기는 큰 상이지.

청 연쇄살인마가 아니라 연쇄상거절마連鎖賞拒絶魔로군요.

신 그 이유에 대해 사르트르는 한 언론과의 인터뷰에서 이렇게 말했어.

"정치적, 사회적, 혹은 문학적으로 특정한 태도를 가진 작가는 자기만의 수단, 그러니까 자신이 쓴 말과 글을 가지고만 행동해야 한다. 작가에게 주어지는 수상과 같은 명예는 결국 스스로를 유무형의 압력에 노출하는 법이다. 작가가 이 같은 종류의 영예를 받게 되면 그 작가는 자기에게 이 영예를 준 기관이나 협회와 관련이 맺어지게 된다. 노벨문학상 수상자 장-폴 사르트르와 작가 장-폴 사르트르는 엄연히 다르다."

청   대쪽 같은 분이네요.

신   나는 이 인터뷰가 사르트르의 실존주의 철학을 잘 설명해 준다고 생각해. 그는 평소 자기 철학대로 끊임없는 선택을 통해 자신을 자유로운 방향으로 내던진 거지. 얼마 전 소설가 한강이 한국 최초로 노벨문학상을 받았잖아? 지구 반대편 우크라이나와 팔레스타인에서는 전쟁으로 연일 무고한 사람들이 죽어 나가는 마당에 상 받았다고 잔치 벌일 수 없다며 언론과의 수상 인터뷰를 정중히 거절하는 그녀의 모습에서 난 어딘가 모르게 사르트르의 모습을 보았어.

청   작가로서 상이 주는 아우라를 벗어던지겠다는 단호한 의지가 엿보이더라고요.

신   동시에 노벨상을 거절한 사르트르를 생각하며 난 김승희 시인의 「제도」라는 시가 떠올랐지.

청   제도요?

신   그래, 규범 같은 제도制度 말이야. 한번 읽어줄 테니까 잘
         들어보게나.

아이는 하루 종일 색칠공부 책을 칠한다.
나비도 있고 꽃도 있고 구름도 있고
강물도 있다.
아이는 금 밖으로 자신의 색칠이 나갈까 봐
두려워한다.

누가 그 두려움을 가르쳤을까?
금 밖으로 나가선 안 된다는 것을
그는 어떻게 알았을까?
나비도 꽃도 구름도 강물도
모두 색칠하는 선에 갇혀 있다.

엄마, 엄마, 크레파스가 금 밖으로
나가면 안 되지? 그렇지?
아이의 상냥한 눈동자엔 겁이 흐른다.
온순하고 우아한 나의 아이는
책머리의 지시대로 종일 금 안에서만 칠한다.

내가 엄마만 아니라면

나, 이렇게 말해버리겠어.

금을 뭉개버려라. 랄라.

선 밖으로 북북 칠해라.

살아 있는 것이다. 랄라.

선 밖으로 꿈틀꿈틀 뭉게뭉게 꽃 피어나는 것이다.

위반하는 것이다. 범하는 것이다. 랄라.

나 그토록 제도를 증오했건만

엄마는 제도다.

나를 묶었던 그것으로 너를 묶다니!

내가 그 여자이고 총독부다.

엄마를 죽여라! 랄라.

청 우와, 강력한 시로군요.

신 제도는 타인의 인정과 평가라고 할 수 있어. 무서운 건 이 제도가 아이의 내면으로 들어가 뿌리를 내릴 때지. 이를 사르트르는 '자기기만'이라고 했어. 사실 나는 선택에 있어 자유로운 존재인데 자유롭지 못하다고 그릇된 믿음을 갖는 거지. 스스로 끈을 가지고 자기를 묶는 '자승자박自繩自縛'이 여기에 딱 맞는 말일 거야. 사르트르가 노벨상을 거절한 것은 그것이 평소 참여문학을 강조한 자신에게 자유로운 사회 참여와 집필 활동을 막는 올가미가 될 것을 알았기 때문이야.

청 괜히 남의 인정만을 바랐던 제가 부끄럽네요.

P는 '나는 과연 사르트르처럼 노벨상을 거절할 수 있을까?' 곰곰이 생각해보았다. 나는 과연 노벨상을 거절할 만한 담력을 가졌을까? 노벨문학상을 거절하는 순간 나는 한국 국민 모두에게 역적이 되어버릴 것이다. 우리나라는 그런 나라다. 아마 모두 정의감에 불타는 훈수꾼이 되어 득달같이 나에게 달려들겠지? P는 갑자기 생각이 많아졌다.

---

life tips   1. 내가 가진 가장 강력한 인정 욕구는 무엇일지 적어보자.

2. 앞에 언급된 김승희의 시 「제도」를 읽고 감상평을 적어보자. 나에게 넘어선 안될 '선'이나 '금'은 무엇인지, 나를 가로막는 '제도' '총독부'는 무엇인지 생각해보자.

3. 쥐스킨트의 『깊이에의 강요』를 읽고 감상평을 적어보자. 매우 짧은 소설이니까 부담은 없을 것이다.

---

who's who   **에이브러햄 매슬로***Abraham Harold Maslow*

1908년, 미국 뉴욕 브루클린에서 유대계 집안의 장남으로 태어나 위스콘신대학에서 심리학을 전공했다. 1951년, 신설된 브랜다이즈대학의 초대 심리학과 과장으로 부임했다. 철학자이자 정신분석학자인 에리히 프롬Erich Fromm과 인류학자인 마거릿 미드Margaret Mead, 루스 베네딕트Ruth Benedict와 교류했다. 매슬로에 따르면, 인간의 욕구는 생리의 욕구, 안전의 욕구, 소속의 욕구, 자기 존중의 욕구, 자기실현의 욕구 순으로 이루어져 있으며, 앞 단계의 욕구가 충족된 다음에야 다음 단계로 나아갈 수 있다는 '욕구 5단계설'을 주장했다. 그의 욕구 이론은 발표 후 학계에서 많은 반향을 일으켰고, 지금까지 심리학뿐 아니라 인접 학문 내에서도 쟁점이 되고 있다. 또한 종교와 관련하여 '절정경험peak experience'을 주장하며 자아실현에 도달하는 가치체계의 하나로 신념의 용도를 설명하기도 했다.

게오르크 빌헬름 프리드리히 헤겔Georg Wilhelm Friedrich Hegel

우리나라에서 철학을 논할 때 칸트와 함께 가장 많이 거론되는 인물이 헤겔이다. 그는 1770년 독일 슈투트가르트에서 태어나 튀빙겐대학에서 신학을 공부했다. 박사학위논문으로 「행성들의 궤도에 관하여」를 제출하여 1805년 예나대학교 철학 교수로 임용된다. 1808년, 뉘른베르크 김나지움으로, 1816년, 다시 베를린대학으로 자리를 옮기면서 철학 교수로 명성을 날린다. 1831년, 유럽에 창궐했던 콜레라로 사망했다. 헤겔 하면 떠오르는 개념이 '정반합正反合'의 변증법일 것이다. 헤겔은 인간의 역사는 절대정신(이성)의 정반합 변증법을 통해 발전한다고 주장했다. 그 결과 이성이 최고의 발전 단계에 이르러 더 이상 변화의 필요성이 없는 상태를 '역사의 종말'이라고 불렀다. 대표작은 단연 1807년에 발표한 『정신현상학 Phanomenologie des Geistes』이다. 헤겔은 개인적으로 커다란 산과 같아서 완등하기 쉽지 않았다. 헤겔 철학과 생애에 관해 관심이 있는 독자에게는 찰스 테일러Charles Taylor가 쓴 해설서 『헤겔』을 권하고 싶다.

이시구로 가즈오石黒一雄

1954년, 일본 나가사키에서 태어났다. 6살 때 가족 모두가 영국으로 이주했다. 영국 켄트대학교에서 영문학과 철학을 전공했다. 1983년, 스물아홉 살에 영국 국적을 취득했다. 1982년, 『창백한 언덕 풍경』을 집필하며 문학계에 등단했다. 그의 대표작이자 출세작은 단연 『남아 있는 나날 The Remains of the Day』일 것이다. 제2차 세계대전을 배경으로 한 이 작품으로 그는 1989년 부커상을, 2017년에는 노벨문학상을 수상했다. 소설은 1993년 영화로도 만들어졌다. 이 밖에도 『위로받지 못한 사람들』, 『우리가 고아였을 때』, 『나를 보내지 마』 등의 작품을 썼다. 개인적으로 주인공 스티븐스가 켄턴 양의 감정을 읽지 못하고 집사장으로 동분서주하는 모습에서 고구마 서너 개를 먹은 듯 가슴이 콱 막힌 듯한 기분이 들었다.

파트리크 쥐스킨트 *Patrick Süskind*

1949년, 독일 암바흐에서 태어나 뮌헨대학과 엑상프로방스대학에서 역사학을 공부했다. 젊은 시절부터 시나리오와 단편을 썼으나 별다른 주목을 받지 못하다가 34세에 쓴 『콘트라베이스*The Double Bass*』가 성공하면서 작가로 알려졌다. 그의 대표작 『향수*Das Parfum*』는 2006년 할리우드 영화로도 제작되어 큰 호응을 얻었고, 그의 또 다른 대표작 『좀머 씨 이야기*Die Geschichte von Herrn Sommer*』는 전 세계에서 2천만 부 이상 팔리면서 쥐스킨트의 이름을 알렸다. 매스컴에 모습을 드러내지 않는 것으로 알려진 그는 작품 속 좀머 씨와 같은 고독한 은둔자의 삶을 살고 있다.

한강 韓江

1970년, 전남 광주에서 출생하여 연세대학교 국문학과를 졸업했다. 한강의 부친은 『아제아제 바라아제』를 쓴 소설가 한승원이다. 1993년, 『문학과사회』에 「서울의 겨울」 외 네 편의 시가 실리고, 1994년, 서울신문이 주최한 신춘문예에 「붉은 닻」이 실리면서 작가의 길에 들어섰다. 대표작으로는 『소년이 온다』, 『채식주의자』, 『흰』, 『작별하지 않는다』 등이 있다. 2016년, 한강이 부커상 인터내셔널을 수상했을 때 나는 『채식주의자』를 읽었다. 이 글을 쓰면서 다시금 그녀의 수상 소식이 전해졌다. 부랴부랴 2021년작 『작별하지 않는다』를 주문해 읽고 있다. 이 책의 탈고를 마칠 때면 완독하지 않을까? 그녀의 노벨문학상 수상을 축하한다.

김승희 金勝熙

1952년, 전남 광주에서 태어났다. 서강대학교 영문학과를 졸업했고 동 대학원 국문학과에서 박사학위를 받았다. 1973년, 경향신문 주최 신춘문예에 시 「그림 속의 물」이 당선되었고, 1994년 동아일보 주최 신춘문예에 단편소설 『산타페로 가는 사람』이 당선되면서 본격적인 작가 활동을 시작했다. 김승희는 평생 타인과의 관계에 천착했다. 나는 그녀가 유치원을 다니면서 처음 타인을 경험하고 좌절에 빠졌던 기억을 떠올린 인터뷰를 읽으며 그녀를 자유로운 영혼이라고 느꼈다. 고등학교 때 쇼펜하우어의 염세주의에 빠지기도 했단다. 시집으로는 『왼손을 위한 협주곡』, 『미완성을 위한 연가』 등이 있다. 김승희라는 시인과 시 「제도」는 철학자 김영민의 책을 읽다가 처음 접했다.

나는 왜 존재할까, 내가 선택한 인생도 아닌데…
"실존은 본질에 앞선다."

'에이리언' 프리퀄 시리즈의 서막을 알리는 리들리 스콧 감독의 「에이리언 커버넌트」에는 인공지능이 탑재된 안드로이드 '데이비드'가 나온다. 데이비드는 그때까지 인류가 쌓아 올린 모든 지식을 습득한 상태였고, 가공할 학습 능력 덕분에 앞으로도 새로운 지식을 무한히 빨아들일 수 있다. 영화는 안드로이드를 직접 만든 창조주 피터 웨이랜드 회장과 눈 뜬 지 얼마 되지 않은 피조물 데이비드의 대화로 시작한다. 웨이랜드 회장은 뿌듯한 눈으로 데이비드를 바라보며 "너는 나의 피조물이다"라고 선언한다. 데이비드는 방 한가운데 서 있는, 미켈란젤로가 1504년 완성한 회백색 다비드 조각상을 보고는 자기 이름을 '데이비드'로 짓는 순발력을 보여준다. 그는 대화부터 걸음걸이, 피아노 연주까지 모든 게 완벽하다. 이른바 신인류의 탄생이다.

이 영화가 개인적으로 나에게 충격을 주었던 부분은 바로 다음 장면에서 이어진 인간과 인공지능 로봇 사이의 사뭇 진지하고 철학적인 대화였다. '아들' 데이비드는 '아비' 웨이랜드에게 정색하며 묻는다. "만약 당신이 나를 창조했다면, 당신은 누가 창조했나요?" 의외로 훅 들어온 질문에 마땅한 답변이 궁색했던 웨이랜드는 '내 생각에 인간은 우연히 존재하지 않으며 분명 숨은 기원이 있을 것이다. 앞으로 이 문제를 나와 함께 탐색해보자'고 말끝을 얼버무린다. 인간의 감질나고 옹색한 답변에 만족하지 못한 데이비드는 되묻는다. "나를 만든 창조주는 당신인데, 당신은 여전히 인간에 지나지 않습니다. 왜 당신은 죽고 저는 안 죽을까요?" 인간의 존재는 우연일까 필연일까? 1970년, 분자생물학자 자크 모노Jacques Monod는 『우연과 필연Le Hasard et la Nécessité』에서 생명의 탄생과 진화를 우연과 필연의 합작으로 설명했다는데, 과연 사실일까? 세상에 우연은 없는 것처럼 보이는데….

신사는 테이블 위에 놓인 10인치 길이의 꽃병을 가리키며 P에게 물었다. "뭐가 생각나?" P는 키가 다른 두 개의 해바라기가 꽂혀 있는 화병에서 반 고흐를 떠올렸다. 갑자기 고흐가 생전에 곁에 두고 즐겨 마셨다는 압생트의 쑥향이 코끝까지 느껴졌다. 후각은 시각보다 판타지에 더 가깝다. 갑자기 눈앞 광경이 확 바뀌며 고흐의 「별이 빛나는 밤」이 펼쳐졌다. 청년은 철학적 질문을 하고 싶어졌다.

청   존재의 이유를 묻는 건 인간의 필연일까요? 사르트르는 뭐라고 말했는지 궁금하네요.

신   (골똘히 생각하다가) 자, 우리 앞에 꽃병이 놓여 있어. 이 꽃병은 즉자존재일까, 대자존재일까?

청   즉자존재 아닐까요?

신   오, 이제 사르트르의 철학을 좀 이해하는구먼.

청   큭큭, 덕분이죠.

신   자네 말처럼 꽃병은 즉자존재야. 꽃병은 자신을 누가 만들었는지, 어디서 만들었는지, 얼마에 팔렸는지, 지금까지 어떤 취급을 받았는지 하나도 몰라. 그리고 자네와 내가 은은한 조명 아래에서 칵테일을 홀짝이며 자신의 몸뚱이를 감상하고 있다는 사실도 깨닫지 못하지. 그저 테이블 위에 덩그러니 놓여 있을 뿐이야. 만약 자신의 존재를 궁금해하는 꽃병이 있다고 상상해봐.

청   (후덜덜) 좀 무섭네요.

신   어쩌면 우리 모르게 말하는 꽃병이 어디선가 판매되고 있을지도 몰라. 왜 인간에게 말을 거는 냉장고, 스스로 알아서 먼지를 빨아들이는 청소기, 목적지를 안내하는 자율

주행 자동차처럼 요즘 '인공지능'을 달고 나온 제품들이 어디 한두 개야? 그럼에도 말하는 꽃병이 자의식이 있다고 말할 수 있을까? 그런 백색가전이 진짜 대자존재가 되기 위해서는 '자의식'이라는 게 있어야 하거든.

청   아, 아까 헤겔이 말한 그 자의식?

신   그렇지. 인간이 지닌 자의식의 수준만큼 기계가 인간을 쏙 빼닮아야 하지. 이를 확인하는 과정을 과학계에선 오래전부터 '튜링테스트turing test'라고 불렀어. 앨런 튜링Alan Turing이라고 영화 「이미테이션 게임」에도 나오잖아? 그의 이름을 붙여서 튜링테스트라고 부르지. 아주 전문적인 이야기니까 여기선 건너뛰자고. 다음에 시간이 된다면 꼭 말해주지.

청   뭐, 굳이 이야기해주지 않으셔도 됩니다.

신   문학에서는 의인화personification가 있지. 안도현의 시 「스며드는 것」에는 항아리 속에서 간장게장이 되어가는 꽃게 이야기가 나오잖아? 실제로 간장에 눅눅하게 절여지던 꽃게가 자신의 배때기에 주렁주렁 달린 수백 개의 알 무더기를 보듬으며 속삭이듯 "저녁이야. 불 끄고 잘 시간이야"라고 말한다면 어떨 거 같아?

청   어이구, 어디 무서워서 게장을 먹을 수나 있겠어요?

신   문학적 상상력으로나 가능한 거겠지. 다시 본론으로 돌아와서, 오래전부터 서양 사람들은 '왜 존재하는가?'라는 질문을 던졌어. 왜 세상이 없지 않고 있지? 왜 나는 있을까? 그리고 너는 왜 있지? 모처럼 베란다에 누워서 햇볕을 즐기는 고양이는, 엄마가 계 모임 가시면서 나 먹으라고 계면활성제로 뽀독뽀독 닦아 식탁 위에 놓고 간 사과는, 다이어트 중임에도 어젯밤 결국 시켜 먹고 남은 피자 조각들은 왜 내 눈앞에 있는 걸까? 왜 세상은 있을까? 왜? 왜? 왜? 이런 걸 철학에서는 유식하게 '존재론存在論'이라고 부르지. 영어로는 '온톨로지ontology'라고 하는데, 오래전엔 철학이라는 말과 거의 동의어로 쓰였어. 이 질문은 사실 매우 고차원적이면서 동시에 인간이 갖는 매우 근원적인 질문이기도 해.

청   왜 있다니요? 있으니까 그냥 있는 거 아닌가요?

신   아니, 이 질문은 자의식을 가진 인간이 세상에 태어나 던지는 첫 번째 질문이야. 옹알이를 갓 뗀 아이를 봐. 아이는 불안한 듯 엄마에게 묻지. "엄마, 난 어디서 왔어?"

청   오, 듣고 보니 그렇네요.

신   엄마는 황급히 둘러대지. 다리 밑에서 주워 왔다고…. 미국 엄마라면 황새가 물어다 놨다고 말하겠지. 이처럼 인간은 자기 존재의 근원을 궁금해하는 유일한 존재야. 어렸을 때 보육원에서 해외로 입양됐다가 성인이 돼서 생모를 찾으러 한국에 왔다는 입양아 소식을 요즘도 가끔 접하곤 하잖아? 그들은 왜 그렇게 기를 쓰고 자기 뿌리를 찾으려는 걸까? 미국에서 이미 경제적으로 자리 잡고, 배우자도 있고, 가족도 있고, 집도 있고, 있을 건 다 갖췄는데, 그들은 왜 이역만리 낯선 땅으로 날아와 자신을 낳아준, 그러나 자기를 버렸던 부모를 찾으려 하는 걸까?

청 나는 누구인가, 나는 왜 존재하나? 뭐, 이런 질문의 답을 찾고 싶어서?

신 그들이 매스컴과 나눈 인터뷰를 들으면 그 이유를 조금이나마 알 수 있어. "저를 낳아준 엄마를 절대 미워하지 않아요. 버렸다고 원망하지도 않아요. 오히려 제가 잘되라고 미국에 입양 보낸 엄마의 용기에 감사합니다. 엄마를 만나면 꼬옥 안아주고 싶어요. 그러니 제발 숨지 말아주세요."

청 눈물겹군요.

신 몇 해 전 김연수의 소설 『파도가 바다의 일이라면』을 읽고 평평 운 적이 있지. 소설 속 여주인공 카밀라 포트만은 남해안 진남에서 출생해 채 돌이 되기도 전에 생면부지 미국 가정으로 입양된 고아였어. 친모를 찾아 한국에 온 카밀라는 어릴 적 엄마와 찍은 빛바랜 사진 한 장 달랑 들고 세월이 흘러 거의 지워진 자기 존재의 흔적을 찾아다니지. 그 과정에서 한국인 친모가 진남여고에 다니던 열일곱 살에 자신을 낳았으며, 자신이 해외로 입양된 직후 자살했다는 사실을 듣게 되지.

청 애고, 안타깝네요.

신　카밀라는 세상의 눈총을 한 몸에 받으며 10대 미혼모로 살아야 했던 엄마, 기어코 혈육을 떼어놓으려는 이들로부터 어린 딸의 손을 차마 놓칠 수 없었던 엄마, 그래서 입양된 핏덩이를 그리워하다가 스스로 바다에 몸을 던졌던 엄마를 마주한 거야. 난 왜 피부색도 다르고 얼굴도 다르냐고, 난 도대체 누구냐고 물으며 정체성 혼란을 겪는 어린 카밀라에게 미국인 양부는 "카밀라는 카밀라니까 카밀라지"라는 대답만 해줄 뿐이었지. 그러한 동어반복에 카밀라는 만족할 수 없었어. 무엇보다 그녀는 자기 존재의 심연深淵을 보고 싶었던 거야.

청　엄마가 살아계셨다면 얼마나 좋았을까요?

신　생모를 만났다면 카밀라가 자기 존재 이유raison d'être를 찾을 수 있었을까? 물론 생물학적으로 설명할 수는 있겠지. 하지만 그게 전부일까? 대체 엄마와 아빠는 왜 만났을까? 물과 기름처럼 전혀 어울리지 않던 두 남녀가 어떤 계기로 지옥 같은 사랑에 빠졌을까? 모든 게 풀리지 않는 미스터리지.

청　지옥 같은 사랑이라….

신　다시 말하지만, 사르트르는 존재에는 아무런 이유가 없다고 말했어. 필연이 아니라 우연이라는 거지. 이를 가장 잘 말해주는 유명한 문장이 바로 '실존이 본질에 앞선다'라는 말이야.

청　(두둥) 실존이 본질에 앞선다?

〰〰 〰〰

"실존이 본질에 앞선다."

L'existence précède l'essence.

신　이 말을 이해하려면 우선 '실존'이 뭐고 '본질'이 뭔지 알아야 해.

청　본질은 뭐죠?

신　본질l'essence은 사물의 변하지 않는 특성이자 존재 이유를 말해. 사람이 앉을 수 있도록 제작된 의자, 잠잘 때 눕는 침대, 그 옆에 놓인 조명등에 이르기까지 일정한 목적과 용도를 갖고 만들어진 모든 사물은 다 저마다 특성과 존재 이유가 정해진 것들이라 할 수 있지.

청　잠깐만요. 물건의 용도는 얼마든지 달라질 수 있는 거 아닌가요? 망치를 휘둘러 의자에 튀어나온 못을 박아 넣을 수도 있지만, 옆집 사내의 머리통을 박살 낼 수도 있잖아요? 마치 『죄와 벌』의 라스콜리니코프처럼 말이죠.

신　내가 망치를 '도구'로 쓰든 '흉기'로 쓰든 망치에겐 자기 쓸모에 대한 결정권이 없잖아? 일방적으로 사람이 존재 이유와 명분을 정해주는 거지. 칼을 의사가 들면 수술용 매스가 되지만, 도둑이 들면 흉기가 되는 것처럼.

청　그, 그건 그렇죠.

신 칼이 무언가를 베는 데 쓰인다는 목적에는 차이가 없어. 나아가 의자는 '사람이 앉도록 만든 사물'이라는 본래의 용도에만 맞는다면, 그것이 나무의자든, 철제의자든, 등받이가 있는 의자든, 등받이가 없는 의자든, 스웨덴에서 제조된 수십만 원짜리 이케아 의자든, 중국 어느 이름 모를 공장에서 찍어낸 만 원짜리 플라스틱 의자든 아무런 상관이 없지.

청 그렇게 따지면, 세상 모든 의자는 기능(목적) 면에서 궁극적으로 다 똑같다는 건가요?

신 그렇지. 이를 철학에서는 본질이라고 말해. 철학에서 본질은 주로 현상le phénomène의 반대말로 쓰였지. 플라톤은 우리가 이 세상에서 보는 사물(현상) 뒤에는 불변하는 이데아l'idée라는 본질이 숨어 있다고 말했어. 결국 세상 모든 의자는 '사람이 앉도록 만든 사물'이라는 본질에 있어서는 하나인 셈이지.

청 그럼 실존은요?

신 '실존l'existence'은 그러한 본질이 규정되지 않은 존재, 아니 규정되기 전의 존재를 말하는 거야. 정의되지 않은 생생한 존재, 비유하자면, 포장지도 뜯지 않은 신상, 부팅조차 되지 않은 PC인 셈이지.

청 그 말은 우리가 이렇게 존재하는 것 자체가 실존이라는 거잖아요?

신 　맞아. 그래서 실존이 본질에 앞선다는 거야. 오직 인간만
　　이 이런 존재인 거지. 우린 의자와 달리 본질이 규정되지
　　않은 상태로 세상에 내던져진 존재야. 그런 의미에서 우린
　　불완전해. 의자는 공장에서 출고될 때 완제품으로 나오잖
　　아? 그런데 인간은 세상에 나올 때 미완성품으로 나온 셈
　　이지.

청 　그나마 불량품이 아닌 게 다행이네요.

신 　그러나 역설적으로 그렇기에 우린 원하면 무엇이든 될 수
　　있는 존재야. 인간의 존재 이유와 목적은 우리 스스로 결
　　정하는 것이기 때문이지.

청 　(긁적긁적) 이해가 갈 듯 말 듯하네요. 예를 하나 들어주
　　세요.

신 　우리가 지금 앉아 있는 이 의자는 죄다 '사람이 앉도록 만
　　든 사물'이라는 개념이 먼저 있고 그 뒤에 만들어진 거야.
　　의자가 제작되고 도면이 있는 게 아니라, 먼저 도면이 있고
　　그 뒤에 의자가 만들어진 거지. 어떻게 뚝딱뚝딱 만들다
　　보니 의자가 '짠' 하고 생긴 게 아니거든. 의자를 만들겠다
　　는 의사에 따라 구체적인 계획과 설계 도면이 나오고 그
　　뒤에 의자가 만들어진 거지. 그런 면에서 의자의 존재는
　　필연이야.

청 　오, 필연적인 의자라….

신 　한마디로 있어야 하기 때문에 있는 거지. 하지만 인간은

반대야. 존재하기 전에 정해진 본질 같은 건 없어. 인간을 이렇게 저렇게 만들어야겠다는 설계도나 인간을 이런저런 목적에 써야겠다는 기획서가 먼저 있고 그에 따라 인간이 만들어진 게 아니잖아? 의자와 달리 우린 그냥 세상에 나온 거야. 그런 점에서 인간은 우연이지.

청 인간은 우연이라….

신 아까 말했던 자의식의 관점에서 이야기해볼까? 의자는 평소 불만이 많아. 아, 나는 왜 이 세상에 태어나서 0.1톤이 넘는 저 뚱땡이를 장시간 이렇게 온몸으로 받쳐줘야 하는 걸까? 아, 나는 왜 등받이 없는 의자가 아니라 등받이 달린 의자로 태어나서 이 무지막지한 하중을 하루 종일 견뎌야 할까? 이렇게 평생 내 몸 위에 사람들을 이고 지고 살아가느니 그냥 콱 죽고 싶다. 세상에 이렇게 생각하는 의자는 아마 없겠지?

청 글쎄요. 저도 의자가 아니라서….

신 의자는 본질이 먼저이기 때문에 그 본질에서 한 치도 벗어날 수 없어. 하지만 인간은 본질을 얼마든지 뒤늦게 정하고 조정할 수 있지. 실존이 본질에 앞선다는 말은 이처럼 인간이 무한한 가능성을 갖고 있다는 뜻이야. 디폴트값 제로로 태어난 셈이지. 그래서 인간을 두고 사르트르는 "지금 있는 그대로가 아닌 존재l'être qui n'est pas ce qu'il est"이자 동시에 "지금 있지 않은 것으로 있는 존재l'être qui est ce qu'il n'est pas"라고 말했어.

청   자, 잠깐만요. 뭐라고요? 다시 한번 설명해주세요.

신   내가 돌멩이였다면 평생 돌멩이로 살아가는 거야. 내가 의자였다면 평생 의자로 살아가는 거지. 그런 건 그냥 즉자존재로 살아가겠다는 거거든. 부팅이 안 된 컴퓨터, 언박싱하지 않은 태블릿으로 남겠다는 거야. '지금 있는 그대로가 아닌 존재'는 이런 즉자존재에서 벗어날 수 있는 존재라는 거지.

청   그럼 '지금 있지 않은 것으로 있는 존재'는 무슨 말이에요?

신   일단 그 질문에 답하기 전에 주종을 바꾸자고. 칵테일이 영 감질나서….

P는 신사에게 끊임없이 질문을 던졌다. 신사는 천천히 일어나 화이트와인 한 병을 들고 제자리로 왔다. 그는 가지고 온 와인을 코르크스크루를 이용해서 땄다. 스크루가 사정없이 온몸을 관통하여 바닥까지 뚫린 코르크는 '뽕' 하는 비명과 함께 수년간 주둥이를 막고 제자리를 지켜온 자신의 책임을 우직하게 수행하고는 그렇게 장렬히 전사했다.

life tips 1. 내가 인생에서 이루고 싶은 내 본질? 내 존재 이유는 무엇일지 생각해
보자. 매우 철학적인 주제이니 시간을 충분히 갖고 숙고해보자.

2. 시간이 된다면, 김연수의 소설 『파도가 바다의 일이라면』을 읽어보자.

3. 리들리 스콧 감독의 「에이리언 커버넌트」를 감상해보자. 영화에 등장
하는 데이비드에 감정이입하여 영화를 평가해보자. 영화가 조금 무서
울 수 있으니 주의할 것.

---

who's who **자크 모노** *Jacques Lucien Monod*

프랑스의 저명한 분자생물학자로 파리대학에서 화학을 공부하여 1941년
이학 박사학위를 취득했다. 1945년, 파스퇴르연구소에 들어가 효소 연구
를 수행했다. 1965년, 효소의 유전적 조절 작용과 바이러스 합성에 대한
연구로 노벨생리학·의학상을 공동 수상했다. 모노는 사르트르가 수상을
거부했던 레종도뇌르를 받을 만큼 프랑스 국민이 사랑하는 과학자로 유
명하다. 개인적으로 학창 시절에 몇 안 되는 과학 대중서 중에서 그의 주
저인 『우연과 필연』을 재미있게 읽었던 기억이 있다. 그러고 보면 과학 분
야 독서가 칼 세이건Carl Sagan의 『코스모스』 수준에 머물러 있는 내가 수
많은 저작물 중에 모노의 책을 읽은 건 우연일까 필연일까?

안도현安度眩

1961년, 경상북도 예천에서 태어나 원광대학교 국어국문과를 졸업했다.
단국대학교 대학원 문예창작과에서 박사학위를 취득했다. 1981년, 대구
매일신문 주최 신춘문예에 시 「낙동강」이, 1984년, 동아일보 주최 신춘
문예에 「서울로 가는 전봉준」이 당선되어 문단에 입문했다. 대학 졸업 후
전라북도 익산 이리중학교 교사로 부임하여 국어를 가르치다가 1989년,
전교조 활동으로 해직되었다. 전북 익산(옛날엔 '이리'라는 지명으로 불렸다)은
내 본적지인 오산과 지척에 있는 도시라 왠지 안도현 시인이 낯설지 않다.
결혼하면서 내 아내가 가져온 시집들(사과 상자로만 여러 개였다)이 자연스레
내 책장에 함께 꽂혔는데, 내 기억이 맞다면 그중에 안도현 시인의 시집도
끼어 있었던 것 같다. 그의 작품으로는 시집 『모닥불』, 『그대에게 가고 싶
다』, 『외롭고 높고 쓸쓸한』, 『바닷가 우체국』, 『아무것도 아닌 것에 대하

여』 등과 함께 동화집 『연어』가 있다. 개인적으로 오래전에 『연어』를 흥미롭게 읽었던 기억이 있다.

앨런 튜링 *Alan Turing*

1912년, 영국 런던에서 태어났다. 어려서부터 총명한 기질을 드러내어 3주 만에 읽기를 배웠으며 계산과 퍼즐에 능했다고 한다. 1931년, 케임브리지대학교 킹스 칼리지에 입학했고, 1936년, 프린스턴대학교에 입학하여 박사학위를 받았다. 제2차 세계대전이 터지자, 1939년 9월 정부 암호학교에 들어가 악명 높았던 독일군의 에니그마 암호를 이론적으로 해독했다. 1950년, 「컴퓨팅 기계와 지능」이라는 논문에서 '모방 게임Imitation game'이라는 아이디어를 제시했는데, "분리된 방에서 컴퓨터와 여자인 척하는 남자가 대화를 나눌 때 어느 쪽이 컴퓨터인지 판단할 수 없다면 기계가 사람처럼 생각한다고 말할 수 있다"고 주장했다. 오늘날 컴퓨터의 원형이라고 할 수 있는 콜로서스Colossus의 개념을 창안했고, 컴퓨팅기계학회ACM에서는 매년 컴퓨터 과학에 중요한 업적을 남긴 사람들에게 그의 이름을 딴 '튜링상'을 수상하고 있다. 2019년, 영국 중앙은행은 그의 공헌을 기려 50파운드 신권 지폐에 들어갈 인물로 튜링을 지정했다. 1954년, 자택에서 한 입 베어 문 사과를 남겨두고 죽은 채로 발견되었다. 그의 죽음은 자살일까, 타살일까?

김연수 金衍洙

1970년, 경상북도 김천에서 태어나 성균관대학교 영어영문학과를 졸업하였다. 고교 시절 이상의 「오감도」를 읽으면서 문학가의 길을 꿈꾸었다고 한다. 1993년, 『작가세계』에 시 「강화에 대하여」 외 네 편을 발표하며 시인으로 등단했다. 1994년, 장편소설 『가면을 가리키며 걷기』를 발표하며 소설가로도 활동하기 시작했다. 동서문학상, 동인문학상, 대산문학상, 황순원문학상, 이상문학상 등 비중 있는 국내 문학상을 두루 섭렵했다. 아이러니하게 나는 김연수 작가의 작품을 박근혜 정권의 블랙리스트가 터지면서 알게 되었다. 그러고 보면 참 기이한 운명이다. 작가의 입에 검열의 재갈을 물리고 작가의 손발을 배제라는 차꼬로 묶어 둔 한 작가에게는 비극적인 시기였는데 그 덕분에(?) 나는 김연수의 『파도가 바다의 일이라면』이라는 소설을 만날 수 있었다.

우연의 존재로 어떻게 살아가야 할까?
"인간은 날마다 발명되어야 한다."

인생은 우연의 조합일까? 영어로 행복happy은 우발적으로 일어난 일hap에서 유래했단다. 그래서 유쾌한 사람들은 일상에서 일어나는 우연한haphazard 사건을 종종 '해프닝happening'이라고 부른다. 그러고 보면 인간사는 우연으로 점철된 대환장 파티와 같다. 아르키메데스는 우연히 욕조에 몸을 담그면서 부력의 원리를 발견했고, 뉴턴은 우연히 사과나무 아래에서 몽상을 즐기다가 중력의 원리를 발견했다. 알프레드 노벨은 실수로 니트로글리세린을 모래에 쏟아서 다이너마이트를 발명했고, 빌헬름 뢴트겐은 실험실에서 진공관으로 음극선을 연구하다가 우연히 '엑스선'을 발견했다. 콘스탄틴 팔베르크Konstantin Fahlberg는 실험을 마치고 씻지 않은 손으로 빵을 먹다가 인공 감미료인 사카린을 발명했고, 알렉산더 플레밍Alexander Flemming은 실험실을 미처 청소하지 않았던 게으름 덕분에 푸른곰팡이에서 항생제 페니실린을 발명했다.

우연이 또 다른 우연을 만나면 필연이 된다. 내가 오늘 만난 우연이 언제 필연이 될지 모른다. 세상의 우연성은 더 이상 반박할 수 없는 '최종 어휘final vocabulary'마저 의심하는 아이러니스트ironist를 요청한다. 따라서 사르트르는 우연을 필연으로 만드는 건 내 선택밖에 없다고 했다. 푸른곰팡이가 배양접시에 떨어진 건 우연이었지만, 그 곰팡이를 가지고 페니실린을 만들겠다고 마음먹은 플레밍의 결정은 필연이었다. 오늘 오전, 동네 마트에서 장을 보면서 들었다 놨다를 수없이 했던 한 근에 2만 원도 안 하는 한우 불고기 밀키트가 지금도 눈앞에 어른거리는 건 우연을 필연으로 바꾸지 못한 말기 선택장애자의 금단 증세다. 그래서 저녁 식탁에 청양고추를 넣어 칼칼하게 끓인 불고기를 맛볼 수 없는 건 우연이 아니라 필연적 결과다.

청년 P는 와인을 홀짝거리며 실존이 본질에 앞선다는 사르트르의 명제를 곰곰이 생각해보았다. 머릿속을 어지럽히는 상념에서 벗어나고 싶었던 청년은 단도직입적으로 신사에게 물었다.

청 지금 제가 헷갈려서 그러는데, 아까 말한 실존이 본질에 앞선다는 문장을 다시 설명해주세요.

신 (곰곰) 그럼 이렇게 설명해볼까? 왜 '부르는 게 값'이라는 말이 있잖아?

청 있죠.

신 이 말을 우리가 언제 쓰지?

청 파는 사람 마음대로 값을 매긴다는 거잖아요? '엿장수 맘대로'인 거죠.

신 맞아. 시가時價로 팔든, 정가定價로 팔든, 웃돈을 얹어 팔든, 파는 사람이 재량껏 가격을 결정하는 거야. 이렇게 말해볼까? 사르트르에겐 인간이야말로 '부르는 게 값'인 셈이지. 왜냐하면 인간에게는 아예 가격표가 달려 있지 않으니까. 태그도 바코드도 안 붙어 있지. 인간은 마트 선반에 놓인 여느 기성품처럼 정찰제 인생이 아닌 거야.

청 (절레절레) 음, 인간에게 과연 몸값이 없을까요?

신 없음rien은 인간이라는 존재의 기본값(디폴트값)이야. 자기가 부르는 게 바로 자기 몸값인 거지. 이를 사르트르는 무le néant라고 불렀어. 남이 내 몸값을 붙인다면 그게 도축된 육우지 어디 인간이라고 할 수 있겠어?

청 그럼에도 계속 나에게 되지도 않는 가격표를 붙이려는 인간들이 있다면요? 내가 백만 원이라고 하는데, 그들이 "으응, 아냐. 넌 오십만 원짜리야"라고 부득부득 우기면서 가격을 반토막으로 후려친다면?

신   자네, 어디 애먼 데서 호구 잡힌 적이 있나?

청   (뜨끔) ….

신사는 갑자기 훅 치고 들어왔다. 자기도 모르게 열폭했던 P는
순간 속내를 들킨 것만 같아 멈칫했다. 그러나 이대로 물러서고 싶
지 않았다. 냉엄한 현실이 고상한 철학자의 진단보다 더 차갑다고
느꼈기 때문이다.

신   한번 이야기해보게. 내가 알아듣도록….

청   어딜 가든 평가를 받는 위치에 있어보세요. 스스로 몸값
      을 정한다는 게 얼마나 공허한 말인지 알게 되실 겁니다.
      취준생에게 요즘 취업시장은 마블링에 따라 촘촘히 등급
      을 매기는 소고기 정육점과 다를 바 없어요. 스펙 한 줄
      차이로 붙고 떨어지는 상황인데 대체 어딜 보고 부르는 게
      값이라고 한단 말인가요?

신   워워… 흥분하지 말고.

청   솔직히 까놓고 말해서 월급이 내 몸값이잖아요? 한 달에
      한 번씩 매겨지는 몸값! (빈정) 집 근처 편의점에서 일하는
      전 지난달 최저시급으로 한 시간에 9,860원을 받는 귀한
      몸이랍니다.

신   흐음, 과연 그럴까? 내가 말한 '부르는 게 값'이라는 말은

자네 연봉이 얼마인지, 세전은 얼마고 또 세후가 얼마인지, 4대 보험은 되는지 따위를 말하는 게 아니야. 도리어 자네는 그게 '몸값'이라고 믿는 자기기만에 빠져 있어.

청 자기기만이요?

신 사르트르는 자기기만처럼 무서운 게 없다고 했지.

청 전 자기기만 같은 건 한 적이 없는데요?

신 (씨익) 그게 바로 자기기만이지.

청 (정색) 말꼬리 그만 잡으시고요.

신 말꼬리가 아냐. 아까도 말했지만, 사르트르는 일찍이 인간은 자유롭도록 선고받았고, 그 선고를 거부할 자유는 없다고 말했어. 인간은 부모나 친구, 사회, 국가처럼 외부로부터 부여받은 본질이나 본성, 목적 따위가 없는 무의 상태로 세상에 던져졌지. 그래서 원점에서, 처음부터, 로크가 말한 백지상태tabula rasa에서 새롭게 시작할 수 있는 거야. 어제까지 어떻게 살았는지는 중요하지 않아. 지금, 이 순간 새로운 선택지가 눈앞에 놓여 있는 거니까. 결국 인간은 자신의 선택과 결과에 대한 궁극적이고 최종적인 책임자인 셈이야. 하지만 이런 운명을 거부하는 인간들이 있지.

청 (째려보며) 왜 저를 보시죠?

신 별다른 뜻은 없네. (미소) 그냥 자네가 앞에 있으니까….

청 글쎄요. 왜들 거부하는 걸까요?

신 불안하고 두렵기 때문이야. 자유가 두려운 거지. 마치 나에게는 애초에 선택의 자유가 없다고 믿는 거야. 이를 사르트르는 '자기기만mauvaise foi'이라고 했어.

청 좀 쉽게 설명해주세요.

신 이렇게 비유를 들어보자고. 내가 친구들 넷과 올겨울 대만 여행을 간다고 해볼까? 지우펀이나 스린 야시장 등 동선을 짜는 데 벌써부터 머리에 쥐가 날 지경이야. 인원이 늘어날수록 서로의 취향과 생각이 달라서 여행 일정을 짜고 숙소를 정하는 게 만만치 않으니까. 일정은 예류공원을 먼저 갈까, 아니면 구족문화촌을 들렀다 갈까? 숙소는 에어비앤비로 할까, 아니면 아고다로 정할까? 모든 게 결정과 선택의 연속이지. 만약 내가 일정 담당자라면 낯선 외국에서 잘못된 교통편과 불순한 일기, 미처 예상치 못한 현지 상황으로 자칫 여행이 엉망이 될까 봐 불안함을 느낄 거야. 그럴 때 불확실성이 주는 불안감을 날려버리는 가장 손쉬운 방법은 뭘까?

청 책임을 회피하는 거?

신 맞아, 마치 내가 처음부터 선택권이 없는 것처럼 행동하는 거야. 애초에 선택도 하지 않았기 때문에 비난받을 일도 없거든. 이건 평소 시험공부는 뒷전으로 미루고 친구들과 펑펑 놀기만 했던 학생이 내일 당장 북한이 대포동 미사일이라도 쏘기를 바라는 상황과 같아. 하다못해 전쟁이라도 일어나면 기말고사를 망친 책임이 자신이 아니라 김정은

에게 있다고 둘러댈 수라도 있잖아?

청   공부 안 한 책임을 전쟁 탓으로 돌린다? 핑계 스케일 한번 오지네요.

신   우리는 종종 이렇게 삶의 책임을 모면하려고 간편하게 자기기만적인 태도를 선택한다네. 응당 노력해서 몸값을 올릴 생각은 하지 않고 내가 최저시급이나 받는 사람으로 태어났다고 그냥 믿어버리는 거야.

청   (뾰루퉁) 지금 저 들으라고 그러시는 건가요?

신   (씨익) 말이 그렇다는 거지. 이처럼 자기 인생인데 마치 자기 인생이 아닌 남의 인생을 사는 것처럼 구는 이유가 뭘까? 책임지는 게 귀찮고 두렵기 때문이야. 자기기만은 이미 주어진 자유를 포기함으로써 스스로를 삶의 주체가 아닌 객체로 몰아가지. 인생의 주인이 아니라 손님인 거야. "야, 귀찮아. 니가 알아서 해. 난 니가 하자는 대로 그냥 졸졸 따라갈게." 이런 말을 입에 달고 살지.

청   식당에서 메뉴 선택을 친구에게 다 맡기는 것처럼?

신   근데 우리 인생이라는 게 분식집에서 떡볶이를 먹을지 라볶이를 먹을지 결정하는 것처럼 사소한 게 아니잖아?

P는 갑자기 숙연해졌다. 왠지 신사에게 혼나고 있는 느낌이 들어서일까? 그는 괜히 와인 잔만 만지작거렸다. 그런 모습을 보고 신사는 설명을 이어갔다.

신 한마디로 내 인생의 주인은 난데 내가 아니라 타인이라고
믿는 게 자기기만이야. 어렸을 땐 엄마의 기대를 내 욕구
인양 착각하고, 학생일 때는 선생님의 지시를 내 선택인 것
으로 착각하지. 직장인이 돼서는 회사가 내려준 업무분장
이 내 역량의 최대치라고 착각하고, 한 집의 가장이 돼서
는 가족 부양이 내 존재 이유인 것으로, 은퇴하고 나서는
사회의 차가운 시선이 자신의 그림자인 것처럼 달고 살지.

청 (뜨끔) ….

신 왜 성석제의 소설 『투명인간』에 등장하는 주인공 만수가
그런 경우잖아. 맏형인 백수가 죽고 졸지에 집안을 책임지
게 된 만수는 동생들 뒷바라지하느라 장가도 못 가고 청
춘을 다 바치지. 결국 소설 뒷부분에 가면, 만수는 주체로
서의 삶이 없는 투명인간이 되고 말아.

청 우리나라는 특히 인생의 단계와 삶의 행로가 다 정해져
있잖아요? 몇 살에는 학교에 가야 하고, 몇 살이 되면 결
혼해야 하고…. 그래서 우리 사회는 모두가 암묵적으로 인
정하는 국룰을 따르지 않는 사람에게 사회 '부적응자'니
인생 '패배자'니 낙인을 찍죠. 채무불이행으로 고발된 집
곳곳에 빨간 압류딱지를 붙이듯 말이에요.

신 거기에 순응하려는 게 바로 자기기만이야. 자기기만을 뜻
하는 단어는 원래 불어로 '그릇된 믿음', '틀린 신념'을 의
미해. 한마디로 나쁜 믿음이 내 삶을 잠식하도록 두는 걸

말하지.

청 그럼 어떻게 해야 하나요?

신 사르트르는 허망한 우연성 앞에 선 인간의 운명을 무익한 열정이라고 봤어.

청 무익한 열정이요?

신 평생 헛된 짓만 하다가 쓸쓸히 죽는다는 거지. 헤밍웨이의 소설 『노인과 바다』에 등장하는 산티아고라는 노인처럼 말이야. 평생 잡았던 것 중에 가장 큰 다랑어를 사흘간의 사투 끝에 잡아서 돌아오는 도중에 상어떼의 습격을 받아 살점을 다 뜯기고 앙상한 뼈만 매달고 항구로 돌아왔다는 이야기.

청 뭐예요? 그게 사르트르의 해답이에요?

신 그렇다고 "인간은 헛된 열정이다"*라는 말에서 염세주의를 읽어내선 안 돼. 오히려 그 반대지.

"인간은 헛된 열정이다."

L'homme est une passion inutile.

청 그럼 인간은 헛된 열정이라는 말에서 뭘 읽어야 하죠?

---

* 열정이라는 단어 '빠시옹la passion'은 또한 '고난'이라는 뜻도 갖고 있다. 인간은 신의 꼭두각시가 아니라 열정을 지닌 자유로운 존재라서 수난을 겪을 수밖에 없다고 말하듯.

신	영화 「트루먼쇼」를 본 적 있나?
청	명작이죠. 지금까지 네댓 번은 봤을걸요?
신	「트루먼쇼」는 부조리한 인생에서 우연히 살아가는 인간이 얻을 수 있는 돌파구가 뭔지 보여주지.
청	돌파구? 그게 뭔데요?
신	바로 선택le choix이야, 선택!
청	(실망) 애개, 뭐 새삼스러운 것도 아니네요.
신	인생은 거창한 포부나 대단한 기획으로 이루어진 게 아냐. 매 순간 작은 결정과 소소한 선택들이 모이고 모여 도미노처럼 앞의 장애물을 넘어뜨리고 또 그다음 장애물을 넘어뜨리며 그렇게 나만의 인생길을 만들어 나가는 거지. 영화는 바로 그 과정을 보여준 거야.
청	'우리는 우리의 선택이다'라는 말이 바로 그 뜻이네요.
신	그렇지.
청	근데 전 세계에서 오로지 트루먼(짐 캐리)만 자신이 거대한 세트장에서 미리 짜놓은 기획과 각본대로 살아간다는 사실을 몰랐잖아요. 안 그래요?
신	그랬지. 「트루먼쇼」를 기획한 프로듀서, 크리스토프(에드 해리스)는 트루먼에게 삶의 행로를 미리 설계한 신과 같은 존재야. 그 덕분에 트루먼이 바라보는 세상은 모두 세트장과 배우들이 만들어낸 허상이자 가짜에 불과했지. 그 세트장 안에서 트루먼이 할 수 있는 거라곤 나고 자란 동네

에서 자신에게 이미 주어진 모든 조건을 사실로 받아들이며 살아가는 것뿐이었어.

청 얘기하니까 새록새록 생각나네요.

신 사실 트루먼에게는 모든 게 완벽했어. 크리스토프는 트루먼에게 비록 가짜였지만 안전한 세계를 선사했던 거니까. 그러던 어느 날, 그의 세계관에 균열이 가는 사건이 발생하지. 마른하늘에 날벼락처럼 공연용 조명 장치('큰개자리'라고 쓰인 할로겐)가 그의 앞에 떨어진 거야. 그때부터 트루먼은 석연치 않은 아버지의 죽음과 원치 않는 아내와의 결혼, 심지어 적성에 맞지 않는 직업 선택에 이르기까지 이제껏 자기 신변에 벌어졌던 모든 사건 뒤에 설계자designer가 있다는 의구심을 품게 되지. 결국 자신이 진짜 사랑했던 실비아(나타샤 맥켈혼)와 본의 아니게 헤어졌던 일, 그녀를 찾아 피지라는 섬에 가려고 안간힘을 썼지만 번번이 막혔던 사건, 탐험가를 꿈꿨던 자신을 씨헤이븐이라는 안전지대에 묶어두려 했던 기획팀의 작전이 모두 각본에 의한 것임을 깨닫게 된 거야.

청 세상 카메라가 모두 나를 24시간 관찰하고 있다는 상상만으로도 질식할 거 같아요.

신 트루먼을 갓난아기일 때부터 지켜보았던 전 세계 시청자들은 트루먼이 주어진 세계 안에 머물기를 원했지. 하지만 오로지 세상에서 단 한 사람, 실비아만 트루먼에게 진실을 알려주길 원했어. 이게 바로 사랑의 힘이 아닐까? 영화 후반부, 그녀 덕분에 진실을 알게 된 트루먼에게 두 가지 선택지가 주어지지. 허구의 세계지만 안전을 담보한 세트장에 남느냐, 문을 지나 미지의 세계, 모든 것이 불확실한 현실 세계로 나아가느냐?

청 듣고 보니 「매트릭스」와 판박이 같은 장면이네요.

신 사르트르는 인간이 헛된 목표를 향해 무익한 열정을 불태우는 불완전한 존재지만 자유가 가르쳐준 선택의 힘을 제대로 사용할 수 있는 존재라고 말했어. 끊임없이 선택을 통해 자신을 미래로 기투企投/projet하는 인간은 숙명에 안주하거나 절망에 곤두박질치지 않을 수 있어.*

청 기투? 그게 뭐예요?

신 어느 쪽이든 자신을 의도하는 곳으로 던지는 거지. 세상에 온 것이 자기 의도와 상관없이 온 거라면, 앞으로는 의도적으로 살겠다는 게 바로 기투야! 인생이 우연이라 해도 끝까지 주사위를 던지겠다는 거지. 우리가 세상에 아무렇게나 던져진 존재라면 우리는 기투를 통해 염세주의

---

* 사르트르는 제2차 세계대전 독일의 수용소에서 하이데거의 『존재와 시간』을 탐독했다. 책에서 하이데거는 인간의 실존성이 갖는 운명을 가리켜 '기투Entwurf'라고 불렀다. 인간은 세상에 던져진 '피투彼投/Geworfenheit'의 존재이며 이 실존이 인간에게 불안die Sorge을 가져온다는 것이다. 이를 극복하기 위해 자신의 실존을 재구성하려는 시도가 바로 기투인 셈이다. 사르트르는 이 개념을 자신의 실존주의 철학에 고스란히 가져온다. 그런 점에서 1943년 사르트르가 쓴 『존재와 무』는 하이데거의 책을 오마주한 것일지도 모른다.

와 패배주의, 숙명주의와 회의주의를 극복할 수 있어. 그래서 사르트르는 "인간은 날마다 발명되어야 한다"라고 말한 거야.

❧ ❧

"인간은 날마다 발명되어야 한다."

L'homme est à inventer chaque jour.

청 인간은 날마다 발명되어야 한다? 아이폰 15에서 16으로 업그레이드된다는 건가요?

신 아냐, 날마다 발명된다는 건 도리어 날마다 부서진다는 뜻이야.

청 으잉? 부서진다고요?

신 그래.

청 그게 무슨 발명이에요?

신 새롭게 탄생하기 위해 파괴되는 거야. 과거의 나를 단종시키는 거지. 적절한 비유일지 모르겠지만, 슘페터가 말한 '창조적 파괴creative distruction'라고 할까?

청 창조적 파괴?

신 그래. 눈가림으로 부품 몇 개만 교체하는 업그레이드와는 차원이 달라. 완전히 전에 없던 제품으로 발명되는 거야. 없던 세상이 하나 생기는 거지. 헤르만 헤세는 『데미안』에서 창조적 파괴를 이런 식으로 말했어. "새는 알에서 나오려고 투쟁한다. 알은 세계다. 태어나려는 자는 하나의 세계를 깨뜨려야 한다Der Vogel kämpft sich aus dem Ei. Das Ei ist die Welt. Wer geboren werden will, muss eine Welt zerstören."

청 세계를 깨뜨린다? 그게 가능하기나 해요?

신 기투! 인간 존재가 방향성, 즉 벡터를 가질 때에만 가능하지.

청 방향성? 벡터? 통 모르겠어요. 좀 쉽게 설명해주세요.

신사는 호주머니에서 동전을 꺼내 테이블 위에 올려놓고 빨대를 이용해 물방울을 그 위에 톡 떨어뜨렸다.

신 물방울 하나가 동전 위에서 평형을 이루고 있어. 자 봐. 물방울은 표면장력surface tension 때문에 동그란 형태를 띠고 있지?

청 가만 보니 정말 그렇네요.

신 물방울은 어디로도 기울지 않은 채 제자리에서 평형상태를 안정적으로 유지하고 있어. 비유하자면, 우리가 세상에 던져진 상황이 바로 이 물방울 같은 거야. 아무런 선택도 없는 무활동의 평형을 이루면서 동시에 모든 선택의 가능성이 열린 잠재적이고 균질한 삶이라 할 수 있지.

청 세트장에 갇힌 트루먼처럼요?

신 그렇지!

신사는 손에 들고 있던 빨대로 물방울을 툭 하고 깼다. 물방울은 형체를 알아볼 수 없게 한쪽으로 일그러지더니 일순간 동전 아래로 쏟아져 내렸다.

신   그런데 물방울을 이렇게 한쪽으로 터주면 물은 열린 곳을 향해 툭 쏟아져 내리지. 물방울이 제 형태를 깨버리면서 한 방향으로 나아가는 것이 바로 방향성이야. 우리는 물방울이 동그랗게 맺힌 상태에 머물러 있어선 안 돼. 어느 방향이든 한쪽을 선택해서 장력의 빗장을 뚫고 그 범위 밖으로 나아가야 하지. 이것이 바로 사르트르가 말한 선택의 힘이야.

청   물방울 모양이 완전 흐트러졌잖아요?

신   물이 한쪽으로 흐르기 위해서는 어쩔 수 없어. 그렇지 않다면 우리는 날마다 발명될 수 없지.

P의 눈앞에서 아름다운 물방울은 인정사정없는 신사의 타격으로 일순간 찌그러졌다. 그 모습을 본 P는 도리어 가슴이 뚫린 것 같은 통쾌함을 느꼈다.

---

life tips   1. 앞서 언급한 실험을 직접 해보자. 동전 위에 물방울을 올려놓고 장력이 만드는 균형을 관찰하자. 그리고 물방울을 터트려보자.

2. 내가 가진 자유를 감당하지 못했던 과거의 경험, 내가 모든 것을 책임져

야 한다는 부담에서 오는 불안감을 떠올려보자. 자유로부터 도피하고 싶었던 때, 내 자유를 다른 사람(부모, 친구, 선생님)에게 무상으로 양도했던 때, 그래서 거짓말처럼 마음이 편해졌던 때를 적어보자.

3. 반대로 내게 주어진 자유를 만끽했던 경험도 적어보자. 군복무 때 정기 휴가를 끊었던 경험, 회사 업무에서 벗어나 여름휴가를 떠났던 경험, 육아 부담에서 해방되어 꿀 같은 나만의 휴식을 즐겼던 경험 등.

4. 시간을 내서 「매트릭스」와 함께 영화 「트루먼쇼」를 감상하자.

5. 기회가 된다면, 리처드 로티Richard Rorty의 『우연성, 아이러니, 연대 Contingency, Irony, and Solidarity』를 읽어보자.

---

who's who **존 로크**John Locke

1632년, 잉글랜드에서 태어난 존 로크는 변호사이자 지주였던 아버지 덕분에 부유한 유년 시절을 보냈다. 그는 어려서부터 학문에 영민함을 보였고, 1652년, 장학생으로 선정되어 옥스퍼드대학에서 철학과 자연과학, 의학을 배울 수 있었다. 이후 옥스퍼드 크라이스트처치 칼리지의 교수로 일하며 그리스어와 수사학 도덕철학을 가르쳤다. 휘그당의 창시자인 샤프츠베리 백작 1세를 만나면서 그의 인생은 180도 달라졌다. 개인 교사와 의사로 백작의 저택에 머물면서 서재에서 다양한 분야의 책들을 읽고 연구할 수 있었을 뿐만 아니라 각개 각층의 유명 인사와 학자들을 두루 만날 수 있었기 때문이다. 그는 이 과정에서 사회계약론과 자연권 사상에 대한 구체적인 구상을 확립해 나갈 수 있었다. 대표작으로는 『통치론Two Treatises of Government』과 『인간오성론An Essay Concerning Human Understanding』 등이 있다. 『통치론』에서 로크는 로버트 필머Robert Filmer의 왕권신수설을 비판하며 모든 인간이 신 앞에 평등하게 창조되었다는 혁신적인 주장을 내놓았고, 『인간오성론』에서는 인간의 마음이 '백지상태(빈 서판)'와 같으며 모든 지식은 경험을 통해 형성된다고 보았다. 1704년, 72세의 일기로 사망했다.

성석제成碩濟

1960년, 경북 상주에서 태어나 유년기에 서울로 올라와 성장했다. 연세대학교 법과대학을 나왔으며, 1986년, 『문학사상』에 시 「유리 닦는 사람」을 발표하며 등단했다. 1991년, 첫 시집 『낯선 길에 묻다』를 발간했다. 1994년, 소설집 『그곳에는 어처구니들이 산다』를 내며 소설가로 활동하고 있다. 동인문학상, 현대문학상, 채만식문학상, 조정래문학상 등을 수상했다. 원래 소설을 쓸 생각이 없었는데, 우연한 기회에 잡지사의 청탁을 받고 「내 인생의 마지막 4.5초」라는 단편소설을 쓰면서 생각이 바뀌었단다. 그 소설을 보고 다른 잡지사에서 글을 써달라는 청탁이 들어왔고, 또 다른 잡지사, 또 다른 출판사가 줄줄이 이어지면서 시인이 아닌 소설가가 되었다. 성석제는 단순히 소설만 쓰는 작가가 아니라 에세이와 수필, 칼럼, 산문 등 다양한 글을 정력적으로 써온 작가로 알려져 있다.

조지프 슘페터 *Joseph Schumpeter*

오스트리아 출신의 경제학자로 1883년 오스트리아-헝가리 제국의 트리에스테 근처의 작은 마을에서 태어났다. 그의 아버지는 슘페터가 어릴 때 사망했고, 어머니는 그를 빈으로 데려가 교육시켰다. 빈대학에서 법학과 경제학을 공부하면서 당시 오스트리아학파의 1세대 경제학자인 프리드리히 폰 비저Friedrich von Wieser의 영향을 받았다. 1911년, 오스트리아의 체르노비츠대학에서 경제학 교수로 임용되었다. 1942년, 『자본주의, 사회주의, 민주주의*Capitalism, Socialism and Democracy*』라는 책에서 슘페터는 '창조적 파괴'라는 개념을 전개했다. 슘페터는 경제 구조가 경쟁시장에서 독점시장으로, 다시 과점시장으로 이어지는 과정이 혁신을 가져오는 창조적 파괴를 낳는다고 주장했다. 이후 그의 개념은 시장의 경쟁을 돌파하기 위해 기존의 토대를 파괴하는 기업의 혁신 과정을 설명하는 데 두루 쓰인다. 슘페터는 굵직한 제자들을 길러내기도 했는데, 1970년 노벨경제학상 수상자이자 오늘날 많은 대학에서 경제학 개론서로 쓰이는 교과서의 저자 폴 새뮤얼슨Paul Anthony Samuelson이 그의 직계 제자다.

소외와 갈등의 시대, 이대로 괜찮은 걸까?
"불통은 모든 폭력의 근원이다."

녹조라떼를 녹즙으로 잘못 알고 마신 걸까? 저 인간은 아침부터 나한테 왜 이러는 걸까? 전생에 무슨 원수를 졌다고 내가 저 인간과 한 지붕 아래에서 같은 공기를 마시고 있는 걸까? 회식이든 반주든 술만 한두 잔 들어가면 자동으로 튀어나오는 "요즘 젊은 것들…"로 시작하는 꼰대질은 그나마 애교로 봐줄만하다. 술 먹고 지하철 끊겼다고 가끔 야밤에 톡 보내서 무턱대고 차 가지고 자기 데리러 오라는 건 대체 무슨 경우일까? 자기 방식이 옳다고 사사건건 아랫사람 들들 볶고, 시어머니처럼 시시콜콜 잔소리만 해대더니, 자기 때문에 일이 엎어지거나 틀어지면 갑자기 우디르급으로 태세 전환하거나 아니면 우사인 볼트의 뺨을 후려칠 정도로 사라지니 정말이지 얄밉고 또 얄밉다. 아, 저 인간과 어떻게 결별할 수 있을까?

　공짜 좋아하다가 머리 다 빠져서 대머리나 되라, 치질 수술한 부위나 재발해라, 생각나는 온갖 저주를 퍼붓다가도 괜히 죄책감에 기분이 꿀꿀해 아이스 아메리카노 한 잔 두고 멍 때리고 앉아 있으면 어디 잠복해 있다가 용수철처럼 튀어나와 자기 건 왜 안 사왔냐며, 티 나게 챙겨줬는데 다시 봐야겠다며, 이래서 요즘 MZ들한테는 잘해주면 안 된다는 시답지 않은 넋두리를 반 시간 넘게 듣고 있어야 한다. 일주일이 지난 지금까지도 그 인간 종알대는 잔소리가 환청으로 들리는 것 같다. 아, 이러다 내가 암이 걸려 죽을 것만 같다. 이놈의 지긋지긋한 상하관계, 갑질, 대체 어디서부터 잘못된 것일까? 내가 먼저 회사를 박차고 나가야 하나, 볏짚으로 저 인간 저주 인형이라도 만들어서 바늘로 콕콕 찔러야 하나? 불통이 고통을 주는 시대, 사르트르는 과연 뭐라고 말했을까?

　청년 P는 매 순간 선택을 통해 끊임없이 스스로를 발명해야 한다는 신사의 말을 듣고 갑자기 생각이 많아졌다. 삶의 방향성? 창조적 파괴? 다 좋다. 그런데 찌그러진 내 자신은 어떻게 복구할 것인가? 요즘 같은 불통의 시대, 어렵사리 받은 평형과 안정을 깨면서까지 굳이 나를 미래에 던질 필요가 있을까? P는 신사에게 물었다.

청 가만 보면 뫼비우스의 띠 같아요. 결국 돌고 돌아 원점으로 돌아왔네요.

신 왜?

청 아까까지 몸값 이야기, 자유 이야기를 하다가 길을 잃었잖아요?

신 그랬나? 깜박했군.

청 타자의 존재를 말하지 않고 자유를 말할 수 있을까요? 내 자유의 끝은 결국 타자의 자유가 시작하는 지점까지니까요.

신 맞아, 자유를 말하려면 무엇보다 타자의 문제를 건드리지 않을 수 없지.

청 사르트르는 뭐라고 말했나요?

신 사르트르의 타자론을 설명하기에 앞서 영화 한 편을 소개하지. 몇 해 전 「타인의 삶」이라는 독일 영화를 재미있게 본 적이 있는데, 혹시 자네도 봤을까?

청 아뇨. 첨 들어보네요. 타인의… 뭐요?

신 얼마 전 국내에서 재개봉될 정도로 꽤 알려진 작품인데 자네 같은 젊은이가 모른다니 놀랍군.

청 한가롭게 영화나 보고 있을 상황이 아니거든요. 혹시 잊었어요? 저 취준생인 거….

신 명작이야. 「타인의 삶」은 2007년 아카데미상을 수상하기도 했지. 시간이 허락한다면 꼭 한번 보라고.

청 네네, 이번에 취직하면 한번에 몰아서 보죠.

신 나는 이 영화를 보면서 내내 사르트르의 철학을 떠올렸어. 영화는 80년대 중후반, 독일을 서독과 동독으로 나눈 베를린 장벽이 무너지기 직전, 그러니까 동독에서만 10만 명의 비밀경찰과 20만 명이 넘는 스파이가 암약하던 시절의 이야기야.

청 오, 역사물 영화… 개나이스!

신 때는 1984년. 비밀경찰 슈타지는 동독에서 활동하던 중견 극작가 드라이만(제바르티안 코흐)을 감시하라는 특명을 비즐러(울리히 뮈헤) 대위에게 맡기지. 바늘로 찔러도 피 한 방울 나올 것 같지 않던 비즐러는 드라이만이 집을 비운 틈을 타서 집 안 곳곳에 도청 장치를 심어놓고 근거리에서 24시간 그를 감시하게 돼. 드라이만은 당시 동독 최고의 여배우였던 크리스타(마르티나 게덱)와 동거 중이었기에 비즐러는 드라이만뿐만 아니라 그녀까지 한꺼번에 감시할 수 있었어.

청 어라? 듣고 보니 이거 박찬욱 감독의 「헤어질 결심」과 비슷한데요?

신 맞아, 남편 사망 사건의 용의선상에 오른 서래(탕웨이)를 형사 해준(박해일)이 감시하던 장면과 어딘가 모르게 비슷하지? 비즐러는 조국을 수호한다는 신념과 애국심에 따라 방첩 업무를 성실히 수행했어. 그야말로 1분 1초의 틈도 없이 사찰 대상인 드라이만의 일거수일투족을 감시한 거야. 드라이만이 읽던 브레히트의 시집을 몰래 가져와 읽기도 하고,* 관음증 환자처럼 그가 크리스타와 침대 위에서 나누는 관계까지 엿들어 가면서 드라이만의 모든 것을 재구성해 나갔어.

청   (얼굴을 붉히며) 오, 야한 영환가요?

신   15세 관람가 영화니까 너무 기대하진 말게.

청   쩝….

신   이 영화의 압권은 따로 있어. 블랙리스트에 올라 있던 동료 극작가가 삶을 비관한 나머지 자살하자 드라이만이 자택에서 동료의 넋을 기리며 숨죽여 피아노를 치는 장면이야. 처음과 끝을 헤드폰을 낀 채 도청하던 비즐러는 망자에게 조촐한 장례식조차 열어줄 수 없는 현실, 암울한 시기와는 어울리지 않게 너무나 아름다운 피아노 소나타에 자신도 모르게 눈물을 흘리지.

청   타인을 감시하다가 그와 동일시가 일어났군요.

신   이때부터 비즐러는 드라이만이 타인이 아니라 자기 자신인 것처럼 그의 일상에 개입하지. 더 이상 도청의 대상이

---

* 일찍이 플라톤은 시인들이 그들의 시로 이성이 아닌 감성에 호소하며 사람들을 퇴폐에 빠지게 만든다고 말했다. 그래서일까? 서구 영화에서 시집은 종종 등장인물의 입체적인 성격 변화를 상징하는 오브제로 등장해왔다. 그래서 크리스천 베일 주연의 디스토피아 영화 「이퀼리브리엄」에도 예이츠의 시집이 등장하는 것이다.

아니라 또 다른 자아를 확인하던 순간이야. 결국 동독의 비인도적인 상황을 글로 써서 서독의 「슈피겔」에 폭로하려는 드라이만의 결심을 비즐러가 돕는 상황이 벌어지지.

청 폭로를 막아야 할 비즐러가 협조하게 됐군요.

신 보고도 안 본 척해주다가 이젠 아예 대놓고 그의 계획 속으로 비집고 들어가지. 우린 모두 관음증 환자야. 누군가의 삶을 엿보고 싶어서 담벼락을 타고 남의 SNS를 기웃거리지. 타인의 삶이야말로 인간이 가장 보고 싶어 하는 최고의 구경거리거든. 영화에서 나는 비즐러의 시선에서 드라이만이 대타존재로 비치는 게 아닐까 싶었어.

청 대타존재요?

신 사르트르는 『존재와 무』에서 대타존재對他存在/l'être pour autre라는 개념을 제시하지. 즉자존재가 있는 그대로의 존재, 대자존재가 자신을 응시하는 존재라면, 대타존재는 타인이 자신을 바라보는 존재지.

청 오, 드디어 타인이 등장하는군요.

신 사실 즉자존재와 대자존재에는 타자가 없어. 오로지 대타존재에서나 타자를 발견할 수 있지. 대타존재는 타인과의 관계를 통해 성립하는 나의 존재야. 나를 마주하는 남은 나를 어떻게 바라볼까? 타자의 시선은 언제나 나를 '이러이러한 사람'일 거라고 규정하지. 이를테면, 내가 지금 입고 있는 턱시도를 벗고 대신 야구 모자를 쓰고 배달원 조끼를 입으면 대번 나를 사르트르 살롱을 경영하는 고매한 성품의 철학자가 아닌 택배 상자를 나르는 쿠팡 직원으로 보겠지? 나를 그렇게 본다고 해서 그들의 눈이 삐었다고 말할 수 있을까?

청　글쎄요.

신　천만에. 길을 막고 물어봐도 답은 백이면 백 다 똑같을걸? 그들은 지극히 정상적으로 나를 관찰해서 내 존재를 택배 직원으로 규정한 거야. 그들의 눈에 나는 즉자가 되어버린 거지. 돌멩이를 돌멩이라고 객관화하는 것처럼, 나를 쿠팡 직원으로 객관화한 거야. 이렇게 나를 즉자존재로 보는 것은 나를 그들의 도구로 보는 것과 같아.

청　왜 그렇죠?

신　그렇게 타자를 동결시키는 게 타자를 다루기 쉽기 때문이야. 내가 상대하는 타자가 시시각각 변한다면 얼마나 다루기 헷갈리고 까다롭겠어, 안 그래?

P는 사르트르의 타자론이 이해되면서도 동시에 부정하고 싶어졌다. 그러나 마땅한 논리가 떠오르지 않았다. 어쩌면 그 역시 남들의 시선을 피하고 싶으면서 동시에 남들의 일거수일투족을 훔쳐보고 싶었던 건 아니었을까?

신　이처럼 사르트르의 철학에서 타자와의 관계는 갈등 관계로 이해되지. 시선을 통해 서로가 서로를 소유하고 지배하려 하기 때문이야. 이 관계에서 소외는 피할 수 없는 결과지.

청 시선을 통해 소외된다고요?

신 타인의 시선 속에서 나 자신은 고정된 대상, 한마디로 즉자로 전락하거든. 나는 살아 있는 사람이 아니라 하나의 사물이 되는 거야. 이게 바로 소외. 흔히 엿보기를 좋아하는 사람을 '피핑톰peeping Tom'이라고 하는데, 사르트르는 인간이 가진 피핑톰의 본성이 수치심이라고 말했어.

청 수치심이요? 뜬금없이요?

신 (어깨 으쓱) 다시 비즐러 이야기로 돌아가자고. 이를테면 내가 작은 열쇠 구멍을 통해 방을 들여다보고 있는데 지나가던 누군가가 그런 나를 바라본다면 나는 어떤 느낌이 들까?

청 웁스! 들켰다?

신 그게 바로 수치심la honte이야. 스스로 즉자존재로 타락해서 고정되거든. 내가 타인에게 그렇고 그런 존재, 종속된 존재라는 사실을 자각할 때 수치심을 느끼는 거지. 이는 바라보는 사람 모두를 돌기둥으로 만들어버리는 메두사의 시선과도 같은 거야. 화석화la pétrification하는 거지.

청 그럼 그런 시선에서 어떻게 해야 벗어날 수 있나요?

P는 신사의 말에 그만 안달이 났다. 신사는 그런 그에게 또 다른 영화 이야기를 들려주었다.

신　다른 영화 이야기 하나 더 해볼까?

청　영화 참 좋아하시네요. 철학자가 아니라 영화 평론가 아니세요?

신　큭큭, 크게 틀린 말은 아닌 듯. 그만큼 영화를 사랑하니까. 자네, 혹시 남들의 시선에서 완전히 자유로워진다면 무슨 짓을 먼저 해볼 건가?

청　무슨 답을 원하시는 건가요?

신　내가 투명인간이 된다면?

청　혹시 영화 「할로우맨」을 언급하시려는 건가요?

신　빙고, 폴 버호벤 감독의 영화 「할로우맨」에는 영장류 실험을 하다가 졸지에 투명인간이 되어버린 괴짜 과학자 케인(케빈 베이컨)이 등장하지. 영화를 봤다면 케인이 투명인간이 되고 나서 가장 먼저 무슨 짓부터 했는지 잘 알겠군.

청　사람의 본능이란 대부분 비슷한가 봐요. 쩝.

신　내가 하고 싶은 얘기가 바로 그거야. 우리가 투명인간을 꿈꾸는 건 투명인간이 될 수 없기 때문이지. 우리는 남들 눈에서 사라질 수 없어. 우리는 절대 타자의 시선에서 자유로울 수 없거든. 그건 남들의 시선, 즉 남들의 평가에서 탈주 가능한 사각지대가 없다는 걸 의미하지.

청　탈주 가능한 사각지대?

신　세상에 내던져진 인간은 남에게 어쩔 수 없이 즉자존재로 규정되고, 그 속에서 필연적으로 소외와 갈등이 일어날 수밖에 없다는 이야기야. 남과의 완벽한 관계, 그로 인한 순수한 행복 같은 건 없어. 그게 가족이든 연인이든 친구든 간에….

청　흑, 좀 서글프네요.

신　슬퍼하지 마. 실존주의 철학은 도리어 현실을 직시하라고 말해. 거짓이 아닌 사실에 기초한 현실 인식이 중요한 거라고, 동화적 감상에 머무르지 말라고, 응석받이가 아니라 어른이 되라고 조언하는 거지. 그런데 사르트르의 타자론은 여기서 머무르지 않아. 소외를 넘어 타자와의 소통을 말하지. 갈등의 시대를 사는 현대인에게 사르트르는 갈등을 해결하는 방법이 아니라 갈등에 맞서는 방법을 제시하는 거야. 지금 자네에게 필요한 말은 "불통이 모든 폭력의 근원이다"라는 말일 거야.

청　불통이 모든 폭력의 근원이다?

"나는 불통을 경계한다. 그것은 모든 폭력의 근원이다."
Je me méfie des incommunicables, c'est la source de toute violence.

신　사르트르는 소외에서 폭력이 나온다고 했어. 사디즘과 마조히즘 모두 이런 왜곡된 관계의 결과물이지.

청   사디즘이라면 상대를 막 때리면서 쾌감을 느끼는?

신   맞아. 마조히즘은 그 반대지. 모두 타자를 소외시키고 소유하려는 시선에서 나온 거야.

청   그렇군요.

신   사르트르의 타자론을 동시대 실존주의 철학자였던 마르틴 부버Martin Buber의 『나와 너Ich und Du』로 설명할 수도 있어.

청   누구요? 비버요?

신   비버가 아니라 부버. '비버'는 학창 시절 보부아르의 애칭이었어.* 부버는 세상에 두 가지 관계가 있다고 말하지. 나와 너의 관계, 그리고 나와 그것의 관계.

청   나와 너, 그리고 나와 그것?

신   나와 너Ich-Du의 관계는 서로 평등한 존재자 간의 관계라면, 나와 그것Ich-Es의 관계는 사용자와 물건의 관계, 즉 소유와 지배의 관계라고 할 수 있지. 상대를 소유와 지배의 관계 속에 넣으려는 건 상대를 물건으로 대하겠다는 심보야. 우리는 나와 그것의 타자론에서 벗어나 나와 너의 타자론을 지향해야 해.

---

*   보부아르라는 이름과 발음상의 유사성 때문에 사르트르와 동급 친구들은 그녀를 종종 '비버'로 불렀다. 여기에는 보부아르가 학업에 있어 비버처럼 매우 부지런했던 이유도 있다.

청   나와 너로….

신   사르트르 역시 부버처럼 타자를 나 자신과 나 사이를 연결하는 데 꼭 필요한 중재자로 보았어. 정현종 시인의 「섬」에는 이런 시구가 나오지. '사람들 사이에 섬이 있다. 그 섬에 가고 싶다.' 단 두 줄로 된 짧은 시지만, 타인에 대한 매우 강렬한 염원이 드러나 있지. 사람과 사람 사이에 건너갈 수 없는 무인도가 존재하지만, 시인은 그 관계의 섬으로 가고 싶어 하니까.

청   그 관계의 섬으로 가면 폭력이 없어질까요?

신   안타깝지만 거의 불가능해. 유고슬라비아 출신의 철학자 슬라보예 지젝Slavoj Žižek은 폭력을 '주관적 폭력'과 '객관적 폭력'으로 나눴지.* 주관적 폭력은 누가 보더라도 폭력인 걸 알 수 있는 가시적 폭력이야. 그런데 더 무서운 건 객관적 폭력이야. 왜냐하면 그것이 폭력인지 사람들이 제대로 인식하지 못하기 때문이지. 한마디로 당하는지도 모르는 폭력이라고 할 수 있어.

청   당하는지도 모르는 폭력?

신   그래, 사르트르가 불통을 경계하고 모든 폭력의 원인을 불통에서 찾았던 건 어쩌면 객관적 폭력에서 벗어나려는

---

* 지젝은 객관적 폭력을 다시 '상징적 폭력'과 '구조적 폭력'으로 나눈다. 상징적 폭력이 언어를 통해 구현된다면, 구조적 폭력은 정치나 경제의 구조를 통해 구현된다.

몸부림이기도 했어. 그래서 그는 집요하게 사회 참여를 부르짖었지. (시계를 보며) 자, 오늘은 늦었으니 내가 오후에 직접 만든 디저트 먹고 그만 일어나자고.

신사는 P에게 자두 셔벗을 권했다. P는 티스푼으로 달콤한 셔벗을 떠서 맛보았다. 침샘을 저릴 만큼 짜릿한 맛이 혀끝을 맴돌았다. 그렇게 두 번째 만남이 끝나고 P는 지친 몸을 4호선 지하철 전동차에 실었다.

---

life tips   1. 이번 장을 마치면서 '수치심'에 대해서 생각해보자. 나는 어떤 상황에서 수치심을 느꼈는지 곰곰이 생각해보고, 주변에서 수치심이 없는 '무치無恥'의 상황을 경험한 적이 있다면 적어보자.

2. 남의 삶을 훔쳐보았던 경험, 그러면서 야릇함과 짜릿함을 느꼈던 때를 떠올려보자. 헤어진 연인의 집에 찾아가 몇 시간 동안 베란다를 뚫어지게 바라보았던 경험, 친구의 SNS나 일기장을 몰래 훔쳐보았던 경험 등.

3. 타인의 존재가 나에게 폭력으로 다가왔던 경험이 있는지 생각해보자. 가능하다면 그 이유도 적어보자.

4. 내가 하루아침에 투명인간이 된다면, 혹은 아주 작은 파리가 되어 남들 눈에 안 띄게 자유로이 날아다닐 수 있다면, 어떤 일을 해보고 싶은지 생각해보자.

5. 시간이 된다면, 마르틴 부버의 『나와 너』를 읽어보자. 나의 일상을 채우는 타인들을 생각하며 그들이 '나와 너'의 관계인지, '나와 그것'의 관계인지 나누어 적어보자.

마르틴 부버 *Martin Buber*

1878년, 오스트리아-헝가리 제국 시절, 빈의 유대인 가정에서 태어났다. 빈과 라이프치히, 베를린대학에서 철학과 예술사, 심리학을 공부했다. 1923년부터 10년간 독일 프랑크푸르트대학에서 비교종교학을 강의한 이력이 있다. 이 시기 실존적 체험을 통해 유대교 신비주의 운동인 하시디즘에 관심을 가졌으며, 유대교 신앙을 현대적 언어로 되살리고자 했다. 1933년, 나치의 박해를 피해 여러 나라에서 망명 생활을 이어가다가, 1938년, 팔레스타인에 정착하여 예루살렘의 히브리대학에서 사회철학을 가르쳤다. 부버는 자신의 주저 『나와 너』에서 인간 존재가 타인과의 관계 속에서 진정으로 완성된다는 독창적인 관점을 제시했다. 인간은 혼자가 아닌 타자와의 만남 속에서 의미를 찾는다고 주장하며, 개인주의적 성향이 강한 현대 사회에 중요한 철학적 질문을 던졌다. 종교적 배경 때문인지 대학 시절 동시대 유대인 사상가 아브라함 조슈아 헤셸Abraham Joshua Heschel의 저서와 함께 부버의 『나와 너』를 탐독했던 기억이 있다. 실존주의 철학의 다양한 스펙트럼을 이해하기 위해 유신론자 부버를 무신론자 사르트르와 비교해봐도 좋을 것 같다.

정현종鄭玄宗

1939년, 서울에서 태어났다. 연세대학교 철학과 재학 시절, 대학신문인 「연세춘추」에 발표한 시가 국문학과 박두진 교수의 눈에 띈 게 계기가 되어 1965년 『현대문학』에 시 「여름과 겨울의 노래」 등으로 추천 등단했다. 1977년까지 서울신문, 중앙일보에서 기자로 활동하다가 1977년부터 1982년까지 서울예대 문예창작과 교수로, 1982년부터 2005년까지 모교인 연세대로 돌아와 국어국문학과 교수로 재직했다. 대표 시집으로 『사람으로 붐비는 앎은 슬픔이니』, 『사람들 사이에 섬이 있다』, 『이슬』 등이 있다. 시 번역에도 뛰어난 재능을 발휘하여 예이츠와 네루다, 로르카의 시선집을 번역 출간했다. 대산문학상, 이산문학상, 미당문학상 등을 수상했다. 정현종 역시 시인 김남주처럼 노벨문학상 수상자인 칠레의 시인 파블로 네루다Pablo Neruda의 시를 개인적으로 무척 좋아한다고 한다.

슬라보예 지젝 *Slavoj Žižek*

지젝은 독특한 사상과 기행, 대중과의 소통으로 오늘날 현대 철학계의 슈퍼스타로 불리는 철학자다. 1949년, 슬로베니아의 류블랴나에서 태어 났다. 류블랴나대학교에서 철학과 사회학을 공부했고, 이후 파리 8대학 철학과에서 정신분석학과 마르크스주의를 체계적으로 연구했다. 1981 년, 라캉과 헤겔에 관한 연구로 박사학위를 받았다. 그는 자크 라캉Jacques Lacan의 정신분석학을 바탕으로 '이데올로기'를 단순한 의식적인 믿음이 나 가치관이 아닌 무의식적인 구조로 이해한 것으로 유명하다. 지젝은 강 연과 다큐멘터리, 방송, 저서 등을 통해 대중과 소통하며 현대 철학자로는 드물게 대중적으로 큰 인기를 얻었고 그가 출간하는 책들은 대부분 베스 트셀러에 올랐다. 정치에도 관심을 보여 1990년에는 슬로베니아 공화국 대통령 선거에 개혁파 후보로 나서기도 했다. 한국 정치 문제에도 관심이 많아 여러 차례 방한하기도 했다. 나는 조르조 아감벤Giorgio Agamben과 자크 랑시에르를 만났던 비슷한 시기에 지젝을 만났다.

3부

Day 3

사르트르와의 동행

✦

술과 담배가 그대를 규정할 때
"흡연은 파괴적인 소유 행위다."

어제도 나는 패배했다. 끝까지 이를 악물고 참았어야 했다. 다음 달 앞뒤로 연차를 붙인 7일 간의 황금연휴에 작년부터 옷장에 걸려 조신하게 때를 기다리고 있던 크롭티 비키니를 입을 수 있는 기회를 얻고자 했다면 밤 11시 TV에서 백종원이 추천한 사천식 동파육만큼은 선택하지 말았어야 했다. 오늘 아침, 거실 구석에 놓인 전자저울 위에 폐급 몸뚱이를 올렸다가 최근 1년 전후로 한 번도 본 적 없는 숫자를 본 나는 끝까지 기계 오작동이나 기립성 빈혈 때문에 숫자를 잘못 읽은 거라고 자기최면을 걸었다. 그러나 모든 범죄에는 저마다 숨길 수 없는 증거가 기필코 드러나는 법. '맛있게 먹으면 0칼로리'라는 되도 않는 정신 승리를 부여잡고 사정없이 뜯었던 어젯밤 족발의 잔해가 식탁 위에 널브러져 있는 모습을 보고는 다시 한번 물 먹은 습자지보다 더 얄팍한 내 인내심의 두께에 절망했다.

오늘도 나는 나를 이겨낼 자신이 없다. 사무실 여기저기서 들려오는 유혹의 목소리. "잠시 쉽시다"는 말이 끝나기 무섭게 "나가서 빨고 오자"는 팀장의 제안에 기계적으로 "넵!"을 외치며 용수철처럼 튕겨 나가는 내 몸뚱이는 파블로프의 조건반사 실험에 나오는 개와 하나도 다를 바 없다. 몇 걸음만 계단을 올라도 가빠오는 숨통을 걱정하며 자조 섞인 넋두리로 "이놈의 담배를 끊어야 하는데"라고 중얼거리면 "이 대리, 전자담배는 괜찮아"라며 위로하는 팀장의 말에 애써 자위하며 니코틴 액상 카트리지를 전자기기에 끼운다. 남들 다 피울 때 나만 빠지면 본의 아니게 회사 돌아가는 얘기나 중요한 뒷담화를 놓치지나 않을까 왠지 걱정도 된다. 맛있어서 피운다기보다 멋있어서 피운다는 말이 맞을 게다. 공중에 내뿜는 연기와 함께 내 인생의 고민도 함께 사라지기를 바라는 마음이 굴뚝같다.

일주일 뒤 청년 P는 다시 사르트르 살롱을 찾았다. 처음보다는 훨씬 가벼워진 발걸음이 내심 신기하게 느껴졌다. 문을 열고 들어서니 테이블 위 삼발이에 놓인 고풍스런 마호가니 담뱃대가 P의 눈에 들어왔다. P는 사르트르 살롱에 들른 이후로 지금까지 담배를 한 대도 피우지 않은 자신이 신기하게 느껴졌다. 그러나 자발적이든, 비자발적이든, 장시간 강제적 금연을 했다는 사실을 깨닫는 순간, 담배가 고프면서 맹렬히 금단 증세가 밀려왔다. 이를 모를 리 없는 신사가 P에게 한마디 툭 던진다.

신   반갑네. 잘 지냈나?

청   네. 여전히 알바로 바쁜 하루를 보내고 있죠.

신   자네, 담배는 태우나?

청   전자담배로 갈아탄 지 3년 됐어요. 그러잖아도 담배 생각
      이 간절했는데 귀신같으시네요.

신   난 수십 년 동안 하루 한 갑 이상 담배를 피우던 골초였는
      데 얼마 전에야 끊었지.

청   (담뱃대를 가리키며) 그럼 저건 뭐죠?

신   이건 담뱃대가 아니야 Ceci n'est pas une pipe.* 살롱에서 오
      락적 용도 내지 장식적 용도를 갖는 미장센이지.

청   하여튼 대단하시네요. 그 어렵다는 담배도 쉽게 끊으시
      고. 저도 비결 좀 알려주세요.

---

* 이 문장은 벨기에 태생의 초현실주의 화가 르네 마그리트René Magritte가 담뱃대를 그린 뒤 그 밑에 적어 둔 문장이다. 사물과 언표의 우연적 관계에 천착했던 마그리트의 이 명제는 훗날 장 보드리야르Jean Baudrillard의 '시뮬라크르simulacres' 개념에도 영감을 주었다. 나는 보드리야르의 책을 충북 증평 37보병사단에 입소한 같은 내무반 동기의 더블백에서 처음 보았다. 저녁이면 신병 고참 할 것 없이 휴대폰 보느라 내무반이 쥐 죽은 듯 조용해지는 요즘 군대와 달리 옛날 군대는 철학 책이라도 한 권 들고 오는 낭만이 있었던 것 같다.

신　굳이 끊을 필요까지 있을까?

청　아니 왜요? 저만 담배 피우다 죽으라고요?

신　담배를 자유의 상징이라고 하는 사람들 있잖아? 나는 담배 하면 얼마 전 작고한 『벽오금학도』의 작가 이외수 선생이 떠오른다네. 전설처럼 내려오는 이야기에 따르면, 이외수는 하루에 담배를 여덟 갑씩 피웠다고 하잖아?

청　헐, 저는 끽해야 하루 반 갑인데…. 그렇게 피우고도 몸이 어떻게 버텼을지 궁금하네요.

신　폐질환으로 돌아가셨다니까 흡연이 무관하다고 할 순 없겠지. 생전에 그는 글쟁이에게 담배는 필수품이라며 걸쭉한 담배 예찬을 늘어놓았어. 글 쓰는 사람이 주색을 멀리하는 것도 섭섭한데 거기다가 담배까지 끊으면 어떻게 글을 쓰냐고 말이야. 그런 그도 과거 한 예능 프로그램에 출연해서 "죽는 데 별로 미련은 없는데 세상 뜨기 전 대표작 한 개 정도는 있어야 하지 않겠냐?"는 생각에 하루아침에 담배를 끊었다고 했잖아? 아이러니하게도 자네와 나를 포함한 모든 애연가의 꿈은 담배를 끊는 거지.

청　그 힘든 걸 끊다니 대단하시네요.

신　흥미로운 건 위대한 소설가나 작가, 철학자 중에 적지 않은 이들이 평생 담배를 애정했다는 사실이야. 『노인과 바다』를 쓴 헤밍웨이는 평소 쿠바 산產 시가를 사랑했지. 브랜드 중에 아예 '헤밍웨이'라는 시가도 있을 정도니까. 영국의 위대한 수상 윈스턴 처칠이나 상대성 이론으로 유명한 아인슈타인도 담배 사랑으로는 둘째가라면 서러워할 이들이지. 생전에 아인슈타인은 "냉정하고 객관적인 판단을 내리는 데 솔직히 담배만큼 유용한 도구도 없다"고 말할 정도였으니까. 평생 지독한 애연가로 살았던 사르트르 역시 일찍이 "담배가 없는 삶은 살 가치가 없다"고 외쳤어.

청 (웃음) 천하의 사르트르 아저씨도 담배 앞에선 어쩔 수 없었나 보군요.

신 이쯤에서 내 이야길 잠깐 하자면 아마 중학교 때였을 거야. 또래 집단 압박peer pressure을 받던 난 철없는 10대 소년이라면 으레 그런 것처럼 흡연을 어른들의 놀이로 배웠어. 담배를 입에 물고 있으면 마치 어른이라도 된 것 같은 느낌을 받았으니까. 제임스 딘처럼 이유 없는 반항도 부려보고, 주윤발처럼 홍콩 느와르의 고독한 킬러가 되기도 했어. 금단의 영역을 넘나드는 일탈의 짜릿함이 좋았지.

청 술은 언제부터 하셨는지 궁금한데요?

신 고등학교 1학년 때였지. 학교 전체가 경주로 수학여행을 갔을 때 처음 마셔보았으니까.

청 자, 잠깐만요? 수학여행을 경주로 갔다고요?

신 그랬지.

청 아니 하다못해 일본 교토도 아니고 경주라고요?

신 (웃음) 80년대만 해도 경주가 대표적인 수학여행 코스였거든.

청 헐.

신 당시만 해도 해외여행 자유화가 되기 전이었으니까. 비행기를 타고 한반도를 벗어난다는 건 감히 상상도 할 수 없는 일이었지.

청 죄송해요. 옛날이야기를 꺼내게 해서….

신 자네가 죄송해할 건 없네.

청 그나저나 처음 마셔본 술은 어땠어요?

신 처음 맥주를 마셨을 때 깜짝 놀랐지.

청 왜요?

신 (웃음) 너무 맛이 없어서… 코끼리 오줌 같았거든.

청 큭큭. 저도 어른들이 왜 이런 걸 마실까 싶었죠.

신 어쨌든 다시 담배 이야기로 돌아가서, 보수 개신교 문화의 세례를 받고 자란 나는 성인이 되어 세상에서 가장 끊기 힘들다는 기호식품을 자연스레 끊었지. 그렇다고 교회가 가르치는 순수한 삶을 희구해서 신 앞에서 금욕적인 삶을 살겠노라 다짐했던 건 아냐. 엄밀히 말하자면, 그냥 담배가 시시해졌던 거지.

청 저도 좀 그렇게 시시해졌으면 좋겠네요.

신 사르트르도 그랬을 거야. 그 역시 평생 담배를 끊으려고 부단히 노력했으니까. 그 과정이 『존재와 무』에 고스란히 드러나 있지.

"몇 년 전, 나는 더 이상 담배를 피우지 않겠다고 결심했다. 그 과정은 꽤 힘들었고, 사실 내가 잃어버리게 될 담배의 맛보다도 흡연 행위가 갖는 의미에 더 큰 관심이 있었다. … 흡연은 전유적이고 파괴적인 행동이다. 담배는 '전유된' 존재의 상징으로, 내 호흡의 리듬 속에서 파괴되기 때문이다. 그것은 나에게 흡수되고, 소비된 고체가 연기로 변하는 방식으로 내 안에서의 변화가 상징적으로 드러난다."

청   무슨 말인지 도통 모르겠네요.

신   사르트르는 담배를 파괴적인 행위라고 말하고 있어. 그 파괴적인 행위를 통해 담배를 소유한다고 봤지.

청   담배를 소유한다고요? (전자담배를 꺼내 보이며) 이렇게요?

신   그의 말은 단지 담배 한 갑을 주머니에 갖고 있다는 의미가 아냐. 담배를 피우는 행위 자체가 소유의 본질, 즉 모든 소유 욕망의 동기를 가장 추상적인 형태로 보여준다고 봤어. 담배 연기가 내 코를 타고 폐로 들어가 분해(파괴)되면서 내 몸의 일부가 되는 거야. 이를 사르트르는 '결정화la cristallisation'라고 불렀지.

청   그 말은 결국 내 몸이 담배 자체가 된다는 건가요?

신   맞아. 더 엄밀히 말하면, 니코틴의 힘으로 글을 쓸 수 있게 된 사르트르 자신(흡연의 주체)이 완성된 거야. 흥미로운 건 사르트르는 펜(필기구)도 똑같은 방식으로 설명하고 있어. 작가(필기의 주체)에게 펜이 얼마나 중요해, 안 그래? 그에겐 글을 쓰는 행위도 소유의 한 방편이었지. (웃음) 그가 왜 결국 담배를 끊지 못했는지 알 거 같지 않아?

❦ ❦

"그런데 담배를 피우는 것은 소유의 파괴적인 반응이다.
담배는 '소유된' 존재의 상징이다."

Fumer est une réaction appropriative destructrice.
Le tabac est un symbole de l'être «approprié».

청   좀 어렵네요.

신   간단해. 편의점에서 4,500원을 주고 담배를 한 갑 사서 들고 있다고 내가 담배를 가지고 있다고 말할 수 없잖아. 그 담배를 피울 때, 그 연기가 내 폐를 채울 때, 그리고 그 결과 경쾌하게 글을 쓰게 될 때, 비로소 담배를 오롯이 소유했다고 말할 수 있는 거지. 그때 흡연은 단순한 행위를 넘어 내 존재의 일부가 되는 거야.

청   아하!

신   이런 소유의 메커니즘은 담배에만 해당하는 건 아냐. 음식에 대해서도 똑같이 이야기할 수 있지. "먹는다는 행위는 파괴를 통해 내가 전유하는 것이다"라고 사르트르가 말한 이유도 여기에 있어.

청   그럼, 맥도날드 햄버거를 하나 사서 우적우적 씹어 먹고, 잘게 부서진 음식물이 내 위장을 통과하고, 그래서 칼로

리가 내 몸에서 피와 살이 될 때 비로소 제가 햄버거를 소
유한 게 되는 거네요?

신 　맞아, 평소 다이어트를 하고 싶은데 늘 눈앞에 순댓국이
어른거린다면 사르트르의 이 말에 주의하라고.

<hr/>

"사실 먹는다는 건 파괴를 통해 내가 전유하는 것이다."

Manger, en effet, c'est s'approprier par destruction.

신 　중요한 건 담배 자체보다는 사물을 바라보는 사르트르의
관점일지 몰라. 우린 사물을 즉자존재로 파악하거든. 즉자
존재로 본다는 건 그 대상을 소유하겠다는 욕망을 일으키
게 돼.

청 　그래서 담배나 주전부리에 모두 집착하는 건가요?

신 　맞아. 흡연을 통해 담배를 완전히 내 것으로 만드는 거야.

청 　(전자담배를 보며) 이놈의 담배… 끊고 싶네요.

신 　담배를 태우느냐 마느냐도 사실 나에게 주어진 자유이자
선택이지. 자네가 전자담배를 계속 피우겠다면 천상병 시
인의 「담배」라는 시를 한번 읽어보는 게 좋을 거야.

담배는 몸에 해롭다고 하는데

그걸 알면서도

나는 끊지 못한다

시인이 만일 금연한다면

시를 한 편도 쓸 수 없을 것이다

나는 시를 쓰다가 막히면

우선 담배부터 찾는다

담배 연기는 금시 사라진다

그런데 그 연기를 보고 있으면

인생의 진리를 알 것만 같다

모름지기 담배는 피울 일이다

그러면

인생의 참맛을 알게 될 터이니까!

청   '소풍'이라는 시를 쓰신 분이잖아요?

신   「귀천」이겠지.

청   …쩝.

신   담배를 내 몸의 일부로 받아들이느냐 마느냐는 오로지 내
      몫이야. 사르트르는 담배와 자신의 문학작품을 맞바꾸었
      지. 그러고 보면, 말년에 설암舌癌으로 죽었던 프로이트도
      담배와 자신의 정신분석학을 맞바꾼 셈이군. 자, 자네는
      어떻게 하겠나? 자유니, 자뻑이니 담배에 온갖 의미를 부
      여하며 담배 예찬을 늘어놓던 자네도 오랫동안 썸을 타던
      여자(사람)친구가 냄새난다며 담배 끊으라고 말한다면 당
      장에라도 끊지 않을까?

청   그건 여친부터 만든 다음에 천천히 생각해볼게요.

신   큭큭.

P는 신사와의 대화를 통해 인생에서 한 번도 경험해보지 못한 새로운 도전에 직면한 자신을 발견했다. 일찍이 마크 트웨인은 "담배를 끊는 것은 세상에서 가장 쉬운 일이다. 내가 수천 번은 해봤기 때문에 잘 안다"고 말했다. 금연이 쉽다니 악명 높은 독설가의 자조 섞인 빈정거림일까, 자포자기한 풍자가의 유쾌한 변명일까?

---

life tips   1. 담배나 술, 음식, 커피, 영상 등 평소 끊고 싶지만 끊을 수 없었던 것들을 적어보자. 콜드 터키cold turkey에 실패했던 경험, 그 이유도 적어보자. 중독적 습관이나 행동도 포함해서.

2. 반대로 과거에 중독되었지만 지금은 더 이상 하고 있지 않은 것들도 적어보자. 금단 증세를 이기고 중독에서 벗어날 수 있었던 계기는 무엇이었는지 떠올려보자.

3. 르네 마그리트의 그림을 몇 점 검색해서 감상해보자. 행여 시간이 허락한다면, 수지 개블릭Suzi Gablik의 『르네 마그리트』를 읽어보자.

이외수李外秀

1946년, 경남 함양에서 태어나 강원도 인제에서 자랐다. 1965년, 춘천교대에 입학했으나 졸업하지 않았다. 1972년, 강원일보가 주관한 신춘문예에 단편소설 『견습 어린이들』이 수상하며 등단했다. 한때 신문사 기자, 초등학교 교사, 학원강사로 근무한 적이 있으나, 70년대 대부분을 거지처럼 춘천 거리를 떠돌며 노숙에 가까운 빈한한 삶을 살았다. 천성이 사람 만나서 술 마시는 걸 좋아하던 자신을 책상 앞에 붙들어 두기 위해 직접 집 안에 감옥처럼 철문을 달아 9년 동안 두문불출 글을 썼다는 일화는 글쟁이들 사이에 전설처럼 전해진다. 그 덕분인지 『들개』, 『황금비늘』, 『칼』, 『벽오금학도』 등 여러 권의 명작을 남겼다. 2006년, 강원도 화천에 감성마을을 조성하면서 소설가에서 벗어나 다양한 매체를 통해 대중과 소통하는 본격적인 문화/문학 전도사로 거듭났다. 2012년, 이외수문학관을 열어 집필과 강연 활동을 꾸준히 이어오다가 2022년 폐렴으로 사망했다. 개인적으로 2001년 이외수 부부를 만나려고 춘천 격외선당格外仙堂을 아내와 함께 찾아갔던 적이 있다. 그날 정작 이 씨는 보지 못하고 부인인 전영자 여사만 뵈었다.

천상병千祥炳

1930년, 일본 오사카에서 태어나 초등학교를 마치고 중학교 2학년 재학 중 해방을 맞아 귀국하여 마산에 정착했다. 마산중학교 재학 시절 당시 담임 교사였던 유치환의 주선으로 시 「강물」이 『문예』에 추천되었다. 1951년, 서울대학교 경제학과에 입학하였으나 졸업하지 않았다. 1952년, 『문예』에 「갈매기」가 추천되어 시인으로 정식 등단했다. 1967년, 동백림사건에 연루되어 심한 고문과 옥고를 겪은 뒤 아무 연고 없이 길거리를 떠돌던 그를 사람들이 정신병원에 입원시켰다. 지인들은 그가 죽은 줄 알고 유고 시집 『새』를 출간하기도 했으나, 뒤늦게 정신병원에 있다는 걸 알고 꺼내오게 된다. 1972년, 목순옥 여사와 결혼했고, 종로 인사동에 찻집 '귀천'을 운영했다. 1993년 지병인 간경화로 타계했다. 시집으로 『천상병은 천상 시인이다』, 『요놈! 요놈! 요 이쁜 놈!』 등이 있다. 이외수, 중광과 함께 썼던 시집 『도적놈 셋이서』를 재미있게 읽었던 기억이 난다.

지그문트 프로이트 *Sigmund Freud*

프로이트를 언급하지 않고 근대 심리학을 말할 수 있을까? 불가능할 것이다. 그만큼 심리학에서 차지하는 프로이트의 존재감은 대단하다. 1856년, 오스트리아 유대인 집안에서 태어난 프로이트는 의사가 되기 위해 빈의과대학에 입학하여 뱀장어를 비롯한 어류의 정소精巢를 연구했다. 박사과정까지 뱀장어의 생식기를 찾는 데 몰두했다는 사실은 이후 프로이트의 학문적 아우라를 생각한다면 조금 낯설게 느껴진다. 졸업 후, 그는 샤르코 문하에서 최면술을 이용한 정신질환 치료에 매진했는데, 최면은 뇌의 구조와 호르몬의 역할을 알지 못했던 당시만 하더라도 임상에서 널리쓰이는 대중적인 치료법이었다. 이후 프로이트는 개인 병원을 차리고 본격적인 임상 치료를 시행하면서 인간의 정신을 '의식'과 '무의식'으로 구조화하고 그 가운데 성욕(리비도)이 인간의 근원적인 에너지라고 주장했다. 특히 '오이디푸스 콤플렉스'는 프로이트의 독창적인 개념으로 이성 중심의 서구 사회에 큰 충격을 던져주었다.『꿈의 해석*Die Traumdeutung*』과『토템과 타부*Totem und Tabu*』,『문명의 불만*Das Uebagen in der Kultur*』,『인간모세와 유일신교*Der Mann Moses und die monotheistische Religion*』등 굵직한명저를 남겼다. 그의 제자 중에는 아들러Alfred Adler와 융Carl Gustav Jung이있는데, 아들러의 심리학을 대중에 소개한 책이 바로『미움받을 용기』다. 지독한 애연가였던 그는 말년에 설암으로 고생하다가 1939년 나치를 피해 건너간 영국에서 83세의 나이로 사망했다.

열세 번째 골목

죽음이 두려운 그대에게
"우리는 자유를 그만둘 자유가 없다."

아버지는 당뇨로 먼저 다리를 잃더니 3년 전 멀쩡하던 눈도 보이지 않는 사태에 직면하고서야 겨우 술을 끊었다. 아버지는 동네에서 호인이자 둘째가라면 서러워할 주당이었다. 대체 어디에다 그렇게 대폿잔을 기울일 친구들을 잘도 숨겨두었는지 하루가 멀다고 술친구를 만났고, 매일 밤이면 거나하게 술에 만취한 모습으로 비틀비틀 집에 기어들어 오셨다. 아버지도 생전에 할아버지가 고주망태로 술독에 빠져 사시다가 칠월칠석 불어난 물이 들어찬 논두렁에 머리를 박고 돌아가셨다는 사실을 잘 알고 있었다. 부전자전이라고 하던가. 술 좀 작작 마시라는 어머니의 애원에도 아버지는 자고로 강호무림의 영웅호걸치고 술과 여자 싫다는 인간 없다는 말을 입버

롯처럼 늘어놓았다. 아버진 영웅도 호걸도 아닌, 그냥 술만 좋아하신 건데도 말이다.

　막 군대에서 전역하고 이틀 뒤 찾아간 고향 집에서 나는 병석의 아버지를 마지막으로 보았다. 아버지 얼굴은 시뻘겋다 못해 시커멓게 변해 있었다. 올챙이배처럼 복수가 가득 찼고, 여러 합병증이 아버지의 육신과 수명을 서서히 집어삼키고 있었다. 그리고 딱 일주일, 울고불고할 새도 없이 그렇게 손도 써보지 못하고 아버지를 떠나보냈다. 생전에 하도 어머니 속을 썩여서 난 아버지가 죽으면 눈물 한 방울 안 흘릴 자신이 있었다. 아니, 한때는 그가 빨리 죽기를 바랐다. 그러나 화장장 가마터에 들어간 아버지의 주검이 고집스럽게 활활 타오르는 것을 보자 이유 모를 눈물이 주체할 수 없이 쏟아졌다. 주책없는 눈물이다. 그건 어쩌면 미필적 고의에 따른 살인일지 모른다. 내가 술과 공모해 아버지를 죽인 것이다. 어쩌면 그날 납골당은 부친살해patricide의 역사적 범행 현장이 아니었을까?

　담배를 언젠가는 끊어야 할 것이다. 흡연이라는 게 입을 크게 벌리고 바퀴벌레 잡는 에프킬라를 1분간 분사하는 것과 같다는 모 금연 강사의 협박을 들었을 때 1도 타격받지 않았던 청년 P는 '흡연은 파괴적인 소유'라는 사르트르의 한마디에 온몸이 고드름처럼 와그작 얼어붙는 것을 느꼈다. 니코틴을 상습적으로 즐기지만 그렇다고 담배와 하나가 되고 싶진 않은 걸까? P는 벽시계의 노닥거리는 초침을 보며 인간에게 주어진 유한한 시간과 불가항력적 운명을 어떻게 받아들여야 할지 궁금해졌다.

청 인간은 모두 죽는다는 사실, 그것도 우연히 죽는다는 사실이 한동안 막연하게 느껴졌어요. 죽음이라는 게 지금 제 나이에는 너무나 멀게만 느껴져서요.

신 젊은 시절엔 나도 그랬다네.

청 그런데 언제부턴가 죽음이 무서워졌어요.

신 (웃음) 나이가 들었다는 게지.

청 글쎄요. 나이가 든 건지 철이 든 건지 모르겠지만.

신 철이 든 거라고 해두자고.

청 어려서 아버지 장례를 치를 때는 잘 몰랐는데, 얼마 전, 절친의 모친상 조문을 갔다가 영정 사진을 보면서 갑자기 무서운 생각이 들었어요.

신 어쩌면 실존의 허무함에서 오는 불안감 때문일 거야.

청 실존의 허무함이요?

신 실존주의 철학자들의 말처럼, 우리 인간은 모두 부조리한 삶에 아무런 준비나 예고 없이 내던져진 존재들이니까. 그렇다고 수명이 넉넉히 주어진 것도 아니고 평생 고뇌하고 슬퍼하며 아파하다 병들어서 죽고 마니까. 불안의 철학자 쇠렌 키르케고르Søren Kierkegaard는 이러한 실존의 불안

die Angst을 '죽음에 이르는 병'이라고 했지.

청 키르케고르… 어딘지 익숙한 이름이네요.

신 그는 『불안의 개념*Der Begriff Angst*』이라는 책에서 생로병사를 마주한 인간이라는 존재를 절망의 총체라고 봤어. 세상에서 절망이라는 감정을 알고 있는 존재는 인간밖에 없으니까. 이유는 간단해. 인간만이 자유를 갖고 있거든. 자유롭도록 선고받은 유일한 존재니까. 인간만이 즉자존재에서 벗어나 내가 처한 현실 속에 나를 대상으로 마주 바라볼 수 있는 대자존재니까. 「동물의 왕국」이나 「TV 동물농장」을 봐. 거기서 절망하는 동물 본 적 있어?

청 가젤을 놓친 사자라면 절망하지 않을까요?

신 천만에. 사자는 금방 잊고 또 다른 가젤을 쫓아 나설 거야.

청 「라이온 킹」을 너무 많이 봐서 감정 이입이 잘 안 돼요.

신 사자가 절망이라는 감정을 안다면 더 이상 사자가 아니겠지. 점심거리로 쥐를 놓친 고양이는 또 다른 쥐를 찾아 더러운 뒷골목을 헤매고 다닐 거야. '아, 내가 왜 쥐를 놓쳤을까?' 자책하는 고양이는 세상에 한 마리도 없어.

청 뮤지컬 「캣츠」를 너무 많이 봤나 봐요. 아니지. 「톰과 제리」를 너무 본 건가?

신 체리 필터가 노래한 「낭만고양이」 같은 건 현실에 없어. 현실 고양이는 자기 신세를 한탄할 이유도 여유도 없을 테니까.

청   마지막 남은 제 동심을 그렇게 무자비하게 파괴해도 되는
     건가요?

신   다시 본론으로 돌아가면, 키르케고르는 인간이 직면한 불
     안은 죽음과 싸우면서도 죽을 수 없는 실존에 이르러 온
     다고 말했어. 정말 무서운 건 그 절망을 해결할 방법이 인
     간에게 없다는 거야. 왜 그럴까? 불안은 인간이 자유에서
     느끼는 현기증이기 때문이지.

청   아, 일전에 말했던 그 현기증이요?

신   그래. 키르케고르는 그 천형과도 같은 불안이 인간을 절망
     으로 몰아넣고 결국 죽음으로 몰아간다고 말했어.

청   사르트르가 말한 것과 다르지 않네요? 인간은 자유롭도
     록 선고받았다.

신   그런 셈이지. 그런데 결론은 사르트르와 정반대였어. 키르
     케고르는 절망의 순간에 신Der Gott을 소환하지.

청   신이요? 하나님 말인가요?

신   응, 그래서 키르케고르를 '유신론적 실존주의자'라 부르
     지. 신을 믿는 실존주의자! 놀랍지 않아?

청   교인들이 좋아하겠네요.

신   키르케고르는 인간을 '신 앞에 마주 선 단독자Jeder Ein
     zelne steht direkt vor Gott'라고 말하지. 존재의 불안 가운데
     만난 신이 '전적 타자das ganz Andere'이자 불완전한 인간
     을 완전하게 만들어주는 존재라고 본 거야. 오늘날 서구권

에서 거의 상식처럼 되어버린 '믿음의 도약leap of faith'이
라는 표현도 바로 여기서 나오지. 거 왜 영화 「인셉션」에서
도 나오잖아?

청 말장난 아닌가요? 난이를 잃었을 때는 믿음의 도약이라는
말조차 다 거짓부렁처럼 느껴지던데요.

신 난이가 누구지? 애인인가?

청 중학생 때부터 애지중지 키웠던 시고르자브종 강아지였
어요. 하도 못생겨서 '못난이'라고 불렀는데 결국 언제부
턴가 '난이'가 되었죠.

신 누구는 펫로스 증후군pet loss syndrome이라고 하더군. 사
실 동물이나 식물과 관계를 맺고 의미를 부여하는 것도
인간만의 능력이지. 고독한 살인청부업자 레옹(장 르노)이
끝까지 품에 품고 다녔던 친구는 마틸다(나탈리 포트먼)가
아니라 조그만 화분에 심어진 관상용 식물이었으니까.

청 그렇게 따지면 물건도 의미를 부여하기에 따라 달라지
겠죠.

신 영화 「캐스트 어웨이」에 등장하는 배구공 '윌슨'이 그런
사례겠지.

청 마침 저도 본 영화네요.

신 택배 회사(페덱스) 직원이었던 척 놀랜드(톰 행크스)가 타
고 있던 화물 수송기가 추락하면서 무인도에 갇히게 되잖
아? 말 그대로 사람이 없는 무인도無人島 말이야. 크리스마

스를 앞두고 하루아침에 아무도 없는 단절된 세계에 덩그러니 던져진 거지. 어쩌면 『성서』 속 사탄이 마지막 천 년 동안 홀로 갇히게 될 무저갱(어비스)이라는 곳도 그런 곳이 아닐까?

청 상상력이 풍부하시네요.

신 무인도에 갇힌 놀랜드에게 가장 견딜 수 없었던 건 음식도, 옷도, 집도 아니었어. 바로 타인이었지.

청 에이, 그럴 리가….

신 경험자에게 물으니 가장 비인간적이고 두려운 형벌은 독방에 갇히는 거라고 하더군. 관계를 끊는 것만큼 사람에게 고통스러운 게 없으니까.

청 이해가 안 돼요. 난 관계 좀 끊고 혼자 있고 싶은데….

신 왕따를 겪는 친구들이 왜 자살 충동에 내몰리는지 꼭 말해줘야 알겠어?

청 ….

신 모든 인간관계와 문명의 이기에서 동떨어진 삶은 구석기 원시인의 삶이었어. 아니 원시인보다 더 못한 삶이었지. 수많은 시행착오 끝에 막대기를 비벼 간신히 지푸라기에 불을 붙이고는 펄쩍펄쩍 뛰며 "내가 세계를 창조했노라"라고 외쳐도 들어줄 사람이 한 명도 없었으니까. 이름 없는 무인도의 창조주이자 절대군주였던 그도 외로움만큼은 떨쳐낼 수 없었어. 홧김에 집어 던진 배구공에 머리카락이

곤두선 사람 얼굴 닮은 핏자국을 보고는 '윌슨'이라는 이름까지 붙여주었지.

청 그 장면 기억나요. 윌슨보다는 '심슨'을 닮았는데….

신 사실 그 이름조차 그가 붙여준 게 아냐. 윌슨은 배구공 브랜드였으니까.

청 아, 맞다.

신 그는 윌슨을 애지중지했지. 무인도 생활을 청산하고 뗏목을 만들어 목숨 건 탈주를 감행할 때도 윌슨을 데리고 나오니까. 유일한 친구를 도저히 무인도에 남겨 두고 올 수 없었던 거지. 도중에 파도에 휩쓸리며 멀어지는 윌슨을 보고 필사적으로 울부짖는 장면에서는 눈물이 나더군.

청 죽음을 극복하지 않고서는 인간이 느끼는 불안을 완전히 떨쳐버릴 수 없을 거 같아요.

신 하이데거 역시 비슷한 이야길 했지.

청 쩝, 또 어려운 이야긴가요?

신 걱정하지 말게. 간단하게 설명해줄 테니.

P는 의자에서 자세를 고쳐 앉았다. 신사는 앞에 놓인 와인을 한 모금 홀짝인 다음 엄지로 수염을 한 차례 문질렀다. 청년은 잠시 안줏거리로 치즈 조각이라도 몇 점 있다면 좋겠다고 생각했다. 순간 그는 환취를 느끼고는 엄지손가락에 코를 대고 킁킁거렸다.

신 존재의 불안을 느끼지 않는 인간은 없어. 하는 것마다 망하고 가는 곳마다 환영받지 못하는 삶을 살다 보면 존재의 불안은 더 커지게 마련이지. 그런데 인간은 참 요상한 존재란 말이야. 『운수 좋은 날』의 김 첨지처럼 하는 것마다 일이 술술 잘 풀려도 괜히 불안해지거든.

청 무던한 인간관계도, 무탈한 애정전선도 늘 불안한 법이죠. 나비효과처럼 작은 날갯짓 하나가 지구 반대편에 태풍을 일으키니까요.

신 하이데거는 인간이 '죽음을 향해 가는 존재Sein zum Tode'라고 말했어. 우린 지금 살아가는 게 아냐. 도리어 죽어가고 있는 거지. 지금도 죽음을 향해 돌진하는 중이니까. 그래서 예로부터 승전보를 들고 마을에 입성하는 개선장군과 군졸들에게 사제와 무녀巫女는 팡파르 대신 엄숙히 '메멘토 모리memento mori'를 외쳤다지.

청 메멘토 모리? 오마카세 식당 이름처럼 들리네요.

신 라틴어로 '죽음을 기억하라'는 뜻이야. 왜 얼마 전에 드라마 「더 글로리」에서도 나왔잖아?

청 (긁적) 기억이 잘….

신 개가凱歌를 부르는 대신 메멘토 모리를 외쳤던 건 승리에 도취하지 말고 전장戰場에서 나 대신 죽은 동료의 희생과 넋을 잊지 말라는 것도 있었지만, 이번 전쟁에서 용케 살아남았다고 해서 죽음의 운명을 넘어서지는 못할 거라는 사실을 기억하고 항상 겸손하라는 뜻도 담겨 있었지.

청　그렇게 깊은 뜻이….

신　지구상에 살았던 위대한 패왕과 천하의 영웅호걸은 모두
　　죽었어. 하이데거는 죽음이 인간의 결론이자 완성이라고
　　보았지. 그러나 사르트르는 반대였어. 죽음이라는 선택지
　　만큼은 인간에게 주어져 있지 않아. 사르트르는 "우리에
　　게는 자유롭기를 그만둘 자유가 없다"라고 했거든.

청　자유롭기를 그만둘 자유가 없다? 왠지 말장난처럼 들리
　　는데요?

"우리에게는 자유롭기를 그만둘 자유가 없다."

Nous ne sommes pas libres de cesser d'être libres.

신　저번에 자네가 말했던 자살의 예를 들어보자고. 우린 죽
　　음을 선택하는 것도 일종의 선택이라고 생각하지. 그래서
　　언론에서도 '극단적 선택'이라는 말을 쓰잖아?

청　그렇죠.

신　그런데 사르트르에게 죽음은 선택이 아냐. 그건 필연이자
　　결론이지.

청　필연이자 결론?

신　그래, 죽음에는 선택지가 없어. 이미 태어나면서 선택된 길
　　이야. 인간은 죽는다는 사실을 부정할 순 없어. 그러나 동

시에 우린 자신을 죽음과 반대편으로 밀어붙여야 해. 우린 자유롭기를 그만둘 자유가 없어. 고통스러운 현실, 의미 없는 삶을 끝내기 위해 영원히 자유를 포기할 수 없지.

청 잘 이해가 안 가요.

신 그래, 이해되지 않는 게 당연한 거야. 다른 예를 들어줄게.

순간, 정적을 깨고 전화가 따르릉 요란하게 울렸다. 신사는 "잠깐만" 하고는 전화를 받으러 일어났다. 그러면서 대화는 끊어졌다. P는 신사의 설명을 경청하다가 점점 조급해지는 자신을 발견했다. 그건 막다른 골목에 도달한 자신에게 죽음 말고 새로운 도피처가 있다는 한줄기 희망처럼 느껴졌기 때문이다.

---

life tips

1. 죽음을 가시적으로 그려보자. 죽음의 순간, 나는 어떤 상태일까? 아니, 죽음을 맞이할 때, 나는 어떤 사람일까? 이것만큼은 꼭 이루고 죽고 싶은 것들, 소위 '버킷리스트bucket list'를 적어보자.

2. 잘 떠오르지 않는다면, 잭 니콜슨, 모건 프리맨 주연의 『버킷리스트』를 감상하고 나서 적어보자.

3. 에드바르 뭉크Edvard Munch의 「절규Skrik」를 검색해서 감상해보자.

---

who's who **쇠렌 키르케고르**_Søren Kierkegaard_

실존주의 철학을 이야기할 때 가장 먼저 언급되는 철학자가 바로 키르케고르다. 1813년, 덴마크의 코펜하겐에서 태어났다. 독실한 아버지의 영향으로 코펜하겐대학 신학부에 진학했으나, 학문적 목표보다는 개인적

신앙과 실존 문제에 더 많은 관심을 두었다. 키르케고르는 아버지처럼 신앙적 고민으로 우울과 불안을 겪었다. 그의 약혼녀 레기네 올센과의 관계가 유명한데, 그는 그녀를 깊이 사랑했지만 자신의 철학적 탐구와 내적 고뇌로 인해 1년 만에 파혼을 선택했다. 이 사건은 그의 철학에 큰 영향을 주었고, 이후 그의 저작에도 고스란히 반영되었다. 키르케고르는 『두려움과 떨림Fear and Trembling』, 『죽음에 이르는 병The Sickness Unto Death』 등의 저서를 통해 신앙의 본질과 인간 존재의 불안, 결단의 중요성을 탐구했다. 1855년, 길에서 쓰러져 한 달 넘게 사경을 헤매다가 42세의 일기로 사망했다. 마지막까지 덴마크 국교회를 신랄하게 비판했던 키르케고르의 장례식을 교회에서 치르자, 신학도들이 들고 일어나기도 했다. 파혼당했던 레기네는 덴마크령 버진아일랜드의 총독과 결혼했다. 키르케고르가 사망하고 한참이 지난 뒤, 미망인이 된 그녀는 자신이 사랑했던 사람은 평생 키르케고르밖에 없었노라고 말했다.

열네 번째 골목
그대가 죽음의 의미를 묻는다면
"죽은 자로 있는 것은 산 자의 먹잇감이 되는 일이다."

얼마 전 친구에게서 중학교 동창 하나가 자살했다는 이야기를 들었다. 흰 피부에 곱상하게 생겼던 친구, 지금은 그 아이 이름도 정확히 기억나지 않지만, 과묵해서 좀처럼 남들 앞에서 말하는 걸 들어본 적이 없던 친구였다. 그가 메고 다녔던 가방, 신고 다녔던 스니커즈, 귀에 끼고 다녔던 이어버드, 차고 다녔던 검은색 팔찌(어쩌면 묵주였는지도 모른다!)까지 고스란히 남겨둔 채 모두가 잠든 밤중에 학교 맞은편 상가로 올라가 투신했다는 거다. 방에서는 조촐한 유품과 함께 그가 죽음을 선택한 마지막 순간까지 끼적거렸던 메모가 발견되었다고 한다. 신변을 비관한 그가 마지막까지 세상과 소통하고 싶었던 이야기는 과연 무엇이었을까? 매서운 한파가 몰아치던 그날 밤, 낯선 옥상에서 세상을 향해 몸을 던졌을 때 그의 머릿속에 스쳐 지나간 생각이 무엇이었을지 나는 알지 못한다.

우리나라는 2022년 한 해 동안 인구 10만 명당 25.2명꼴로 자살해서 OECD 국가 중 자살률 1위라는 오명을 안았다. 국내 사망 원인 6위란다. 코로나가 아니었다면 4위였을 거란 전문가의 추정도 있다. 난 언제부턴가 '내가 선택한 죽음에도 의미가 있을까?'라는 질문을 스스로에게 던지고 있다. 80년대만 해도 대학 본부를 점거한 대학생들 사이로 구호를 외치며 몸에 기름을 끼얹고 불을 붙여 투신하는 열사의 모습이 낯설지 않았다. 그가 타들어 가는 육신의 고통을 견디면서 세상에 끝까지 알리고 싶었던 구호의 의미와 희생의 명분은 무엇이었을까? 이념과 대의가 모두 쓰나미처럼 경제 논리에 휩쓸려 흔적도 없이 사라진 요즘, 인간의 존엄성을 지키기 위해 삶을 정리하겠다는 선택도 어찌 보면 사치스러운 건 아닐까? 아무래도 사르트르에게 물어봐야겠다.

청년 P는 신사의 장광설을 듣고 별안간 죽음의 의미에 대해 고민하기 시작했다. 인간은 자유를 그만둘 자유가 없다니 그렇게 우리를 자유에 한결같이 붙들어 매둔 존재는 누굴까? 인간을 창조한 신일까? 인간이 창조한 신일까? 세상에 태어날 때부터 가지고 태어난 운명일까? 세상을 살면서 얻은 생生의 업보일까? 통화를 마친 신사가 자리에 앉자, P는 질문을 던졌다.

청 가끔 이런 생각도 들어요. 어차피 죽을 건데 왜 살지?

신 그게 무슨 말이지?

청 결국 내 운명이 죽음이라면, 지금 죽으나 기다렸다 죽으나 마찬가지 아닌가요?

신 그렇게 따지면, 이런 말도 똑같은 얘기 아냐? 어차피 배고 플 건데 밥은 왜 먹지? 어차피 깨어날 건데 잠은 왜 자지?

청 그래도 허기나 졸음이 죽음에 비할 바는 아니잖아요?

신 (웃음) 얼마 전 고속도로에서 이런 경고 문구도 본 기억이 나네. '5분 먼저 가려다 50년 먼저 간다.'

청 큭, 맞는 말이네요.

신 죽음만큼 인간이 나약해지는 문제가 없어. 예로부터 우리나라 3대 거짓말이 있다잖아? 밑지고 파는 거라는 장사꾼, 절대로 시집 안 갈 거라는 노처녀….

청 하나는 제가 말해볼까요? 말끝마다 애고, 늙으면 죽어야지"라고 한탄하는 노인?

신 (웃음) 맞아. 이 중에서 나이와 성별, 직업과 처지를 가리지 않는 거짓말은 아마 '죽고 싶다'는 말일 거야.

청 그렇죠. 하루에 수백 번도 더 내뱉는 말인데… 열심히 살아야죠.

신 그런데도 왜 사느냐고 물으면 태어났으니까 산다고 말하는 사람이 주변에 얼마나 많아, 안 그런가?

청 사르트르가 들으면 기함할 이야기일지도….

신 인간은 본능적으로 죽지 않고 살도록 프로그래밍되어 있는 존재야. 그래서 의식적, 무의식적으로 죽음을 회피하려는 성향을 타고난다고 하지. 일종의 방어기제 같은 거야. 그래서일까? 인간은 오래전부터 죽음을 맛보지 않는 영원한 삶을 꿈꿔왔어. 그런데 난 이런 의문이 들어. 과연 영원한 삶이 축복일까? 자네, 혹시 뱀파이어 영화 좋아하나?

청 뜬금없이요? 「부산행」 좋아해요.

신 그건 좀비 영화지.

청 헷갈렸어요.

신 「뱀파이어와의 인터뷰」라는 영화 알아? 내 기억이 맞는다면 아마 1994년 영화일 거야.

청 헐, 제가 태어나기도 전이네요.

신 스포일러가 되지 않을 만큼 줄거리를 이야기해주지. 주인공 레스타드(톰 크루즈)는 수백 살이 족히 넘는 뱀파이어야. 뱀파이어는 원래 불사의 존재잖아? 레스타드는 1791년 미국 남부 루이지애나의 대지주였던 스물넷 젊은 남성 루이(브래드 피트)를 먹잇감으로 삼지. 루이는 난산과 산욕열로 졸지에 아내를 잃고 삶의 의미를 찾지 못한 채 죽을 날만 기다리고 있었어.

청 시대 배경이 18세기인가 봐요?

신   루이에게 레스타드는 고통에서 벗어날 수 있는 새로운 삶을 주겠다는 달콤한 제안을 던지지. 어차피 세상에 큰 미련이 없었던 루이는 그 제안을 받아들이게 돼. 그날, 루이는 인간으로서 마지막 일출을 보았고, 이후 레스타드에게 순순히 자기 목덜미를 내어놓았어. 자네도 말했잖아? 어차피 죽을 건데 살아서 뭐 해? 어차피 죽고 싶었던 루이는 이렇게 죽으나 저렇게 죽으나 상관없었어. 아니, 상관없을 거라 믿었지.

청   쩝….

신   레스타드는 루이에게 하나의 선택지를 주게 돼. 그건 자기 피를 먹이고 루이도 똑같은 뱀파이어로 되살아나는 거였어. 놀랍지 않아? 영멸永滅/la mort éternelle할지 영생永生/la vie éternelle할지 결정권을 쥐여준 셈이니까. 자, 루이는 과연 어떤 결정을 내렸을까?

청   아, 빨리 대답해줘요. 현기증 난단 말이에요.

신   루이는 레스타드를 따라 자기도 뱀파이어가 되겠노라고 말하지. 어쩌면 자기에게 엄습한 서늘한 죽음의 그늘을 보며 자네처럼 두려움을 느꼈는지도 몰라.*

청   자발적 뱀파이어가 된 거네요.

---

* 흥미로운 건 2013년 브래드 피트가 출연한 좀비 영화 「월드 워 Z」에서도 이와 똑같은 상황에 놓이게 된다는 사실이다.

신　　결국 레스타드는 자기 팔뚝을 물어 피를 내고는 이를 루이
　　　에게 먹이지. 그렇게 죽을 수밖에 없는 몸에서 죽지 않는
　　　몸으로 다시 태어난 루이는 전에 인간으로서 느껴본 적
　　　없는, 정말이지 뼛속까지 전해지는 맹렬한 허기를 느끼게
　　　돼. 그건 바로 피에 대한 굶주림이었어. 흡혈귀가 된 거지.

　　P는 열심히 영화 장면을 묘사하는 신사의 표정을 물끄러미 처다
보다가 자신도 흡혈귀처럼 죽지 않는 몸을 갖는다면 과연 어떨까
하는 생각에 잠시 빠져들었다. 소름 끼치는 상상을 깨운 건 신사의
한마디였다.

신　　그런데 루이는 변종 뱀파이어였어. 몸은 흡혈귀였지만, 영
　　　혼은 인간의 마음을 가졌던 거지. 양심이 남아 있었다고
　　　해야 할까? 차마 사람을 죽이지 못하고 시궁창의 들쥐를
　　　잡아 뜯는 것으로 허기를 면하지. 그때 남부 지방에 창궐
　　　했던 역병으로 엄마를 잃은 어린 여자아이 클로디아(커스
　　　틴 던스트)를 만나게 돼. 오랫동안 인간의 피를 마시지 못
　　　해 거의 아사 상태였던 루이는 참지 못하고 결국 클로디아
　　　의 목을 물게 되지. 레스타드는 루이의 그런 이율배반적인
　　　모습을 보고 낄낄대며 조롱했어. "거봐. 결국 너도 별수 없
　　　을 거라고 했잖아."
청　　가끔 친구가 원수보다 못할 때가 있죠.

신 문제는 그다음이야. 클로디아에 죄책감을 느꼈던 루이는 자신이 뱀파이어가 되었던 것과 똑같은 방법으로 클로디아를 살려내지.

청 그럼 클로디아도 똑같이 피를 마시고 뱀파이어가 된 건가요?

신 그래, 그녀도 영생불사의 몸을 갖게 된 거야. 몸도 마음도 영원히 소녀의 상태에 머물러 있게 된 거지. 하루는 목욕하는 성인 여성의 풍만한 몸을 처음 본 클로디아가 자기 몸은 왜 아직 아이같이 밋밋한지 루이에게 따져 묻지. 마치 중2병에 걸린 사춘기 소녀처럼 클로디아는 성장도 퇴화도 없이 박제된 자기 몸을 혐오하기 시작했어. 머리를 가위로 마구 잘라도 언제 그랬냐는 듯 다시 풍성하게 자랐고, 가위로 얼굴에 상처를 내도 금세 뽀얀 피부로 되돌아왔지. 클로디아는 거울을 보고 고래고래 비명을 질렀어.

청 영원히 사춘기에 머물러 있으면 좋을 거 같은데….

신 자, 이쯤에서 물어볼게. 클로디아에게 영생은 축복일까, 저주일까?

갑자기 훅 들어온 질문에 P는 말문이 턱 막혔다. 만약 종교가 약속한 천국의 영생(혹 열반?)이라는 것이 이런 식이라면 어쩌면 그건 지옥보다 더 가혹한 삶이 아닐까? 그가 답을 찾지 못하고 있을 때 신사는 다시 질문을 던졌다.

신　사는 게 저주라는 말이 있지? 살아도 사는 게 아닌 삶, 살수록 살기 싫은 삶. 그런데 죽고 싶어도 죽을 수 없다면?

청　저라면 돌아버릴 거 같아요.

신　클로디아를 보면서 난 아무 목적도 없는 불멸의 삶이 인간에게 얼마나 고통스럽고 저주스러운 것인지 실감할 수 있었어.

청　필멸의 존재라면 느끼지 못할 또 다른 방식의 고통? 아마 그 비스무리한 어떤 것 아닐까요?

신　클로디아의 기막힌 반전은 자살과 영생이 서로 맞닿아 있다는 점을 말해줘. 영원한 삶은 영원한 죽음만큼이나 힘든 거지. 죽음이 우리에게 우연히 닥치는 사고와 같은 것이라면, 사르트르는 죽음이 인간을 절대적으로 규정할 수 없다고 본 거야.

청　이제야 죽음이 왜 삶의 선택지가 아닌지 조금은 알 거 같아요.

신　생生과 마찬가지로 사死도 인간이 선택한 게 아냐. 그냥 주어진 거야. 차이가 있다면 생은 이미 벌어졌고, 사는 이제 곧 벌어질 거란 거지. 그는 비겁하게 신을 소환해 인간의 불안을 해소하려고 하지도 않았고, 무책임하게 인간의 완성이 신이라고 둘러대지도 않았어. 사르트르가 생각하는 인간 실존의 본질은 죽음이 아니라 자유였어. 이 땅에서 의연하게 죽음을 맞아야 하지만, 그렇다고 인간이 죽음을

향해 일부러 달려갈 필요도 없고needn't, 달려갈 수도 없다
고can't 본 거지.

청 카뮈가 골을 싸매고 고민했던 바로 그 지점이군요.

신 죽음은 인간이 선택할 수 없는 유일한 선택지야. 인간은
죽음을 거부할 수도, 소유할 수도 없지. 죽음으로 가는 존
재로 세상에 던져졌을 뿐이야. 던져진 인간은 끝까지 자신
을 미래에 또다시 던지면서(기투) 살아야 해. 비록 그 결과
가 밀물이 밀려들면 허무하게 무너져 내리는 해변가의 모
래성일지라도 말이야.

청 마치 사르트르가 우리더러 "넌 꼭 살아, 살아야 해"라고
부르짖는 거 같네요.

신 놀라운 통찰이야. 우린 자유롭기를 그만둘 자유가 없어.
죽음이 부조리하다는 건 죽음이 나의 가능성의 영역, 즉
자유의 영역 밖에 놓여 있다는 뜻이니까. 문밖에서 죽음
이 '똑똑똑' 노크할 때까지 우리는 최대한 자유를 발휘해
야 하는 존재들이야. 그래서였을까? 바로 이 지점에서 사
르트르는 알쏭달쏭한 말을 했어. "죽은 자로 있는 것, 그
것은 산 자의 먹잇감이 되는 일이다."

"죽은 자로 있는 것, 그것은 산 자의 먹잇감이 되는 일이다."

Être mort, c'est être en proie aux vivants.

청 산 자의 먹잇감? 무슨 뜻인가요?

신 장례식장에서 종종 접하는 조사弔辭 중에 이런 말이 있잖아? "고 아무개는 이렇게 우리 곁을 떠나지만 우리 기억 속에는 영원히 남아 있을 것입니다."

청 그렇죠. 얼마 전 친구 장례식장에서도 들었던 말이네요.

신 기억은 산 사람만 하는 거지. 죽은 자에게는 기억의 선택권이 없어. 그저 우리 머릿속에 저장된 기억으로만 존재할 뿐이야. 내가 죽으면 생전에 나를 알던 사람들이 '아무개는 괜찮은 놈이었어'라고 기억해주기를 원하지만, 그건 내 바람일 뿐이야. 죽은 자는 말이 없지. 오로지 산 자의 판결에 내맡겨질 뿐이니까.

청 그래서 한 많은 사람은 죽어서도 눈을 제대로 못 감는다고 하잖아요?

신 그처럼 죽음이란 대자존재인 인간이 즉자존재로 남는 거야. 미래도 없이 과거에만 머물게 돼. 더 이상 선택도 기투도 불가능하지. 살아 있다면 나는 몸부림치며 미래로 나를 던지며 살아가겠지만, 죽음 뒤에는 잠자코 타자의 처분을 따를 수밖에 없어. 이를 두고 사르트르는 타자의 시선이 승리한 거라고 말하지.

청   어라, 이야기를 듣고 보니 정말 그렇네요.

신   이게 바로 죽은 자로 있는 것이 산 자의 먹잇감이 된다는
      문장의 뜻이야. 루이가 레스타드의 먹잇감이 된 것처럼 말
      이야. 사르트르는 모든 인간에게 즉자에서 벗어나 대자존
      재로 살라고 조언하지. 우리는 죽음을 선택해 타자에게
      내 존재를 저당 잡히지 말고 매 순간 미래로 자신을 던져
      야 해. "현실을 살면서도 매 순간 영원을 찾아야 한다"는
      헨리 데이비드 소로Henry David Thoreau의 말처럼 말이야.

신사는 이윽고 깊은 침묵 속으로 빠져들어 갔다. P는 묵묵히 앉
아 양초를 응시하는 신사의 잔잔한 얼굴에서 160년 전 매사추세츠
주 콩코드의 월든 호숫가 자그마한 오두막 한편에서 조용히 불멍을
때리는 소로의 환시가 느껴졌다. 소로는 일찍이 말했다. "나는 의도
적으로 살고자 숲으로 갔노라. 삶의 본질적인 팩트만을 마주하고
자, 그로부터 배울 수 있는 것이 무엇인지 알고자, 그래서 죽음의 목
전에서 내가 진정으로 살지 않았음을 깨닫지 않고자 숲으로 들어
갔노라. 나는 삶이 아닌 것을 살고 싶지 않았노라."

---

life tips   1. 영생을 얻게 된다면 어떨지 생각해보자.

2. 이대로 잠들고 다시는 깨어나고 싶지 않았던 때가 있었는지 생각해
보자.

3. 시간이 허락한다면, 영화 「뱀파이어와의 인터뷰」를 시청해보자. 리즈

시절 톰 크루즈와 브레드 피트를 볼 수 있다는 건 영화가 주는 덤일 것이다.

4. 헨리 데이비드 소로의 『월든』을 읽어보자.

---

who's who   **헨리 데이비드 소로** *Henry David Thoreau*

1817년, 미국 매사추세츠주 콩코드에서 태어났다. 대학 시절을 제외하고 평생 콩코드를 벗어나지 않았다. 하버드대학을 졸업하고 짧은 기간 몇 가지 직업을 가졌지만, 금세 그만두고 별다른 경제 활동 없이 자연에 묻혀 생활했다. 1837년, 그의 후견인을 자처하고 나섰던 초절주의자 랠프 월도 에머슨Ralph Waldo Emerson을 만나면서 그의 문학 활동에 큰 전기를 맞았다. 소로는 에머슨의 저택에 있는 서재에서 많은 장서를 읽으며 동양철학에도 관심을 갖게 되었다. 1845년부터 1847년까지 2년 2개월 동안 월든 호숫가에 살면서 『월든Walden』을 썼다. 1849년, 『시민 불복종Resistance to Civil Government』을 발표했다. 평생 결혼도 하지 않고 기인에 가까운 자연인의 삶을 살았으며, 한때 세금을 내지 않아 감옥살이했던 적도 있다. 1862년, 숲속에 들어가 나무의 나이테를 세다가 기관지염에 걸렸고, 이후 폐렴으로 번져 결국 44세의 일기로 사망했다. 소로의 책을 읽은 행동주의 심리학자 프레더릭 스키너Burrhus Frederic Skinner는 인간 행동이 강화와 조건화를 통해 개선되면 범죄 없는 효율적이고 조화로운 이상사회를 만들 수 있다는 주장을 소설로 표현했는데, 공교롭게 그 제목을 『월든 2Walden Two』라고 지었다.

열다섯 번째 골목
사랑이 그대를 속일 때
"사랑하는 사람을 판단하지 마라."

그대를 사랑하고 있어도 나는 여전히 외롭다. 어느 시인(이름이 기억나지 않는다!)의 고백이다. 한때 부추무침에 곱창을 싸서 마늘과 오물조물 씹던 그녀의 앙증맞은 입술까지 예뻤던 시절이 있었다. 속이 더부룩하다며 마신 콜라 덕분에 그날 저녁 회사 근처 선술집에, 양꼬치 집에, 길 건너 먹자골목을 활보하며 삼켰던 다양한 음식 종류를 순차적으로 알아맞힐 수 있도록 거나하게 3연타 트림을 하던 그녀의 먹성조차 사랑스러울 때가 있었다. 우리 관계에 문제는 없었다. 적어도 그녀를 만나고 있어도 여전히 외롭다고 느끼기 전까지는 말이다. 그래서 비 오는 어느 날 저녁, 종로 1가 피맛골 파전 집 앞에서 이젠 헤어지자며 야멸차게 홱 돌아서던 그녀의 우산을 빼앗아

헐크 호건처럼 두 동강 냈던 내가 먼저 그녀에게 이별 통보를 하게 될 줄 몰랐다.

대체 이 감정은 뭐란 말인가? 같은 직장을 오가며 옆 부서의 그녀와 썸 타던 스릴과 낭만은 젊은 시절 열정을 증언해주는 유물에 불과할까? 나이가 들면서 갑자기 사랑이 시시해지기 시작했다. 사랑과 섹스로도 더 이상 해갈되지 않는 이 권태감. 이젠 누구를 만난다는 것조차 부담스럽고 귀찮다. 한 사람을 사귀고 그 사람의 생각과 관점, 습관과 성격, 기호와 식성에 길드는 시간이 나에게는 길고 지루하게 느껴진다. 어쩌면 사랑은 실체가 없는 신기루 같은 것 아닐까? 결혼은 그 원류를 알 수 없는 신화 같은 것 아닐까? 우리말에 '사랑'과 '사람'은 한 끗 차이다. 그래서 어른들은 사랑을 해야 진짜 사람이 된다고, 남자는 상투 틀고, 여자는 아일 낳아야 사람 구실을 한다고 말한다. 정말 인간에게는 사랑이 전부일까?

신사는 조금 추웠는지 진홍색 카디건을 걸치고 자리에 앉았다. 때마침 크리스마스 시즌이면 으레 케이블TV에서 방영되는 「러브 액츄얼리」의 OST가 흘러나왔다. 유쾌한 머라이어 캐리의 목소리가 삽시간에 살롱의 분위기를 핑크빛으로 바꿔놓았다. 갑자기 조성된 러블리한 분위기가 청년 P를 불편하게 했다. P는 관계에 본능적인 두려움을 느껴왔다. 그는 관계, 무엇보다 타자를 사랑하는 법을 배우고 싶었다.

청 이제 사랑 이야기를 시작해볼까요?

신 (당황) 갑자기?

청 왜 오페라에서부터 통속 가요에 이르기까지 사랑은 인간이 가진 동서고금 만고불변의 주제잖아요?

신 (웃음) 왜, 머라이어 캐리 누님의 노래를 들으니까 마음이 싱숭생숭한가?

청 사르트르 아저씨는 사랑을 뭐라 정의했는지 궁금해서요.

신 그럼 내가 질문 하나 할까? 다음 달이면 군대 가는 놈이 여친에게 프러포즈하는 거 어떻게 생각해?

청 무책임한 행동 아닐까요?

신 나름 사나이다운 패기가 느껴지지 않아?

청 풋, 패기는 개뿔! 군대 가 있는 동안 어떻게 될지 아무도 모르는데 결혼하자고요?

신 여자가 고무신 거꾸로 신지 않고 끝까지 기다리겠다면?

청 에이, 요즘 같은 시대에 그런 순애보가 어디 있어요?

P는 씁쓸하게 입맛을 다셨다. 평소 연애도 비즈니스 같이 '기브 앤 테이크'라고 생각했던 그는 정도의 차이만 있을 뿐 모든 관계는 일정한 조건이 깔린 거라고 강변하고 싶었다. 그는 에너지드링크를 한 모금 마시고는 캔을 테이블 위에 탕 하고 올려놨다. 갑자기 격

앙된 그의 모습을 보며 신사는 와인으로 입을 축이고는 말을 이어
갔다.

신　도리어 보기 드문 사랑이라서 모두가 바라는 건 아닐까?

청　(찌푸리며) 설마요.

신　그렇잖아? 세상 모두가 다 하는 사랑이 뭐가 특별하겠어?
　　난 진정한 사랑이야말로 서로에게 완전한 자유를 주는 거
　　라고 생각하는데?

청　사랑이 때론 폭력으로 변질될 수도 있거든요. 사랑하는
　　건 나니까 도리어 네가 나한테 사과하라고 윽박지르는 것
　　과 다를 게 뭔가요?

신　적어도 사르트르와 보부아르는 그렇게 생각했던 것 같아.
　　세상에 보기 드문 사랑 말이야.

청　사르트르가 했다는 계약결혼 말씀하시는 건가요?

신　맞아. 그는 학창 시절 함께 철학을 공부하던 보부아르와
　　사랑에 빠졌다네. 흔히 말하는 캠퍼스 커플, 이른바 '씨씨'
　　였지.*

청　『제2의 성 _Le Deuxième Sexe_』을 썼다는 그 보부아르 말인

---

*　1929년, 사르트르는 철학 교수 자격시험에서 수석을, 보부아르는 차석을 차지했다. 사르트르는 1928년 시험에서 낙방하고 만다. 이때 수석은 친구 레이몽 아롱이 차지했다. 그러나 낙방 덕분에 이듬해 자격시험인 아그레가시옹Agrégation을 준비하며 한 살 어린 보부아르와 사귀게 되었다.

가요?

신 그래. 시몬 드 보부아르 맞네. 페미니스트 진영의 대모 격인 인물이지. 사르트르는 군문을 해결하기 전 보부아르에게 2년 동안 계약결혼을 하자고 프러포즈를 했지.

청 결혼을 두고 계약을 맺었다면 반칙 아닌가요?

신 (웃음) 사르트르가 제안한 계약결혼은 우리 생각보다 훨씬 더 파격적인 것이었다네. 둘은 세 가지 계약 조건에 동의했지.

청 대체 무슨 계약을 어떻게 맺었기에 그래요?

신 무엇보다 흔쾌히 상대방의 외도를 인정하기로 했어.

청 엥? 뭐라고요? 아니 그걸 결혼이라고 할 수 있나요?

신 워워… 흥분하지 말고 일단 들어봐. 사르트르는 '본질적인' 사랑amour "nécessaire"을 말했다네. 이게 뭐냐면, 다른 조건이 끼어들지 않은 '순수한' 사랑의 관계, 그러니까 둘의 계약결혼은 사회적, 문화적, 경제적 조건이나 명분이 개입되지 않은, 오로지 상대에 대한 본질적인 사랑 그 자체만을 이어가겠다는 거였어.

청 전 도통 납득이 되지 않네요.

신 이렇게 이야기해볼까? 자크 라캉은 "나는 타자다"라는 유명한 말을 남겼지. 내가 있으려면 남이 있어야 하는 거야.

청 나는 타자? 내가 남이라는 건가요?

신   "나는 타자다"*라는 말은 내가 나를 이루는 전부가 아니
      라는 의미야.

                    ⚬⚬⚬

              "나는 타자다."
              Je est un autre.

신   사르트르가 진정 사르트르가 되기 위해서는 반드시 보부
      아르가 있어야 하고, 반대로 보부아르도 진정 보부아르가
      되기 위해서는 반드시 사르트르가 있어야 했지. 사르트
      르는 이를 본질적인 사랑이라고 보았어. 그래서 서양에서
      는 배우자를 '내 (더 나은) 반쪽my better half'이라고 부르잖
      아? 그녀가 없으면 나도 반쪽에 불과한 거지.
청   세상에 그런 완벽한 사랑이 있을까요?
신   왜 김소월의 「진달래꽃」을 떠올려봐. 나보기가 역겨워 가
      실 때에는 말없이 고이 보내 드리오리다.
청   네네, 어련하시겠어요.
신   영변에 약산 진달래꽃 아름 따다 가실 길에 뿌리오리다.
      진짜 사랑은 내가 싫어진 상대를 고이 보내주는 것조차

---

*   이 말은 본래 프랑스 시인 아르튀르 랭보Arthur Rimbaud가 먼저 쓴 표현이다. 불어에서 1
    인칭 단수 주격 대명사 Je 뒤에는 be동사로 suis를 써야 한다. 그런데 랭보는 suis 대신
    에 3인칭 주격 뒤에 쓰는 est를 썼다. 영어로 옮기면, 'I am an Other'가 아니라 'I is an
    Other'로 쓴 격이다.

부족해 들이고 산이고 흐드러지게 핀 진달래꽃을 님이 가
시는 길에 쫘악~ 뿌려서 꽃길 이벤트를 열어주는 거지.

청 현실에서 대체 누가 나 싫다는 사람에게 꽃길을 만들어줘
요? 귓방망이 한 대 올려붙이지 않는 것만으로도 감사해
야지, 안 그래요?

P는 핏대를 올렸다. 어쩌면 그에게 괴로운 실연의 기억이 떠올랐
는지도 모를 일이다. 짓궂은 신사는 왠지 그런 P를 한참 골려주고
싶었지만, 이를 가까스로 억누르며 말을 이었다.

신 자자, 괜히 열폭하지 말고⋯. 그러한 본질적인 사랑이 현실
에 존재하는지 아닌지는 따지지 말고, 어쨌든 사르트르와
보부아르의 관계를 계속 이야기해보자고.

청 (머쓱) ⋯쩝.

신 사르트르가 그렸던 관계는 그렇게 묻지도 따지지도 않고
상대를 있는 그대로 사랑하는 본질적인 사랑의 관계였어.
동시에 둘은 '우연적인' 사랑amours "contingentes"도 서로에
게 용인하기로 한 거야. 우연적인 사랑은 서로의 존재에 필
요한 건 아님에도 교통사고처럼 우발적으로 다가오는 관
계를 말해. 사실 우연적인 사랑이 비집고 들어올 가능성
을 인정하지 않는 본질적인 사랑이란 있을 수 없어. 본질
적인 사랑이 성립하려면 서로에게 소나기처럼 닥치는 우

연적인 사랑을 전제해야 했거든. 일전에 방영된 TV 드라마에도 나와서 화제가 되었던 "사랑이 죄는 아니잖아?"라는 대사 기억나?

청 (빈정) 아니 사르트르를 연구하시는 고매하신 교수님께서 어째 드라마를 다 챙겨보실 시간이 있으셨을까요?

신 불륜남치고 참 뻔뻔하기 이를 데 없어서 드라마를 시청하던 전국의 아줌마들이 일제히 거품을 물었던 대사였잖아? 그런데 사실 내가 상대의 우연적인 사랑을 죄라고 규정하는 순간 우리의 본질적인 사랑은 허물어지는 거야. 상대가 새로운 사랑을 시작할 가능성도 용인해주지 않는다

사르트르와 보부아르, 두 사람은 지상에서 본질적인 사랑을 실험한 몇 안 되는 커플이었다.

면 세상 모든 관계와 일체의 조건에서 자유로운 관계를 꿈
꾼다고 말하는 게 가당키나 하겠어?

청   색으로 표현하자면 다른 게 섞이지 않은 원색적原色的인
        관계군요.

신   맞아. 알쥐비RGB 같은 삼원색의 관계. 사르트르는 이 관계
        를 설명하면서 "우리는 본질적인 사랑을 살아가면서 동시
        에 우연적인 사랑도 누려야 한다Il nous faut vivre un amour
        "nécessaire" et jouir, en même temps, d'amours "contingentes"라
        고 말했어.

P는 여전히 동의할 수 없었다. 그렇다고 마땅히 둘러댈 말도 없
어 얼굴이 붉어졌다. 상기된 얼굴이 술 때문인 것처럼 꾸미려는 듯
그는 신사 앞에 놓인 와인을 빼앗아 급히 한 모금 마셨다.

청   내가 상대에게 충실해도 상대가 변심하면 의미가 없잖
        아요?

신   그런 상황까지도 이미 다 예상했겠지. 둘이 계약 조건에
        충실했다면 말이야. 그래서 사르트르는 이렇게 말했어.
        "사랑하는 사람을 함부로 판단하지 말라." 이건 다시 두
        번째 계약 조건과도 연결되지.

"사랑하는 사람을 판단하지 말라."

Ceux qu'on aime, on ne les juge pas.

청 두 번째 조건은 뭔데요? 왠지 더 쎈 게 나올 거 같아 두렵네요.

신 상대방에게 어떤 경우라도 거짓말을 하지 않기. 둘의 관계가 본질적인 사랑이 되기 위해서는 무엇보다 서로의 생각과 감정을 다 드러내야 했어. 무언가 숨기는 게 있다면 그건 숨기고 있는 그 사실을 상대가 아는 게 두렵거나 꺼려진다는 거니까. 그런 관계는 결국 깨어지기 마련이지.

청 흐음, 서로에게 거짓말하지 말자?

신 『성서』에 보면, 이런 글귀가 있잖아? "사랑에는 두려움이 없습니다. 온전한 사랑은 모든 두려움을 내쫓습니다. 두려움은 형벌과 관련되어 있기 때문입니다. 그러므로 두려워하는 사람은 아직 온전한 사랑을 이루지 못한 사람입니다."(「요한일서」 4장 18절) 온전한 사랑은 두려움이 없는 사랑이야. 바로 사르트르가 말한 본질적인 사랑이지.

청 그럼 세 번째 조건은 뭔가요?

신 경제적으로 서로에게 의존하지 않는다는 거였어. 이 조건 역시 첫 번째 조건과 연결되지. 내가 진정 상대를 사랑한다면 그가 부자든 거지든 중요하지 않아. 내가 그를 사랑하는 게 그 사람의 인격과 성품, 그 사람 자체인지, 아니면

● 245

그 사람이 갖고 있는 조건, 이를테면, 그 사람의 배경, 그 사람의 직업, 그 사람의 재산, 그 사람의 지위인지 따져볼 필요가 있지.

청 쉽지 않은 조건이네요. 요즘 같은 시대에는 더더욱….

신 비록 둘 사이에 갈등과 위기가 없었던 건 아니었지만, 젊은 남녀가 서로의 사랑을 확인하며 미래를 약속했던 계약결혼은 죽음이 둘을 갈라놓을 때까지 이어졌어. 매년 10월이면 둘은 계약결혼을 성사했던 1929년을 기념하는 둘만의 기념식을 조촐하게 치렀지.

청 하여튼 대단하네요.

신 1980년, 사르트르가 먼저 사망하면서 보부아르는 먼저 그를 떠나보내고 이후 생을 마감한 뒤 가족 묘지에 묻히기를 거절한 채 몽파르나스 묘지에 안장된 사르트르 곁에 함께 묻혔어. 죽어서도 계약결혼을 지킨 셈이지. 『성서』에는 인류 최초의 인간 아담이 여자에게 이렇게 말하지. "아, 내 뼈 중의 뼈요, 내 살 중의 살이구나."(「창세기」 2장 23절) 이와 동일시가 일어난 거야. 이처럼 내가 상대를 사랑하면서 동시에 내 주체성을 지키는 건 모순에 가깝지. 그래서 사르트르는 사랑하는 사람을 섣불리 판단하지 말라고 말한 거야. 김동인의 소설 『배따라기』에는 오해가 한 부부를 파국으로 몰아가는 이야기가 나오잖아?

청 부엌에서 쥐를 잡던 아내를 보고는 자기가 없는 사이에 시동생과 불륜을 저질렀다고 두들겨 팼죠.

신　이아고의 이간질에 빠져 아내 데스데모나를 오해한 오셀
로와 비슷하지. 결국 오셀로는 아내의 불륜을 의심한 죄책
감에 시달리다 자살하고 말잖아? "사랑하는 사람을 판단
하지 말라"는 사르트르의 말을 더 노골적으로 표현하면
사랑하는 사람을 멋대로 '심판'하지 말라는 거야.*

사르트르와 보부아르의 계약결혼 조건 세 가지
첫째, 서로의 우연적인 사랑을 용인할 것
둘째, 서로에게 절대 거짓말하지 않을 것
셋째, 경제적으로 서로에게 의존하지 말 것

P는 신사의 설명을 듣고 인간 사이의 관계라는 것이 얼마나 얄팍
한 조건에 의지하고 있는지 깨달았다. 동시에 그는 "나는 타자다"라
는 말이 새삼스럽게 다가왔다. 과연 나를 채워줄 내 반쪽은 어디에
있을까?

---

* 프랑스어로 '판단하다'라는 뜻의 동사 '쥐제juger'는 '심판하다' '판결하다'라는 뜻도 함
께 가지고 있다.

1. 지금 사랑하는 이가 있다면 그(녀)에게 편지를 쓰자.

2. 나는 어떤 형태의 사랑을 하고 있을까? 미국 코넬대학교 심리학 교수 로 버트 스턴버그Robert J. Sternberg의 사랑의 삼각형을 토대로 내 좌표를 찍어보자.

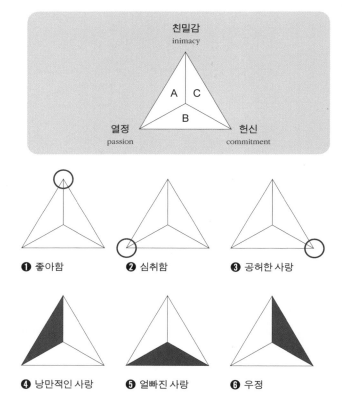

❶ 좋아함 ❷ 심취함 ❸ 공허한 사랑

❹ 낭만적인 사랑 ❺ 얼빠진 사랑 ❻ 우정

3. 시간이 허락한다면, 에리히 프롬Erich Fromm의 『사랑의 기술』을 읽어 보자.

4. 결혼을 어떻게 생각하는지 적어보자. 나는 비혼주의자인가? 아니면?

5. 내 성적 지향은 어떤지 생각해보자. 이성애자, 양성애자, 동성애자, 아 니면?

자크 라캉_Jacques Lacan_

라캉은 프로이트 이론을 구조주의적 관점에서 새롭게 해석한 정신분석학자다. 1902년, 프랑스 파리에서 태어났고, 고등사범학교에서 철학을 접했다. 1932년, 파리 의대를 졸업하고 의학 학위를 취득하였다. 1936년, '거울 단계' 이론을 발표했는데, 이는 어린아이가 거울에 비친 자신의 모습을 통해 자아를 형성하는 과정을 설명하는 개념이었다. 거울 단계 이론은 이후 '상상계'와 '상징계', '실재계'라는 세 가지 차원을 설명하는 이론의 기초가 되었다. 그의 세미나는 구조주의자, 철학자, 문학가 등에게 큰 인기를 끌었고, 많은 학자와 지식인이 그의 강의를 듣기 위해 몰려들었다. 라캉은 기존의 정신분석학계와 종종 충돌하였고, 1963년, 프랑스 정신분석학회와 결별하고 자신만의 학회를 설립하기에 이르렀다. 1966년, 논문집 『에크리_Écrits_』를 발표하여 큰 유명세를 얻었다. 1981년, 프랑스 파리에서 80세를 일기로 사망했다.

김소월金素月

1902년, 평안북도에서 무녀독남으로 태어났다. 어려서부터 조부의 영향으로 한학과 한문을 배웠으며, 이는 그가 향토적 정서와 민족적인 감성을 시에 담는 데 중요한 영향을 미쳤다. 1915년, 김소월은 오산학교에 입학하여 스승 김억을 만나면서 문학적 재능을 꽃피우게 되었다. 삼일운동의 여파로 오산학교가 문을 닫자, 배재고보에 편입학하여 졸업했다. 학업을 마치고, 1923년 현해탄을 건너 일본의 도쿄 상과대학에 입학했으나 관동대지진으로 생명에 위협을 느껴 학업을 중단하고 귀국했다. 1925년 그의 유일한 시집인『진달래꽃』을 출판하여 큰 주목을 받았다.『진달래꽃』은 스승인 김억이 사비를 털어 출판한 것인데, 그의 처음이자 마지막 시집이 되고 말았다. 1934년, 크리스마스를 앞두고 김소월은 뇌일혈로 33세의 나이에 세상을 떠났다. 세간에는 불행한 결혼 생활과 경제적 어려움으로 우울증에 시달리다 스스로 생을 마감했을 거라는 추측도 있다. 1981년, 정부는 금관문화훈장을 수여했다.

시몬 드 보부아르_Simone de Beauvoir_

1908년, 프랑스 파리에서 태어났다. 파리 소르본대학교에서 철학을 전공하였고, 이후 고등사범학교에서 수학하며 사르트르를 만났다. 1949년,

『제2의 성』을 발표하여 여성이 역사적, 사회적으로 억압받아온 과정을 분석하고, 여성의 정체성 문제를 다루었다. "여성은 태어나는 것이 아니라 만들어지는 것이다On ne naît pas femme: on le devient"라는 유명한 구절은 그녀를 페미니스트의 아이콘으로 만들어주었다. 그녀는 실존주의 철학과 페미니즘 이론의 결합을 통해 여성의 자유와 자아를 찾는 문제를 철학적으로 깊이 있게 탐구했다. 말년에는 여성 참정권, 낙태권 등 여러 여성 문제에 대해 목소리를 높였다. 보부아르는 1986년 파리에서 생을 마감했고, 몽파르나스 묘지에 사르트르와 함께 안장되었다. 보부아르는 평소 양성애적 성향을 갖고 있었으며, 사르트르와의 계약결혼 중에 다양한 남녀 파트너와 자유롭게 성관계를 가졌다. 그중에서도 미국 작가 넬슨 앨그렌과의 연애가 유명하다.

김동인金東仁

한국 근대 문학을 대표하는 소설가로 사실주의와 자연주의 기법을 한국 문학에 도입해 새로운 소설 형식을 개척했으며, 작품을 통해 인간 심리와 현실의 부조리를 깊이 있게 탐구한 작가로 평가받는다. 동시에 일제에 부역하고 충성했던 친일 행적으로 인해 반민족행위자로 비판받기도 한다. 이런 논란 가운데 김동인의 문학적 성취를 기리는 동인문학상이 제정된 것은 아이러니한 일이다. 1900년, 평안남도 평양에서 대부호의 장남으로 태어났다. 숭실학교에서 수학하다가 중퇴한 뒤, 1914년, 일본에 유학을 떠났다. 1919년, 조선 최초의 순수문예 잡지인 『창조』를 창간했다. 중일전쟁 발발 이후, 변절하여 친일로 돌아섰다. 1939년, '후미히토'라는 이름으로 창씨개명을 했고, 내선일체와 황민화를 선전하는 글을 왕성하게 남기기 시작했다. 해방 후 우익단체인 전조선문필가협회를 결성하며 반공투사로 둔갑했다. 일제강점기 자신의 친일 행적을 조선어를 지키기 위한 결단이었노라고 밝히며 반성의 기미를 보이지 않았던 건 유명한 일화다. 그의 말년은 쓸쓸하다 못해 처참했다. 1950년, 한국전쟁이 발발했을 때 이미 중풍으로 몸을 가눌 수 없었기에 가족을 따라 피난을 갈 수 없었고, 이듬해 자택에서 홀로 생을 마감했다.

열여섯 번째 골목
신을 믿는 나, 어디까지 믿을 수 있을까?
"신은 인간의 고독이다."

　　신은 언제나 미지의 함수였다. 모태 교인에다가 어린이 성경학교 출신이었던 내게 신은 어려서부터 가혹한 율법을 들이밀던 심판자였고, 섭리라는 이름으로 내 운명을 마음대로 이끌던 무자비한 폭군이었다. 인생에서 두 개를 주면 나중엔 언제나 세 개를 빼앗는 분, 실패와 축복을 구분할 수 없도록 눈을 가렸던 분, 의심과 회의를 세속이나 불신보다 더 미워했던 분이었다. 정말이지 막다른 골목에서 인생이 내 뜻대로 안 풀린다고 느꼈을 때, 나는 교회 권사님이었던 어머니에게 어린 시절 배운 전지전능한 신에 대한 믿음을 활용하기로 했다. 작은 신음도 들으시는 분에게 기도하는 것이 내 믿음의 활용이었으니까. 물론 그런 만용은 단순히 대한민국 축구대표팀의 월

드컵 16강 진출을 염원하며 드렸던 기도와는 질적으로 달랐다. 그러나 내 간절한 기도에 신은 침묵했다. 그 이후로, 아니 그 이전에도 '숨은 신'은 나에게 한 번도 얼굴을 보여준 적이 없었다.

중세만 해도 서구에서 불신자는 생존 자체가 위태로웠다. 무신론이 처음 등장했던 계몽주의 시대에도 신을 믿지 않는 건 섶을 안고 불구덩이에 뛰어드는 짓이었다. 하지만 난 그 길을 걸어갔다. 버트런드 러셀의 『나는 왜 기독교인이 아닌가』라는 책을 읽고 만물의 원인에 대한 의구심은 점점 커져만 갔다. 그러다 재수 끝에 대학생이 되고 사회과학 서적을 탐독하며 그간 철옹성 같았던 신앙에 균열이 가기 시작했다. 조금 더 나이가 들고 학년이 올라간 뒤 한 친구의 권유로 읽은 리처드 도킨스Richard Dawkins의 『만들어진 신』은 그나마 남아 있던 신에 대한 일말의 믿음마저 타작마당의 겨처럼 깡그리 날려버렸다. 내가 내던져진 존재라면 과연 그동안 신은 무엇을 했는가? 완전한 신, 모든 것을 아는 신이라면 이 세상은 왜 이렇게 모순으로 가득한가? 진도군 앞바다에서 침몰한 세월호 속 250명의 어린 영혼들이 납덩이 같은 운명을 끌어안고 수장될 때 당신은 대체 어디에 있었는가? 얻지 못한 해답은 불신의 씨앗이 되어 마음판을 다 뒤덮었다.

사르트르와 보부아르의 사랑 이야기는 어느새 신과 종교 이야기로 이어졌다. 본질적인 사랑은 결국 신을 찾는 것이 아닐까? 누군가의 말대로 인간의 운명은 절대자 앞에 서는 것으로 끝날지도 모른다. 청년 P는 한동안 턴테이블에서 흘러나오는 이름 모를 선율을 멍하니 듣고 있었다. 그러다 자기도 모르게 한마디가 툭 튀어나왔다.

청   노래가 좋네요.

신   지오반니 팔레스트리나Giovanni Palestrina의 「시쿠트 체르부스Sicut cervus」라네.

청   시쿠… 뭐요?

신   「시쿠트 체르부스」. 라틴어로 '사슴과 같이'라는 뜻이지. 사슴이 시냇물을 찾는 것처럼 인간이 신을 찾는다는 노래라네.

청   혹시 버스에서 "목마른 사슴이…" 하면서 구걸하던 노래?

신   작곡가인 팔레스트리나는 16세기 성당에서 쓰일 미사곡을 염두에 두고 이 작품을 남겼지.

청   개신교 신앙 안에서 자란 사람으로서 오랜만에 종교음악을 듣는군요.

신   부모의 신앙을 물려받았구먼.

청   네, 모태신앙이죠.

신   지금도 교회를 다니는가?

청   아뇨.

신   자라면서 신앙을 잃은 건가?

청 글쎄요. 잃었다기보다는 시시해졌다고 할까요? 재수해서 대학엘 들어갔는데, 대학생으로서 바라본 세상은 제 예상과 너무 달랐죠. 교회에서 배운 정답들로는 세상이 묻는 물음에 답할 수 없었으니까요. 신앙이라는 게 "나 이제부터 버릴 거야"라고 선언할 만큼 제게 거창한 것도 아니었고요.

신 그랬군.

청 그런데 참 이상하죠? 이젠 신이 없다면 뭔가 시시해질 거 같아요. 세상이 무의미해진다고 할까요?

신 왜 그렇지?

청 인간이 신을 찾지 않아도 신은 있어야 한다고 생각하거든요. 그게 공정한 거잖아요?

신 공정하다고? 왜지?

청 신이 있건 말건 지금까지 수천 년간 인류에게 받아온 숭배의 역사, 종교의 역사가 대체 얼만가요? 그 시간이 아까워서라도 신은 있어야죠.

신사는 P의 말을 듣고는 호탕하게 웃었다. 그는 신사가 왜 웃는지 이유가 궁금해졌다.

청 제 생각이 웃긴가요? 전 진지한데….

신 아, 미안하네. 자네가 웃긴 게 아니라 자네에게서 너무 예상 밖의 답변을 들어서 말이야. 허를 찔렀다고 할까? 한 번도 생각하지 못한 이유였어. 여하튼 자넨 여러모로 보아 사르트르 살롱의 제자가 되기에 충분한 자질을 가졌군.

청 그렇게 이야기해주시니 고맙긴 한데…. (긁적) 왠지 설명할 순 없지만, 종교는 인간에게 너무 중요한 문제라는 생각이 들어요.

신 물론 종교 문제는 21세기에도 여전히 중요하지. 과학이 발전하고 이성이 계발되면 서쪽 하늘을 붉게 물들이는 석양처럼 종교도 역사의 지평 너머로 자취를 감출 거라고 예견했던 계몽주의 학자들의 주장과 달리 종교는 오늘날에도 여전히 인간 사회에서 맹위를 떨치고 있어. 세상을 봐. 여전히 신이나 종교를 믿는 사람들 천지잖아?*

청 한편으론 종교가 문명에 가져온 해악은 비견할 게 없을 거 같아요. 과거 인류사에서 일어났던 굵직한 전쟁과 살육을 보면, 그 중심엔 모두 종교가 똬리를 틀고 있었잖아요? 구교는 신교와, 그리스도교는 이슬람교와, 수니파는 시아파와 끝없이 '신의 이름으로' 서로를 죽고 죽이는 문명의 충돌이 일어났으니까요.

신 오늘날 이스라엘과 팔레스타인이 벌이는 전쟁도 종교로

---

* 2022년 미국 통계를 보면, 여전히 신의 존재를 믿는다고 답한 인구가 81%나 된다. 갤럽에 들어가면 관련 보고서를 볼 수 있다.

촉발된 전쟁이라 불러도 무방하지. 중동이 이처럼 화약고가 된 과정도 종교라는 씨앗이 발아한 토양에서 벌어진 일이니까.

청 그래서 한때 존 레논의 「이매진」을 좋아했어요. '죽여야 할 어떤 것도, 그것을 위해 죽어야 할 어떤 것도 없는, 또한 종교도 없는Nothing to kill or die for, And no religion, too' 그런 세상이 온다면 얼마나 좋을까 하는 상상을 했죠.

신 맞아. 종교가 영혼을 살리는 대신 사람을 죽이는 도구로 쓰이고 있는 건 안타까운 일이지. 하지만 그게 종교의 전부라고 할 수 있을까? 종교가 역사상 문명에 끼친 무수한 축복과 혜택도 빼놓을 수 없잖아?

청 그렇긴 하죠.

신 인간이 신을 찾고 종교를 가진다는 건 사실 엄청난 능력이라고 할 수 있어.* 그중에서 사회 윤리와 도덕심은 사회를 지탱하는 원리가 되었지. 고대법을 보라구. 함무라비 법전이니 『성서』의 십계명이니 모두 신이 인간에게 준 선물이라잖아? 종교가 없었다면 인류는 빛의 속도로 자기 파멸의 블랙홀 속에 빨려 들어갔을 거야. 이를 두고 러시아의

---

* 이와 관련하여 이스라엘의 역사학자 유발 하라리Yuval Noah Harari는 『사피엔스 *Sapiens*』라는 책에서 신화를 만들고 신을 믿는 현생인류의 능력이 문명과 사회를 건설할 수 있도록 만든 특이점이었다고 주장한다. 신의 존재 문제와 관련하여 그의 다른 저서 『호모 데우스 *Homo Deus*』와 함께 일독을 권한다.

문호 도스토옙스키Fyodor Dostoevsky는 『카라마조프가의 형제들』에서 이렇게 말했지. "만약 신이 없다면 (인간에게) 모든 것이 허용된다."

청 신이 없다면 모든 게 허용된다?

신 신이 없다면 법도 없고, 법이 없다면 세상은 순식간에 이 전투구의 살육장이 되겠지. 세상은 힘 있는 자가 지배하는 정글로 돌변할 거야. 반대로 이야기하자면, 법이 있다면 세상은 질서 있게 돌아갈 거야.* 그런데 사르트르는 도리어 도스토옙스키의 이 말이 실존주의의 출발점이라고 말했어.

청 뭐라고요? 이해가 안 돼요. 사르트르는 신이 없는 세상을 전제했잖아요?

신 자, 다시 원점으로 돌아가 보자고. 사르트르에게 인간은 자유롭도록 선고받은 존재야. 즉자존재가 아니라 대자존재지. 우리가 세상에 던져졌을 때 부모도, 하나님도, 그 어느 누구도, 존재 이유나 삶의 목적 따위는 가르쳐주지 않았어. 그런 건 아예 없다는 거지. 아니 신조차 없어야 비로소 인간은 순수하게 자유로워질 수 있어. 자네가 한때 즐

---

* 신θεός과 법νόμος, 죄ἁμαρτία의 관계는 그리스도교 교리의 핵심이며, 그리스도교가 로마 제국의 국교國敎로 성립된 이후, 이 교리는 서양 문명의 기초가 되었다. 이에 대해 사도 바울은 "법이 없으면 죄는 죽은 것이다χωρὶς νόμου ἁμαρτία νεκρά"라고 말한다. 「로마서」 7장 8절 참고.

신은 인류의 영원한 수수께끼이자 숙제와도 같다.

겨 불렀다는 「이매진」의 가사처럼 인간의 궁극적 자유는
신의 부재不在로 완성되니까.

청   인간의 자유는 신의 부재다?

신   인간에게 섭리니 기적이니 목적이니 이런저런 방향을 설
정해놓고 배 놔라 감 놔라 하는 신이 없다면 인간은 모든
것을 자유롭게 선택할 수 있다는 거지. 신이 없어야 인간
은 자기 안에서도, 자기 밖에서도 의지하고 붙들고 매달
릴 대상 없이 오롯이 자유로워지거든. 바로 이것이 "인간
은 자유롭도록 선고받았다"는 말의 본래 뜻인 거야. 신이
미리 세팅해놓은 회로에서 벗어난 인간, 비로소 신이 정해
놓은 숙명이란 경로에서 이탈한 인간이 된 거니까.

청   아, 인간이 던져졌다는 말도 결국 같은 말이었군요. 그건
신 같은 건 없다는 말이었어요. (신나서) 두 문장은 동의어

였어요. 인류가 평생 믿어왔던 신에게서 끊어진 존재. 그게 인간이라는 말이잖아요?

P는 무릎을 탁 쳤다. 갑자기 퍼즐 조각이 서로를 끌어당기는 것처럼 모든 게 다 이해되었기 때문이다. 그는 왜 사르트르가 무신론적 실존주의자로 불리는지 알 것만 같았다.

신　그렇지. 인간이 세계 속에 아무 목적 없이 던져진 존재이기 때문에 자신이 하는 모든 결정에 대한 책임도 신에게는 돌릴 수 없게 된 거야. 혹시 에리히 프롬의 『너희도 신처럼 되리라*You Shall Be As God*』라는 책을 읽어본 적 있나?

청　잠깐만요. 사르트르를 이야기하다가 왜 갑자기….

신　에리히 프롬도 사르트르와 동시대를 살았던 실존주의 철학자지. 그 역시 사르트르를 이해하는 데 매우 중요한 통찰력을 준다네. 자네『소유냐 존재냐*To Have or to Be?*』라는 책은 읽어보았는가?

청　(절레절레) 아뇨.

P는 고개를 가로저었다. 그는 인생의 대단한 진리를 가르쳐주는 대신 이런저런 골치 아픈 철학자들만 열거하는 신사에게 슬슬 짜증이 나기 시작했다.

신 안타깝군!

청 저기요. 전 그딴 이야기 들으려고 이렇게 시간 내서 앉아 있는 게 아닙니다.

신 허, 성격 한번 되게 급하구먼. 프롬은 『멀쩡한 사회*The Sane Society*』라는 책에서 이런 말을 했지. "19세기에 신이 죽었 다는 게 문제라면, 20세기에는 인간이 죽었다는 게 문제 다."* 이 문장은 실존주의 철학을 설명해주는 매우 유명한 명제가 되었어.

청 19세기에는 신이 죽었는데, 20세기에는 인간이 죽었다 고요?

신 이런 진단은 프롬이 본래 유대인이기 때문에 가능했을지 도 몰라. 나치즘의 망령과 전체주의의 저주를 겪은 인류가 신의 부재로 인해 홀로코스트('번제燔祭'라는 뜻)라는 재앙 을 겪은 거니까. 결국 프롬은 인간이 이성으로 신을 죽인 뒤 세상이 점점 미쳐간다insane라고 진단할 수밖에 없었 던 거지.

청 그건 말이 되네요.

---

* 내 기억이 맞는다면 해당 책은 오래전에 범우사에서 『건전한 사회』라는 제목으로 출간 되었다. 프로이트의 정신분석을 실존주의 철학과 접합한 프롬의 스탠스를 고려한다면 서명을 '건전한' 사회보다는 '(정신이) 멀쩡한' 사회로 번역하는 게 맞을 것이다. 『자유로 부터의 도피*Escape from Freedom*』에서 프롬은 나치즘과 파시즘 같은 전체주의의 망령이 유럽을 집어삼키는 광경을 보면서 왜 근대인이 애써 얻은 자유를 버리고 자진해서 히 틀러나 무솔리니 같은 악의 마수魔手에 기어들어갔는지를 정신분석학적으로 분석하고 있다.

신　　그런데 프롬은 『너희도 신처럼 되리라』에서 다른 주장을 하지. 『성서』에 등장하는 선악과 이야기를 통해 실존주의자가 말하는 자유의 의미를 말하고 있어. 신은 동산에 있는 모든 것을 자유롭게 먹도록 허락했지만 오로지 동산 중앙에 있는 '선악을 알게 하는 나무'에서 나는 실과는 먹지 못하게 했지. 그건 신과 인간 사이의 유일한 법이었어.

청　　저도 한때 교회를 열심히 다녔기 때문에 그 얘긴 잘 알아요. 인간은 신의 말씀에 불순종하여 선악과를 따먹게 되죠.

신　　맞아. 프롬은 인간이 선악과를 선택하면서 진정 자유로워지는 길을 갔다고 말하지. 비로소 인간의 역사가 시작된 셈이야. 이런 관점은 실존주의 철학자가 신에게서 벗어난 인간 존재를 상정할 수 있게 해주지.

청　　프롬은 신화를 빗댔다고는 하지만 어쨌든 신이 있다고 말하는 거잖아요?

신　　사르트르는 단순히 신이 '존재하지 않는다'고 말하는 게 아냐. 신이 '존재하는 게 불가능하다'고 주장하는 거지.

청　　신이 불가능하다?

신　　사르트르는 『성서』에 등장하는 신의 개념이 자기 모순적인 아이디어라고 여겼다네. 그에게 신은 완벽하고 완전한 인간을 전제한 것이며, 이는 그의 실존주의에 있어서 모순이니까. (웃음) 사르트르에게 완벽한 인격, 완전한 인간은 불가능하거든. 그런 의미에서 신은 비현실적일 뿐만 아니라 불가능하지.

청   그런 인간이 완전한 신을 상상한다고 생각하면 안 될
      까요?

신   맞아, 그래서 사르트르는 말하지. "신은 없지만, 내 전 존재
      가 신을 외친다는 건 부인할 수 없다." 인간은 무한을 꿈꾸
      고 절대를 희구하는 존재야. 사르트르는 누구보다 그 사실
      을 잘 알고 있었어. 그래서 한 희곡에서 사르트르는 "부재,
      그건 신이다. 신, 그건 인간의 고독이다"라고 말했지.

부재는 신이다. 신은 인간의 고독이다.

L'absence, c'est Dieu. Dieu, c'est la solitude des hommes.

신   인간만이 대자존재로서 신을 꿈꾸는데, 사르트르에게 이
      는 인간의 최종 목표로 보였어. 대자와 즉자의 결합을 꿈
      꾸는 거지. 그것은 오로지 신으로 존재할 때 가능한 거야.

청   신이 대자와 즉자의 결합이라고요?

신   즉자존재는 자기를 그 자체 안에 담고 있어. 자기 충족적
      존재지. 그러면서 동시에 신은 늘 자신을 향한 대자존재여
      야 해. 사르트르는 즉자이면서 대자인 존재는 신밖에 없다
      고 본 거지. 그래서 그는 부재(없음)가 즉 신이라고, 인간의
      고독이라고 말한 거야.

청   그렇다면 프롬의 결론과 다르지 않네요?

신 그런 셈이지. 그렇기에 인간은 끊임없이 자기원인자ens
   causa sui로 남고 싶은 거야. 신이 되고 싶은 거지. 그렇지 못
   한, 아니 어쩌면 그럴 의도가 없는 사람은 자기를 대신할 신
   을 세워두고 싶은 거고, 그것이 신앙이자 종교가 된 거야.

P는 사르트르의 말에서 갑자기 세밀한 신의 향기를 느꼈다. 평생
한 번도 보여주지 않았던 신의 얼굴(브니엘)이 희미하게 드러나는
것만 같았다. P는 빙긋이 미소를 지었다.

---

life tips　　1. 신앙의 경험을 떠올려보자. 나에게 신은 어떤 분인가, 교회는? 하나님
　　　　　　은? 나는 무신론자인가, 유신론자인가?

　　　　　　2. 존 레논의 「이매진」을 들으며 종교(신앙)와 평화의 관계를 고민해보자.

　　　　　　3. 시간이 허락한다면, 유요한의 『종교학의 이해』를 읽어보자.

---

who's who　　**버트런드 러셀***Bertrand Arthur William Russell*

고틀로프 프레게Gottlob Frege와 함께 분석철학의 창시자로 꼽힌다. 1872
년, 영국의 귀족 가문에서 태어나, 케임브리지대학의 트리니티 칼리지에
서 수학과 도덕과학을 전공했다. 이후 모교에서 교편을 잡았다. 1950년,
노벨문학상을 수상했으며, 제1차, 제2차 세계대전과 베트남전에서 지식
인의 사회 참여에 깊은 고민을 하며 반전 반핵운동을 활발히 벌이기도 했
다. 이때 그는 지식인의 사회 참여 전선이 구축될 때마다 늘 앞장섰던 사
르트르의 동지로 유명했다. 1970년, 98세로 생을 마감했다. 대표 저서
로는 『수학 원리』, 『서양 철학사*A History of Western Philosophy*』, 『게으름에
대한 찬양*In Praise of Idleness*』, 『나는 왜 기독교인이 아닌가*Why I Am Not a
Christian*』 등이 있다. 러셀 하면 단연 『서양철학사』라는 책을 떠올릴 것이

다. 나 역시 예외는 아니어서 서양철학을 바라보는 그만의 유머와 촌철살인인 비평에 매료되었다.

리처드 도킨스 *Richard Dawkins*

1941년, 영국령 케냐 나이로비에서 태어났다. 옥스퍼드대학교 베일리얼 칼리지에서 동물학을 수학했다. 1967년부터 미국 캘리포니아대학교 버클리에서 교수로 재직하다가 1970년부터 다시 모교로 돌아와 동물학을 강의했다. 1976년, 그를 일약 유명인으로 만들어준 저서 『이기적 유전자 *The Selfish Gene*』를 발표했다. 이 책에서 그는 진화의 주체가 인간 개체나 종이 아니라 유전자이며, 인간은 유전자 보존을 위해 맹목적으로 프로그래밍된 기계에 불과하다고 주장한다. 특히 도킨스는 2006년 『만들어진 신*The God Delusion*』을 발표하며 종교 비판에도 앞장서 왔는데, 그와 유사한 관점을 공유하는 샘 해리스Sam Harris와 크리스토퍼 히친스Christopher Hitchens, 대니얼 데닛Daniel Dennett과 함께 오늘날 '신무신론자'로 꼽힌다. 주요 저작으로는 『눈먼 시계공*The Blind Watchmaker*』, 『무지개를 풀며 *Unweaving the Rainbow*』 등이 있다. 유전자에 의한 진화뿐 아니라 '밈meme' 같은 문화적 진화 개념도 책에 소개하며 대중화되었다.

에리히 프롬 *Erich Fromm*

1900년, 독일 프랑크푸르트의 아슈케나지 유대인 가정에서 태어났다. 1918년, 프랑크푸르트대학교를 거쳐 1919년 하이델베르크대학교에서 사회학을 전공했다. 1922년, 철학 박사학위를 받은 뒤, 정신분석학을 연구하여 개인 진료실을 열었다. 나치가 집권하자, 위기감을 느껴 제네바로 이주했으며, 1934년, 미국 컬럼비아대학교로 자리를 옮겼다. 1941년, 대표작 『자유로부터의 도피』를 발표하며 유명세를 타기 시작했다. 『사랑의 기술*The Art of Loving*』과 『소유냐 존재냐』 등을 썼다. 마르크스주의와 프로이트의 정신분석학을 적용하여 독특한 사회학을 빚어냈다. 탁월한 감성과 치밀한 논리를 엮어 여러 주제를 설득력 있게 제시하는 작가로 손꼽힌다. 특히 그의 『소유냐 존재냐』는 지금까지 엄청난 판매고를 올리며 스테디셀러의 반열에 올라 있다. 또한 프롬은 사회주의와 인간 중심의 윤리를 강조하며, 자본주의가 가진 비인간화된 측면을 비판했는데, 이런 입장은 소비와 욕망의 시대에 필요한 학문으로 인본주의 사회심리학을 구축했다. 1980년, 미국 메사추세츠주에서 세상을 떠났다.

열일곱 번째 골목

사소한 것에 분노하는 나, 어떻게 해야 할까?
"참여는 행동이지 말이 아니다."

　모든 것이 숫자와 돈으로 치환되는 시대다. 인생 제1의 목표가 '돈'이라고 말하는 것에 아무런 천박함이나 부끄러움을 느끼지 않는 대중이 뭐만 하면 모든 것을 비용·편익분석으로 돌려보는 게 효율과 경제성이라는 이름으로 칭찬받는 요즘이다. 1원이라도 허투루 쓰지 않는 게 생의 모토가 된 오늘, 너도나도 '가성비 인생'을 꿈꾸며 인간 아기 대신 강아지를 키우고 결혼 대신 비혼 인생을 선택한다. 어느새 돈은 새로운 신분과 계급이 되었고, 행복은 돈과 계급으로 살 수 있는 재화가 되었다. 그 덕분에 과거 재화와 서비스에만 매겨지던 가격표가 이제는 모든 추상적인 개념에까지 사치품처럼 들러붙고 있다. 공정이라는 이름의 경쟁이 세상을 99% 대 1%로 쪼갠지 오래다. 자연스레 경쟁에서 밀린 이들은 '서민'이 되고, 경쟁 우위를 보인 이들은 '선민'이 된다.

이미 신자유주의 정책이 뿌리내린 인력시장과 부동산 시장에는 대물림된 기득권이 새로운 신분인 것처럼 시민에게 자격을 나누고 국민에게 의무를 부과한다. 이러한 현실에 대놓고 불편함을 호소하는 이들은 졸지에 '세상 물정을 모르는 사람'으로 취급되고, 소수와 약자, 빈자貧者와 무산자無産者는 국가 정책에서 사회적 비용이나 경제적 부담으로 잡힌다. 경제력의 관점에서 생산성이 없는 장애인은 국민의 혈세를 축내는 이들로 간주되고, 공공 임대아파트나 장애인 특수학교는 주변 부동산값이나 떨어뜨리는 혐오시설로 분류된다. 신분이 갑질을 하더니 이젠 돈이 갑질을 한다. 갑에게 감히 들이대지 못하는 을은 또 다른 을의 멱살이나 붙잡는다. 나는 왜 대의가 아닌 사소한 것에 분노할까?

날은 이미 저녁을 지나 밤중이었다. 엉성한 문틈 사이로 취객의 고성방가도 더 이상 들리지 않자 거리는 조용하다 못해 고요해졌다. 불금이 아닌 평일, 도시의 밤거리는 10시를 넘기며 알코올이 주는 흥취가 온데간데없이 사라졌다. 청년 P는 슬슬 피곤함이 몰려왔다. 한 가지 질문만 더 하고 자리를 뜰 요량으로 신사에게 물었다.

청 사르트르는 평소 사회 참여를 많이 했던 학자로 유명하잖
   아요?

신 그렇지.

청 근데 사회 참여라는 게 일종의 정치 행위고, 어쩔 수 없이
   어느 한 편을 지지하고 다른 편은 반대한다는 건데, 그런
   정치 행위가 실존주의 철학과 어울릴 수 있을까 궁금하
   네요.

신 사실 인간은 누구나 정치를 할 수밖에 없는 존재야. 실존
   주의를 떠나서 인간이라면 본성상 정치적이기 마련이지.

청 전 그럼 인간이 아닌가 봐요. 정치엔 그다지 관심이 없
   어서….

신 부정하기엔 일러. 일찍이 아리스토텔레스는 인간을 '사
   회적 동물ζῷον πολιτικὸν'이라고 했으니까. 여기서 '사회적
   social'이라는 말보다는 '정치적political'이라는 말이 더 원
   문에 충실한 번역이야. 다시 말해서 인간은 '정치적 동물'
   인 셈이지.

청 정치적 동물이라고요?

신 그래. 정치를 한다는 건 그가 인간이라는 뜻이지. 고대 그
   리스인들은 세상에 딱 두 부류만 정치와 무관한 존재라고
   봤어.

청 그 두 부류가 누구죠?

신 그가 '신'이거나 아님 '이디오테스ἰδιώτης'거나….

청 이디오테스? 무슨 뜻이죠?

신 '바보', '천치'라는 뜻이지. 영어 '이디엇idiot'이 바로 이 단어에서 나온 거야. '이디오테스'는 땅에 발을 붙이고 살아가는 사람이라면 마땅히 가져야 할 공적 관심에 무심하거나 공동체와는 동떨어진 삶을 살아가는 이기적인 존재를 말했어. 결국 인간이 정치적 동물이라는 아리스토텔레스의 말은 호모 폴리티쿠스homo politicus, 즉 정치적 인간이 사람의 기본값이라는 사실을 말해주지.

청 근데 '정치적'이라는 말에는 부정적인 뉘앙스가 담겨 있잖아요?

신 그건 오늘날 직업 정치인들이 자신의 사리사욕을 채우느라 정치라는 신성한 행위를 더럽혀왔기 때문이야. 정치인으로서의 덕목을 무시한 거지.* 그런데 정치란 정치가들만의 전유물이 아니야. 우리 모두 정치를 수행해야 하고, 실제로 일상에서 정치 행위를 수행하고 있어.

청 저에게 정치 행위는 대학교에서 동아리 선배 따라 잠깐 해봤던 학생운동이 전붑니다. 요즘엔 너도나도 여행 다니고 스펙 쌓기에만 여념 없지, 대학생들이 나서서 사회 문제에 목소리 내는 걸 본 적이 없어요.**

---

* 독일의 사회학자 막스 베버Max Weber는 『직업으로서의 정치*Politik als Beruf*』에서 직업 정치가에게 마땅히 요구되는 덕목으로 열정과 책임감, 균형감각을 든다.

** 내가 대학 다닐 때만 해도 전대협이니 한총련이니 386 운동권이 학생회장을 석권하던

신 학생운동이 사라졌다고 해서 정치 이슈나 쟁점마저 사라진 건 아냐. 사회에는 언제나 제 목소리를 내야 하는 활동가가 필요하지.

청 그럼 사르트르는 어땠나요? 듣기로는 68혁명 때 누구보다 앞장섰던 사람으로 알고 있는데.

신 맞아. 1968년, 프랑스 대학생들의 봉기로 시작된 68혁명은 기성세대 지식인이 구축해놓은 구질서에 맞서 젊은이들이 꿈꾸던 신질서를 내세운 일종의 문화혁명이었어.* 대학생들의 시위를 막아섰던 대부분의 어용 지식인이나 교수와 달리, 사르트르는 시위대의 폭력을 공개적으로 옹호하며 시위대와 대학생들의 편에 섰지. 그 덕분에 사르트르는 소르본대학을 점거했던 대학생들에게 초청받아 발언할 기회가 주어진 유일한 지식인이라는 영예를 누리기도 했어.

청 누구보다 치열하게 살았네요.

신 그의 실존주의 철학은 단순한 말장난으로 끝나지 않았지. 평소 사르트르는 자신의 소설이 아프리카의 기아와 내전

시대의 그림자가 짙게 드리운 시기였다. 독재니 불의니 사회적 거악과 싸울 공동의 의무와 명분마저 사라진 요즘, 취업과 진로라는 지극히 현실적인 문제가 과거 학생운동의 열정을 대신하고 있는 거 같다.

* 68혁명은 1968년 5월, 대학생들을 중심으로 샤를 드골 정부의 실정과 프랑스의 사회 모순을 고발하고 기성세대의 가치와 사회 질서에 저항한 사건이다. 포스트모더니즘이 낳은 구조주의와 비판이론으로 무장했던 신좌파가 개혁의 새로운 세력으로 자리한 상징적 사건으로 꼽힌다.

을 해결하지 못하는 현실에 절망했어. 그래서 그는 이런 멋진 말을 남겼지. "참여는 행동이지 말이 아니다."

<hr>

"참여는 행동이지 말이 아니다."

L'engagement est un acte, pas un mot.

청 말만 하지 말고 행동으로 옮기라는 건가요?

신 사회 참여는 실존주의 철학의 대미와도 같아. 혹자는 철학으로는 메를로-퐁티에 못 미치고, 소설로는 알베르 카뮈에 못 미친다는 비판 속에서도 사르트르가 오늘날까지 독보적인 철학자로 불리는 이유는 그의 철학의 핵심이 '앙가주망'에 있었기 때문이라고 했어.

청 앙가주망이요? 그게 뭔가요?

신 지식인의 사회 참여를 말해. 앙가주망은 철학자의 의무이자 그의 '휴머니즘'이 내놓은 결론이야. 사르트르는 약자 편에 서는 데 주저하지 않았고, 사회의 그늘에 빛을 비춰주는 데 노력을 아끼지 않았어.

청 사르트르는 무슨 일에 앙가주망을 실천했나요?

신 1941년 수용소를 탈출해 조국 프랑스로 돌아온 뒤, 본격적으로 레지스탕스 활동에 뛰어들었지. 레지스탕스라는 게 뭐야? 저항하는 인간이거든. 우리 표현으로는 독립운동가인 셈이지. 어쩌면 그의 반골 기질은 이때부터 발휘된 셈이야.

청 반골 기질?

신 레지스탕스 활동을 할 때 만난 동지가 바로 카뮈였어. 카
뮈는 말했지. "반항인이란 대체 누구인가? '농'이라고 말
하는 사람이다Qu'est-ce qu'un homme révolté? Un homme qui
dit non."*

P는 천성적으로 남들 앞에 나서는 걸 싫어했다. 맨 앞에서 구호
를 외치는 사람보다는 무리 뒤에서 따르는 사람이 자신의 성향에
맞다고 생각해왔던 터였다. 그래서 반항인이 된다는 건 상상할 수
도 없는 일이었다.

청 반항도 담력이 있거나 열정이 남다른 사람이나 하는 거
지, 저 같은 소시민이 뭘 할 수 있겠어요?

신 반항은 선택이 아니라 필수야.

청 반항이 필수라고요?

신 그래, 부조리한 삶에 '농'이라고 말하는 건 그렇게 생각처
럼 대단하거나 거창하지 않아. 앙가주망은 군중 앞에서
피켓을 들고 '님을 위한 행진곡'을 부른다고 되는 게 아니
거든.

---

* 1951년, 카뮈가 발표한 책 『반항인L'Homme révolté』의 첫 문장이다.

청   …접.

신   콜린 윌슨Colin Wilson은 『아웃사이더The Outsider』에서 사르트르를 '아웃사이더'로 규정했지. 사회 규범에 쉽게 적응하지 못하고 인간 존재와 세계의 진실을 갈구하는 인간, 삶의 표면적인 가치에 의문을 제기하고자 하는 인간, 내면적 혼란과 고독을 겪으며 인간 존재가 안고 있는 실존적 문제에 직면하려는 인간을 그는 아웃사이더라고 했어.

청   듣고 보니 카뮈가 말한 반항인과 다르지 않군요.

신   맞아. 윌슨은 『구토』에 등장하는 주인공 로캉탱 또한 실존적 불안을 느끼며 무의미한 세상에 저항하려는 인물, 즉 아웃사이더라고 규정했지.

청   듣다 보니 갑자기 고등학생일 때 읽었던 『갈매기의 꿈Jonathan Livingston Seagull』이 떠오르는데요? 주인공 갈매기 조나단 리빙스턴은 동료 무리의 여느 갈매기들과 달리 물고기를 잡아먹기 위해 비행하지 않았잖아요?

신   대단한 통찰이야. 맞아. 조나단은 식음을 전폐하고 자신이 얼마나 높이, 얼마나 멀리, 얼마나 빨리 날 수 있는지 실험하지. 그의 삶은 온통 자신을 실존의 극단까지 밀어붙이며 얻어지는 깨달음으로 점철되어 있어. 모든 갈매기는 먹이를 찾고자 날개를 움직이지만, 조나단은 자신을 찾고자 비상을 꿈꿨지. 조나단은 한 마디로 '아웃사이더' 갈매기인 셈이야.

청 전 어쩌면 갈매기보다도 용기가 없나 봐요.

신 앙가주망은 자네가 생각하는 것처럼 그렇게 거창한 것에
   만 있는 건 아냐. 내 자그마한 이익에서 벗어나 대의와 정
   의를 위해 내가 선 자리에서 한 발 내딛는 게 앙가주망이
   야. 김수영의 시 「고궁을 나오면서」에는 이런 시구가 나와.

왜 나는 조그마한 일에만 분개하는가
저 왕궁 대신에 왕궁의 음탕 대신에
50원짜리 갈비가 기름덩어리만 나왔다고 분개하고
옹졸하게 분개하고 설렁탕집 돼지 같은 주인년한테 욕을 하고
옹졸하게 욕을 하고

한번 정정당당하게 붙잡혀간 소설가를 위해서
언론의 자유를 요구하고 월남파병에 반대하는
자유를 이행하지 못하고
30원을 받으러 세 번씩 네 번씩
찾아오는 야경꾼들만 증오하고 있는가

청 요즘 양쪽으로 갈라져 서로를 죽일 듯 물어뜯는 한국 사
   회를 보는 것 같군요. 사회 복지와 분배 정의 따위엔 아무
   소리 안 하다가 그저 뒤차가 경적 한번 울렸다고 당장 쇠
   몽둥이를 꺼내 휘두르는 분노조절장애자들이 주변에 너

무 많아요.

신 　맞아. 우린 정작 화내야 할 것은 제쳐두고 얼마나 쓸데없
　　는 것에만 분노하고 있냐고? 부패한 정치가나 타락한 공
　　인에게는 아무런 의분도 느끼지 않으면서 TV 속 연예인들
　　에게만 선택적 분노를 쏟아내는 건 지금 우리가 지극히 사
　　익에 매몰되었기 때문이야.

청 　사익이요?

신 　지구 어딘가에서 벌어지는 전쟁과 기아, 살육과 압제에 대
　　한 책임이 나에게도 있다는 거지. 우린 흔히 사르트르를
　　니체나 쇼펜하우어 같은 염세주의자라고 오해하는데, 실
　　은 정반대야. 그는 뼛속까지 낙관주의자였어. 휴머니스트
　　였지.

청 　휴머니스트?

신 　만약 세상이 없다면, 공동체가 없고 타자가 없다면, 나의
　　자유가 대체 무슨 의미가 있겠어? 일례로 사르트르는 인
　　간이 없다면 세상에 지진과 홍수 같은 자연재해 따윈 존
　　재하지 않는다고 주장했어.

청 　엥? 말도 안 돼요.

신 　인간이 없는 세상에서 지진이 난들 무슨 의미가 있겠어?
　　그건 그냥 자연스러운 지각변동이자 기상 활동일 뿐이야.
　　아무런 의미가 없는 거지. 지진이나 홍수가 도시와 건물,
　　도로 같은 인간이 만든 구조물에 피해를 끼칠 때 비로소

'재앙'이니 '천재지변'이니 이름을 갖다 붙이는 거니까. 태풍에 '매미'라는 이름을 붙여줄 인간이 없다면 일일 강수량이 10밀리인들 100밀리인들 알 게 뭐야?

청　오호라, 듣고 보니 설득력 있네요.

신　이는 인간이 있고 나서야 세상도 의미 있다는 사실을 말해주지. 실존주의자에게 앙가주망이 필요한 이유가 여기에 있어.

P는 로캉탱이 느꼈던 구토 증세가 실존의 위기에서 온 것일 뿐만 아니라 혐오감에서 온 게 아닐까 의심스러웠다. 그는 구토 나는 세상의 일부가 자기 자신이라면 자신 역시 구토에 일부 책임이 있다는 사실을 깨달았다.

청　사르트르가 말한 기투라는 것 역시 앙가주망이었군요.

신　그렇지. 제2차 세계대전이 끝날 무렵, 프랑스는 여전히 세계에서 두 번째로 넓은 식민지를 보유한 제국이었어. 정부와 국민은 오로지 전후 제국을 유지하는 데만 관심이 있었지. 프랑스의 식민 통치가 갖는 인종차별적 본질을 잘 알고 있었던 사르트르는 전쟁에 반대하고 알제리 독립을 촉구한 프랑스 내 최초의 인사 중 한 명이었어. 대단한 건 이런 그의 결정이 조국 프랑스의 식민지 경영에 정면으로 도전하는 행위였다는 거야.

청   대단하네요. 우리나라 같으면 매장되기 딱 좋은….

신   프랑스라고 다르지 않았어. 사르트르를 감방에 처넣으라고 야단들이었지. 더 대단한 건 정작 알제리에서 노동자 계급의 자녀로 태어난 카뮈조차 알제리의 독립을 지지하지 않았다는 사실이야. 게다가 사르트르는 1945년 『유대인 문제의 성찰*Réflexions sur la question juive*』이라는 책을 통해 프랑스 사회에 만연한 반유대주의를 맹렬히 비난했던 터라 미운털이 단단히 박혔어.

청   똘끼 충만한 인물이었군요.

신   이런 상황에서도 사르트르는 알제리 독립 투쟁의 상징적인 지도자였던 프란츠 파농*Frantz Fanon*의 책 『대지의 저주받은 사람들*Les Damnés de la Terre*』의 서문을 직접 써주었지. 이후 냉전 시대에는 버트런드 러셀과 함께 미국의 베트남 참전 반대운동과 여러 반전 반핵운동에 앞장섰어. 구토가 일어나는 현실을 마주한 우리가 어떤 길을 선택해야 할지 몸소 보여줬다고나 할까?

P는 상기된 표정의 신사를 보고 처음으로 스산한 두려움을 느꼈다. 아무 말 없이 자신에게 명함을 건넨 피자 배달원에서부터 처음 사르트르 살롱을 찾았을 때 만났던 신사에 이르기까지 눈에 보이지 않는 하나의 점선이 이어진 것 같은 느낌을 받았기 때문이다.

1. 사회 참여의 경험을 떠올려보자. 거창하게 앙가주망이라고 하기 어려운 경험도 상관없다.

2. 현실의 부조리와 사회 문제, 좌와 우의 대립, 남성과 여성의 서로를 향한 혐오, 노소와 세대 간 갈등에 대해 어떻게 생각하는지 적어보자.

3. 나를 화나게 만드는 사회 문제는 무엇일까, 구토를 일으키는 상황에 대한 나만의 해법은 무엇일까, 나는 그런 문제에 어떻게 대응할 수 있을까 고민해보자.

---

who's who **막스 베버***Max Weber*

음악의 아버지가 바흐라는 데에는 이견이 없지만, 사회학의 아버지가 막스 베버라는 데에는 머뭇거려지는 게 사실이다. 그럼에도 베버가 사회학이라는 근대 학문에 비견할 수 없이 중요한 기반을 놓았다는 사실에는 대부분 동의할 것이다. 베버는 1864년 독일 에르푸르트에서 태어났다. 루터파 신앙을 유지하던 아버지와 캘빈파 신앙을 가진 어머니 밑에서 개신교 정신을 배웠다. 하이델베르크, 슈트라스부르크, 베를린, 괴팅겐대학에서 법학, 경제학, 역사학, 철학 등을 공부했다. 1889년, 베를린대학에서 중세 이탈리아 상사商社에 대한 논문으로 법학박사 학위를 취득했으며, 1891년에는 고대 로마 농업사에 관한 연구로 대학교수 자격을 취득했다. 1894년, 프라이부르크대학의 경제학 및 재정학 정교수로 초빙되었다. 1920년, 급작스러운 폐렴으로 한창 원숙한 지적 경지에 이른 56세에 세상을 떠나 그의 영원한 정신적 고향인 하이델베르크에 안장되었다. 베버의 주저『프로테스탄티즘 윤리와 자본주의 정신*Die protestantische Ethik und der Geist des Kapitalismus*』은 왜 하필 서구에서 자본주의가 태동할 수밖에 없었는지 그 이유를 파헤친 대담한 작업이었다.

콜린 윌슨*Colin Wilson*

1931년, 영국 레스터의 노동자 집안에서 장남으로 태어났다. 비평가로서 알려진 그의 명성에 비해 학력은 놀랄 만큼 일천하다. 16세에 학교를 자퇴한 뒤 동네 도서관에서 닥치는 대로 책을 빌려 읽던 것이 그가 10대 이후 받았던 교육의 전부였다. 다종다양한 분야의 책들을 독파하며 거의 독학으로 필요한 지식을 습득한 셈이다. 이후 그는 여러 직업을 전전하다가 다양한 매체에 소설과 비평, 칼럼, 기사 등 다양한 글쓰기를 하면서 근근이 생계를 꾸려나갔다. 1950년, 대표작 『아웃사이더』를 발표하면서 평단에서 일약 유명인이 되었다. 이 책 이후로 그는 실존주의 철학과 관련한 책을 쓰기 시작했다. 비평가들은 윌슨을 가리켜 '뒤죽박죽 지식을 섞어놓은 책'을 쓴다며 신랄한 비판을 이어갔으니 그 스스로가 아웃사이더임을 입증한 셈이다. 『아웃사이더』가 뜻밖의 성공을 거두자, 이에 부담을 느낀 윌슨은 비슷한 시기 『호밀밭의 파수꾼The Catcher in the Rye』을 쓰고 잠적했던 샐린저J. D. Salinger처럼 아내와 시골로 낙향하여 은둔자처럼 숨어 지냈다. 어쩌면 로스트 제너레이션 시대 지식인 사이에서 대중의 시선을 피해 은둔자로 지내는 삶이 유행이었는지도 모르겠다. 이후 그의 행보는 샐린저와 비슷한 궤적을 그렸다. 그의 작품은 초자연 현상이나 불가사의, 오컬트, 살인 등 미스터리를 주제로 한 기이한 괴작들이 대부분이었다. 2013년, 폐렴을 얻어 82세의 일기로 사망했다. 샐린저가 죽은 지 3년 뒤였다.

김수영金洙暎

1921년, 서울에서 태어났다. 1947년, 시집 『새로운 도시와 시민들의 합창』을 발표하여 주목을 끌었다. 1950년, 한국전쟁 발발 후 북한군에 징집되어 강제 노동을 하다 탈출했다. 1952년, 거제도 포로수용소에서 석방되었다. 부산, 대구 등지에서 통역관, 선린상고에서 영어교사로 일했다. 1968년, 귀갓길에 불의의 교통사고로 머리를 크게 다친 뒤 끝내 의식을 회복하지 못하고 다음 날 결국 사망했다. 1974년, 시선집 『거대한 뿌리』, 1975년, 산문선집 『시여, 침을 뱉어라』, 1976년, 시선집 『달의 행로를 밟을지라도』 등이 출간되었다. 알려진 바에 의하면, 김수영은 일본어판 『존재와 시간』을 탐독했을 만큼 하이데거의 실존주의 철학에 심취했다고 한다. 그래서 그를 일제강점기와 해방 후 격동의 혼란기를 겪으며 부조리한 현실에 과감한 언어적 메스를 들이댄 실존주의적 모더니스트로 평가한다. 사회성 짙은 그의 작품들에는 세상에 던져진 존재로서 고뇌하는 한 명의 지식인이 투영되어 있다. 그중에서 김수영의 「풀」은 모두가 한 번쯤 읽어봤을 것이다. '풀이 눕는다. 바람보다도 더 빨리 눕는다. 바람보다도 더 빨리 울고 바람보다 먼저 일어난다.'

프란츠 파농 *Frantz Fanon*

1925년, 프랑스령 마르티니크의 포르드프랑스에서 태어났다. 프랑스 리옹대학교에서 정신의학을 전공했다. 제2차 세계대전 때 프랑스군으로 입대하여 전선에서 싸웠으나, 백인 프랑스 군인과 같은 프랑스인으로 대접받지 못하는 현실에 크게 실망했다. 이 경험을 바탕으로 1952년 『검은 피부, 하얀 가면*Peau Noire, Masques Blancs*』을 발표하여 식민주의 심리학이라는 개념의 시작을 알렸다. 1953년, 정신병원에서 근무하다 1954년 발발한 알제리 독립전쟁에 참여했다. 사르트르의 반전운동에 사상적인 영향을 많이 받았고, 알제리 민족해방전선에서 대변인 역할을 수행했다. 조국의 독립을 눈앞에 둔 1961년, 백혈병 진단을 받고, 그간의 투쟁과 진료 성과를 정리하여 『대지의 저주받은 사람들』을 발표했다. 같은 해 12월 미국 메릴랜드주의 한 병원에서 향년 36세로 사망했다.

연결된 골목

그대,
사르트르가 되어라

다음 날 청년 P는 모처럼 서점에 들렀다. 신사가 소개해준 책을
사기 위해서다. 카뮈와 노벨문학상을 두고 여러 차례 경합을 벌였
던 니코스 카잔차키스Nikos Kazantzakis의 소설 『그리스인 조르바』.
이 책에는 자유로운 인간의 삶이 생생하게 묘사되어 있다. 조르바
는 어쩌면 사르트르가 말했던 자유인, 카뮈가 말했던 반항인, 콜
린 윌슨이 말했던 아웃사이더의 삶을 살았는지도 모른다. 항아리
를 빚기 위해 녹로를 돌리다가 집게손가락을 손도끼로 거침없이 잘
라내는 조르바에게 그 이유를 묻자 다음과 같이 퉁명스럽게 답했다
고 하니 말이다.

"검지 하나가 왜 없느냐고요? 질그릇을 만들자면 물레를 돌려야 하잖아요? 그런데 왼손 검지가 자꾸 걸리적거리는 게 아니겠어요? 그래서 도끼로 내리쳐 잘라 버렸어요."

산루트를 연주하고 싶어 모아뒀던 돈을 전부 악기 사는 데 투자하고, 결혼에 얽매이는 삶에 염증을 느껴 수천 명의 여자와 사랑을 나눈, 그래서 이젠 이름조차 기억나지 않는 여인들의 음모를 모아 베개를 만들어 둔 남자. 그게 종교든, 제도든, 사상이든 어디에도 얽이는 게 싫어 평생 자유인을 꿈꾸며 방랑자의 길을 걸었던 남자. 현재까지 전해지는 카잔차키스의 묘비에는 이런 글귀가 새겨져 있다고 한다.

"나는 아무것도 바라지 않는다. 나는 아무것도 두려워하지 않는다. 나는 자유인이다."

Δεν ελπίζω τίποτα. Δε φοβούμαι τίποτα. Είμαι λέφτερος.

P는 책을 사 들고는 광화문을 지나 종로에 들어섰다. 과거 웬디스 버거가 있던 자리는 여러 번 주인이 바뀌어 지금은 프랜차이즈 밥집이 들어섰다. P는 오랜만에 친구 Q에게 전화를 걸어 종로 스타벅스에서 만났다. P는 언제 다퉜는지, 아니 다투기나 했는지 모를 만큼 옛 친구와 아무렇지 않게 그간 있었던 이야기를 나눴다. 겉으로 달라진 건 없었다. 달라진 게 있다면 P의 마음에 사르트르가 피

어나고 있다는 것뿐이었다.

P는 Q가 하는 말에서 생경한 느낌을 받았다. 한때 죽이 맞아서 깔깔거리던 이야기도 낯설게 느껴졌다. P는 매트릭스에서 빠져나온 네오처럼, 거대한 세트장을 벗어난 트루먼처럼 자신이 전과 달라진 세상에 서 있는 것처럼 느껴졌다. 그렇지만 싫지 않았다. 그게 자유인이든, 반항인이든, 아웃사이더든, 보헤미안이든 상관없이 P는 사르트르가 되기로 했다.

둘은 저녁으로 부대찌개를 먹으러 일어났다. 아니, 이런 날에는 피맛골에서 생선구이를 먹는 것도 좋을 것 같다. 자리를 일어서며 P는 Q에게 사르트르 살롱 카드를 주는 것도 잊지 않았다.

"이게 뭐야? 너 알바 뛰냐?"
"초대장이야."
"파티 티켓이야?"
"아니, 파티보다 더 재미있는 곳이야. 시간 되면 한번 방문해봐."
"그래? 뭐 기회 되면 가볼게."

어나고 있다는 것뿐이었다.

P는 Q가 하는 말에서 생경한 느낌을 받았다. 한때 죽이 맞아서 깔깔거리던 이야기도 낯설게 느껴졌다. P는 매트릭스에서 빠져나온 네오처럼, 거대한 세트장을 벗어난 트루먼처럼 자신이 전과 달라진 세상에 서 있는 것처럼 느껴졌다. 그렇지만 싫지 않았다. 그게 자유인이든, 반항인이든, 아웃사이더든, 보헤미안이든 상관없이 P는 사르트르가 되기로 했다.

둘은 저녁으로 부대찌개를 먹으러 일어났다. 아니, 이런 날에는 피맛골에서 생선구이를 먹는 것도 좋을 것 같다. 자리를 일어서며 P는 Q에게 사르트르 살롱 카드를 주는 것도 잊지 않았다.

"이게 뭐야? 너 알바 뛰냐?"
"초대장이야."
"파티 티켓이야?"
"아니, 파티보다 더 재미있는 곳이야. 시간 되면 한번 방문해봐."
"그래? 뭐 기회 되면 가볼게."

"검지 하나가 왜 없느냐고요? 질그릇을 만들자면 물레를 돌려야 하잖아요? 그런데 왼손 검지가 자꾸 걸리적거리는 게 아니겠어요? 그래서 도끼로 내리쳐 잘라 버렸어요."

산루트를 연주하고 싶어 모아뒀던 돈을 전부 악기 사는 데 투자하고, 결혼에 얽매이는 삶에 염증을 느껴 수천 명의 여자와 사랑을 나눈, 그래서 이젠 이름조차 기억나지 않는 여인들의 음모를 모아 베개를 만들어 둔 남자. 그게 종교든, 제도든, 사상이든 어디에도 엮이는 게 싫어 평생 자유인을 꿈꾸며 방랑자의 길을 걸었던 남자. 현재까지 전해지는 카잔차키스의 묘비에는 이런 글귀가 새겨져 있다고 한다.

≈≈≈≈≈≈≈≈   ≈≈≈≈≈

"나는 아무것도 바라지 않는다. 나는 아무것도 두려워하지 않는다.
나는 자유인이다."

Δεν ελπίζω τίποτα. Δε φοβούμαι τίποτα. Είμαι λέφτερος.

P는 책을 사 들고는 광화문을 지나 종로에 들어섰다. 과거 웬디스 버거가 있던 자리는 여러 번 주인이 바뀌어 지금은 프랜차이즈 밥집이 들어섰다. P는 오랜만에 친구 Q에게 전화를 걸어 종로 스타벅스에서 만났다. P는 언제 다퉜는지, 아니 다투기나 했는지 모를 만큼 옛 친구와 아무렇지 않게 그간 있었던 이야기를 나눴다. 겉으로 달라진 건 없었다. 달라진 게 있다면 P의 마음에 사르트르가 피

구토 나는 세상, 혐오의 시대
사르트르를 만나다

1판 1쇄 인쇄 2025년 4월 25일
1판 1쇄 발행 2025년 5월 2일

지은이 백승기
펴낸이 김기옥

경제경영사업본부장 모민원
경제경영팀 박지선, 양영선
마케팅 박진모
지원 고광현
제작 김형식

디자인 푸른나무디자인
인쇄·제본 민언프린텍

펴낸곳 한스미디어(한즈미디어(주))
주소 04037 서울특별시 마포구 양화로 11길 13(서교동, 강원빌딩 5층)
전화 02-707-0337 | **팩스** 02-707-0198 | **홈페이지** www.hansmedia.com
출판신고번호 제 313-2003-227호 | **신고일자** 2003년 6월 25일

ISBN 979-11-94777-05-2 (03800)